阿来游记

阿来_著

山西出版传媒集团 北岳文艺出版社

·太原·

图书在版编目(CIP)数据

阿来游记 / 阿来著. —太原:北岳文艺出版社,
2024.5
ISBN 978-7-5378-6813-6

Ⅰ.①阿… Ⅱ.①阿… Ⅲ.①游记—作品集—中国—
当代 Ⅳ.①I267.4

中国国家版本馆CIP数据核字(2023)第254892号

阿来游记

阿来 / 著

//

出品人
郭文礼

选题策划
王朝军 贾江涛

责任编辑
王朝军

书籍设计
张永文

印装监制
郭 勇

出版发行:山西出版传媒集团·北岳文艺出版社
地址:山西省太原市并州南路57号 邮编:030012
电话:0351-5628696(发行部) 0351-5628688(总编室)
传真:0351-5628680
经销商:新华书店
印刷装订:山西人民印刷有限责任公司

开本:880 mm × 1230mm 1/32
字数:251千字 印张:11.625
版次:2024年5月第1版
印次:2024年5月山西第1次印刷
书号: ISBN 978-7-5378-6813-6
定价:59.80元

离开就是一种归来（代序）

那是七八年前的事了，我从一座小寺庙里出来。住持让手下唯一的年轻喇嘛送我一程。他把我送出山门，并把我寄放在门房的小口径步枪交还给我。

下午，斜射的阳光照耀着苍黛的群山，蜿蜒的山脉把人的视线延伸到很远的地方。山下奔涌不息的大渡河水也被阳光镀上了一层闪烁不定的金光。

我对这个年轻的喇嘛说："请回去吧。"

他的脸上流露出些依依不舍的表情，说："让我再送送你吧。"

我知道这并不意味着通过这四五个小时的访问，我们之间已经建立起了多么深厚的友谊，这是不可能的。在我做客的大部分时间里，我都在跟他的上师——这座山间小寺的住持喇嘛争论。因为一开始他就对我说，这座小庙的历史有一万多年了。宗教从诞生之初，就具有对日常生活的超越能力。但很难设想产生于历史进程中的宗教能够超越历史本身。于是，我们就开始争论起来。这个争论持续了一个多小时，而没有取得任何结果。

那时，这个年轻喇嘛就坐在一边。他一直以一种恭敬的态度为我们不断续上满碗的热茶，但他的眼睛却经常从二楼狭小的窗口注视着外面的世界。

现在，我们来到了阳光下面。强烈的阳光刺得人有些睁不开眼睛。我们踏入了一片刚刚收割了小麦的庄稼地。剩下的麦茬发出许多细密的声响。那个年轻喇嘛还跟在后面。我还看见，那个多少有些恼怒的住持正从二楼经堂的窗口注视着我。我在他的眼里，是一个真正的异端吗？

我再一次对身后的年轻喇嘛说："请回去吧。"

他固执地说："我再送一送你。"

我在刚收割不久的麦地里坐了下来。麦子堆成一个一个的小垛，四散在田野里。每一个小垛都是一幢房子的形状。在这一带地方，传统建筑样式都是碉楼式的平顶房子。而这种房子式的麦垛却有一道脊充当分水，带着两边的坡顶。在这片辽阔山地里，还有一种小房子也是这么低矮，有门无窗，也有分水的脊带着两边的坡顶。那就是装满叫作"擦擦"的泥供的小房子。这些叫作擦擦的东西，一类是宝塔状，一类则像是四方的印版，都是从木模里模制出的泥坯。这些泥坯陈列在不同的地方，是对很多不同鬼神的供养。

麦地边的树林与草地边缘，就有一两座这种装满供养的小房子。

而地里则满是麦子堆成的这种小房子。

这时，坐在我身边的小喇嘛突然开口说："我知道你的话比师父说得有道理。"

我也说："其实，我并不用跟他争论什么。"但问题是我已经跟别人争论了。

年轻喇嘛说："可是我们还是会相信下去的。"

我当然不必问他明知如此还要这般的理由。很多事情我们都说不出理由。

这时，夕阳照亮了一川河水，也辉耀着列列远山，一座又一座青碧的山峰牵动着我的视线，直到很辽远的地方。

年轻喇嘛眯缝着双眼，用他那样的方法看去，眼前的景象会显得飘浮不定，从而产生出一种虚幻的感觉。

"其实，我相信师父讲的还没有从眼前山水中自己看见的多。"

我的眼里显出了疑问。

他脸上浮现出一丝犹疑的笑容："我看那些山，一层一层的，就像一个一个的梯级，我觉得有一天，我的灵魂踩着这些梯子会去到天上。"这个年轻喇嘛如果接受与我一样的教育，肯定会成为一个诗人。

我知道，这不是一个可以讨论的问题，对方也只是说出自己的感受，并不是要与我讨论什么。这些山间冷清小寺里的喇嘛，早已深刻领受了落寞的意义，并不特别倾向于向你灌输什么。

但他却把这样一句话长久地留在了我的心上。

我站起身来与他道别：“请向你师父说得罪了，我不该跟他争论，每个人都该相信自己的东西。”

我走下山道回望时，他的师父出来，与他并肩站在一起。这时，倒是那在夕阳余晖里两个喇嘛高大的剪影，给人一种比万年还要久远的印象。

一小时后，我下到山脚时，夜已经降临了。

坐上吉普车，发动起来的引擎把一种震颤传导到整部车子的每一个角落，也传导到我的身上。我从窗口回望山腰上那座小小的寺庙，看到的只是星光下一个黝黑的剪影。不知为什么，我期望看到一星半点的灯光，但是，灯火并未因为我有这种期望而出现。

那座小庙的建立很有意思。数百年前的某一天，一个犁地的农民突然发现一面小山崖上似乎有一尊佛像显现出来。到秋天收割的时候，这隐约的印迹已经清晰地现身为一尊坐佛了。于是，他们留下了一名游方僧人，依着这面不大的山崖建起了一座宝殿。石匠顺着那个显现的轮廓，把这尊自生佛从山崖里剥离出来。几百年来，人们慢慢为这座自生佛像妆金裹银，没有人再能看到一点石头的质地，当然也就无从想象原来的样子了。

在藏族聚居区，这不是一种偶然的现象。

在布达拉宫众多佛像中，最为信徒崇奉的是一尊观音像。这不但是因为很多伟大人物，比如吐蕃国历史上有名的国王松赞干布就被看成是观世音的化身，而是因为这尊观音像也是从一段檀香木中自然生成的。只是在布达拉宫，我们看到的这尊自生观音，也不是原本的样子了。

这尊自生观音包裹在了一尊更大的佛像里，里面到底是什么样子，我们只能自己进行判断或猜想了。

从此以后，我在群山中各个角落进进出出，每当登临比较高的地方，极目远望时，看见一列列的群山拔地而起，逶迤着向西而去，最终失去陡峻与峭拔，融入青藏高原的壮阔与辽远时，我就会想到这个有关阶梯的比喻。

我一直认为，这是一个好的比喻。

一本有关藏语诗歌修辞的书中说，好的比喻犹如一串珠饰中的上等宝石。而在百姓日常口头的表达中，很难打捞到这样的宝石。我有幸找到了一颗，所以，经常会在自己再次面对同样的自然美景时，像抚摸一颗宝石一样抚摸它。而这种抚摸，只会让真正的宝石焕发出更令人迷醉的光芒。

大概两年之后，我为拍摄一部电视片，在深秋十月去攀登过一次号称蜀山皇后的四姑娘山。这座海拔六千多米的高山，就耸立在距四川盆地直线距离不过百余公里的邛崃山脉中央。我们前去的时候，已经是水冷草枯的时节。雪线正一天天下降到河谷,探险的游客已断了踪迹，只在山下的小镇日隆的旅馆墙上留下了“四姑娘山花之旅”一类的浪漫词句。

上山的第四天，我们的双脚已经站在了所有森林植被生存线以上的地方。巨大岩石的阴影里还有经年不化的冰雪。往上，是陡峭的冰川和蓝天；回望，是一株株金黄的落叶松，纯净的明亮。此行，我们不是刻意登顶，只是尽量攀到高一点的地方。当天晚上，我们退回去一些，宿在那些美丽的落叶松树下。那天晚上下了一场大雪。早上醒来，雪遮蔽了一切，树、岩石，甚至草甸上狭长的高山海子。

我又一次看到被雪的山脉一列列走向辽远，一直走到与天际模糊交接的地方。这时，太阳出来了。

不是先看到的太阳，而是遽然而起的鸟类的清脆欢快的鸣叫一下就打破了那仿佛亘古如此的宁静。然后，眼前猛地一亮，太阳在跳出山脊的遮挡后，陡然放出了万道金光。起先，是感觉全世界的寂静都汇聚到这个雪后的早晨了。现在，又觉得这个水晶世界汇聚了全世界的光芒与欢唱。

“太阳弹响群山的音阶。”

我试图用诗概括当时的感受时，用了上面这样一个句子作为开头。从此，我就把这一片从成都平原开始一级级走向青藏高原顶端的一列列山脉看成大地的阶梯。

从纯粹地理的眼光看，这是把低海拔的小桥流水最终抬升为世界最高处的旷野长风。

而地理从来与文化相关，复杂多变的地理往往预示着别样的生存方式、别样的人生所构成的多姿多态的文化。

不一样的地理与文化对于个人来说，又往往意味着一种新的精神启示与引领。

我出生在这片构成大地阶梯的群山中间，并在那里生活、成长，直到三十六岁时方才离开。所以选择这个时候离开，无非是两个原因。首先，对于一个时刻都试图扩展自己眼界的人来说，这个群山环抱的地方时时会显出一种不太宽广的固守。但更为重要的是，我相信，只有在这个时候，这片大地所赋予我的一切最重要的地方，不会因为将来纷纭多变的生活而有所改变。

有时候，离开是一种更本质意义上的切近与归来。

我的归来方式肯定不是发了财回去捐助一座寺庙或一间学校，我的方式就是用我的书，其中我要告诉的是我的独立的思考与判断。我的情感就蕴藏在全部的叙述中间。我的情感就在这每一个章节里不断离开，又不断归来。

作为一个漫游者，从成都平原上升到青藏高原，在感觉到地理阶梯抬升的同时，也会感觉到某种精神境界的提升。但是，当你进入那些深深陷落在河谷中的村落，那些种植小麦、玉米、青稞、苹果与梨的村庄，走近那些山间分属于藏传佛教不同流派的或大或小的庙宇，又会感觉到历史，感觉到时代前进之时，某一处曾有时间的陷落。

问题的关键是，我能同时写出这种上升与陷落吗？

成人之后，我常常四出漫游。有一首献给自己的诗就叫作《三十周岁时漫游若尔盖大草原》。记得其中有这样的句子：

我们嘴唇是泥，
牙齿是石头，
舌头是水，
我们尚未口吐莲花。
苍天啊，何时赐我最精美的语言。

今天，当我期望自己做出深刻生动表达的时候，又感到自己必须仰仗某种非我的力量。在历史上，每一个有学识的僧人在开始其著述时，都会向四方的许多神佛顶礼。比如藏族历史上最具批判性的更敦群培在《智游佛国漫记》中，开篇就“虔诚地向正等觉世尊之足莲叩拜”。所谓足莲是藏语里一种修辞格，就是把世尊的足喻为莲花。这样叩拜的目的，也无非“敬祈赐予保佑”，保佑著作者能够：

深邃智慧之光轮驱除世间迷惑，

恬静解脱之定足镇压三界顶部，

具有未染戏论浮云净空之胸怀，

众生之祥瑞太阳赐汝圆满之雨露!

位高权重的五世达赖在其巨著《西藏王臣记》的开篇也是这样祝颂：

那整齐的花蕊，似青年智慧，锐如铁钩，刺入美女的心房。

自在地洞见诸法的法性，显现在大圆镜上。

明效大验，显示出一幅梵净歌舞的景象。

能做这样的加被者——文殊师利，愿我庄严的喉舌成为语自在王。

然后，他转而向诗歌与文艺女神继续祝颂：

乍见美妙喜悦的尊颜，疑是皎洁的月轮出现。

你那表示消除一切颠倒与惶惑的标识——

是你那如蓝吠琉璃色彩般长悬而下垂的发辫。

妙音天女啊!愿我速成语自在王那样的智慧无边!

“语自在”，从古到今，对于一个操持语言的人来说，都是一种时刻理想着的，却又深恐自己难于企及的境界。

现在，虽然全世界的人都会把藏族人看成是一个诚信教义，崇奉着众多偶像的民族，但是，作为一个藏族人如我，却看到教义正失去活力，看到了偶像的黄昏。

那么，我为什么又要向非我力量发出祈愿呢？因为，对于一个漫游者，即或我们为将要描写的土地给定一个明晰的边界，但无论是对一本书，还是对一个人的智慧来说，这片土地都过于深广了。江河日夜奔流，四季自在更替，人民生生不息，所有这一切都会使一个力图有所表现的人感到胆怯甚至是绝望。第二个问题，如果不是神佛，那这非我力量所指又是什么？我想，那就是永远静默着走向高远阶梯一般的列列群山，那就是创造过、辉煌过，也沉沦过、悲怆过的民众，以及民众在苦乐之间延续不已的生活。

目录

辑三　上升的大地

辑四　历史地平线

辑五　人客居于此

辑六　发展与伦理

辑七　时间尺度上

辑一
寂静中醒来

芙蓉：千林扫作一番黄，只有芙蓉独自芳

秋天，观花与写花，按传统诗文惯常的路径，当以菊花为首。但如今，在很多城市中，很难见到自然生境下生长开放的菊花。都是时节一到，一盆盆盛放的菊花密密地齐齐地摆放出来，在街头、广场、公园，形成装饰性的色块与图形，远观有很好的视觉效果，近看，却少了些自然的风致，完全的欧式园林做派。傲霜之菊，在中国诗歌之树的枝头，作为秋花最为闪亮。即使倚着篱墙，虽也是人工安排，却总是最大限度保留着自然的风致。

好在如果要写成都的秋花，怎么说，都要以木本的芙蓉为首。成都这个地方，基本处在中国南北分界线上，又稍稍偏南一点。夏天，比起长江边和长江以南的城市，没那么的酷热；冬天，也没有北方城市那样的酷寒。加上远处内陆，深陷盆地，少受转向的季风影响，秋天就很绵长，能一直深入侵占掉一些冬天的地盘。如若不信，可以回想一下银杏金黄落叶满地的时间。

从时序上来说，芙蓉花差不多就是成都这个城市一年中最晚的花了。正所谓“开了木芙蓉，一年秋已空”。

更可喜的是它的花期绵长。九月底，城中各处，偶尔可以看到团团浓绿的芙蓉树上，一朵两朵零星开放。那时，一树树黄花决明正在盛放。到了十月大假后，决明树艳丽的黄花呈现了零落之象。秋意一天浓于一天，这时，白的、粉的、红的芙蓉才真正渐次开放。苏东坡诗云：“千林扫作一番黄，只有芙蓉独自芳。”说的正是此花开放的时令。这样留心于芙蓉的观察者不止苏东坡一个。早在此前的唐代，长居成都的女诗人薛涛就有诗句“芙蓉新落蜀山秋”。说有芙蓉花落的时候，蜀地的秋天就算是真正到来了。从诗句中看，薛才女的观察更加细致入微，芙蓉花真的是且开且落的。从芙蓉花开那些日子，我就四处留心观察，每一朵芙蓉盛放后，也就在枝头上停留两天左右时间，然后就委顿了，悄然凋落在树下。只要稍加留意，就会看到每一株芙蓉树下潮润的地上，都有十数朵甚至数十上百朵的落花了。但在树上，每一枝头顶端，都有更多的花朵正在盛开或者即将盛开，还有更多的花蕾在等待绽放。也就是说，芙蓉的花期还长，蜀地成都的秋天也一样深长。

这就是在成都观赏秋花要以芙蓉为先的首要理由——自然物候上的理由。

当然，更为重要的还有文化上的理由。

成都被简称为“蓉”，已有千年以上的时间。这个“蓉”，就是芙蓉花的“蓉”，木芙蓉的“蓉”。

这个来历，至少好多成都人是知道的。

有个传说叫“龟画芙蓉”。

说的是成都初建城时，地基不稳，屡建屡塌，后来出现一只神龟，在大地上匐行一周，其行迹刚好是一朵芙蓉的图形。人们依此筑城，“一年成聚，两年成邑，三年成都”。

再一个传说为更多的“蓉城”人所接受，叫“芙蓉护城”。

说的是五代十国时后蜀国君孟昶为保护城墙，命在成都城上遍植芙蓉，每当秋天芙蓉盛开，“四十里芙蓉如锦绣”，满城生光，成都便从此名之为“蓉城”。据考，当年的城墙是土城，在雨水淫多的成都，土城易于崩塌。而芙蓉花树，地面的部分繁盛茂密，可以遮挡雨水直接冲刷墙土；其根系也很发达，有很好的固土作用。也许嫌这个理由过于实用主义，不太配“蓉城”或芙蓉本身的美丽，或者是历史上确有其事，反正成都人更相信，孟昶所以选择芙蓉防护和妆点成都，是因为其王妃花蕊夫人的影响。这位花蕊夫人喜欢赏花观花，又因为眼见春夏之花之短促而易于凋零，便又时时处于“感时花溅泪”的敏感伤怀的状态之中。后来，她在郊游时，在农家院中发现了这傲寒拒霜的芙蓉花，深得安慰，非常喜爱。因此孟昶为讨她欢心才在成都遍植芙蓉。

芙蓉树本身的确也非常美丽。

从树形上说，如果不修剪，径自生长，可以长到十来米高。如果有足够空间，这树不止尽情向上，其横向的分枝四逸而出，不开花时也树形饱满优雅。在城市中，大多数芙蓉花树每年修剪，不是一般的小修小剪，是把所有分枝尽数剪切，只留一根主干。这根主干的高度，根据配景的需要，或二三十厘米，或一至两米。但就在这主干桩头上，当年就能抽出十数条或数十条新枝，放射状萌生；到夏天，每条新枝都有一两米长了，每条新枝上都互生出阔大叶片，如伞如盖，绿荫团栾。那掌状叶片也规整好看：每一片都是三到五裂，裂片呈三角形，基部心形，叶缘具钝锯齿。就在这样的枝头，由那些手掌一般的叶片捧出了一簇簇花蕾。

因此，《广群芳谱》中这样描述芙蓉："清姿雅质，独殿众芳。秋江寂寞，不怨东风，可称俟命之君子矣。"这句话的意思当然可以理解为芙蓉花美，但芙蓉不仅仅只是以花为美，她的叶片和整株树的身姿也美丽动人。

今天是重阳节，又是周六，薄薄的太阳出来，我带着相机出去寻访芙蓉。

其实，芙蓉花渐次开放已经有十多天时间了，好多树下都有了零星的落花。但枝头上着花更多，或者已然绽放，或者将要绽放，还有更多的花蕾在等待绽放。那些挣破了苞片的花蕾都是红色的，但盛开的芙蓉却是粉、白、红三色。查植物书，说芙蓉因光照强度不同，引起花瓣内花青素浓度的变化，早晨开放者为白色，继而开放者为粉色，下午开放者为红色。因为这个缘故，芙蓉花还有个"弄色芙蓉"的美称。还有人在微博上告诉我，说同一朵芙蓉早上为白，继而变粉，再变为红色，一日三变。这个着实超越了我观察得来的经验。或者，在另外某处，有这样一个神秘妖娆的品种也未可知。而在我的观察中，虽然一树几种花色都有，但这种一日三变，或者依不同时间开放而呈不同颜色的情形却未曾得见。我家楼下侧院中就有三株芙蓉。接连几天，我面对电脑累了，就下楼一次，一日里竟有五六次之多，并未见到书中所说变色的景象。早起开放是白色的，晚上还是白色。夕阳西下时是红色的，朝晖之下也是红色。但我因此看到了两个情形。一日中，盛开的芙蓉花会像向日葵一样随着太阳旋转，以便把展开的花瓣和黄色而密集的花蕊朝向太阳。当太阳沉下楼群组成的参差的天际，盛开的花瓣就微微闭合了。第二天太阳起来时，又再度展开。

成都这个城市，注定与芙蓉有缘。不仅从五代起就把芙蓉当成了市花，在更早一点的唐代，浣花溪边有许多造纸的作坊，能制美丽而精致的笺纸。才女薛涛在这些笺纸上写她一个名伶送往迎来的诗，清词丽句之外，还嫌书写的介质不够美丽，竟自己跑到某个造纸作坊，亲自设计纸样，并督导工匠，用浣花溪的水、木芙蓉的皮、芙蓉花的汁，制成了色彩绚丽又精致的薛涛笺，专门用来写她“不结同心人，空结同心草”之类的多情诗句。

这也是她为这座叫“蓉”的城市留下的一段深远的雅韵。

为此，有一天朋友设了饭局，正在浣花溪公园，我特意早到，到公园中专门去看那里的芙蓉花。虽然现在开花的肯定不是薛美人当年行经的那一些，但想想，这里就是她行经并和匠人合作制笺之地，心情毕竟与在别处看见还是有些微的不同。

可惜的是，薛涛笺的制法已经失传。记得在四川大学旁的望江楼公园的竹林深处，见过一个售纪念品的小货亭，有薛涛笺卖。就是普通的八行笺而已，只是有些暗暗的花纹。机器时代，早就遗忘尽手工的精致与深情了。

更为可惜的是，今天的成都市中，虽然四处都可见到芙蓉，但成林成片者，已不能见。这种美丽的本土植物，不仅扎根于自然生境，更深植于这个城市的历史记忆，如今却被越来越多的引进植物分隔得七零八落了。我不反对引进植物。一来，那些植物自有独具的美感；二来，在这个污染越来越严重的时代，某些引进植物显得更加强健。但对一个城市来说，物理上的美感是一个方面，精神与文化上的，与集体记忆有关的植物，还是应该成为景观上的主调。

古书《长物志》上说：芙蓉“宜植池岸，临水为佳”。水光与花色辉映，“照水芙蓉”历来被视为一种极致的美景。成都多水，如果这个时节，某一段江岸、某一处湖边遍开连绵的芙蓉，在这草木凋零的季节，那我们就得享一种宝贵的非物质的福祉了。我在微博上说了点芙蓉的前世今生，附带一两张芙蓉花照片，就有和我同在成都的人来发问，该到哪里去看芙蓉？据我的观察，芙蓉树抗污染的能力也应该不错。城中，好几种叶子阔大的树种，叶片上都积满了尘土与油垢，让人不忍卒看。芙蓉花叶子大如手掌，叶片上也会积有尘土，但一场大雨也能清洗干净，至少没有见过它的叶子抹布一样满是油污——比如，茶花的叶子就有着超强的集油功能，上面油垢能厚到看不清叶子的本色。

在污染日重的环境中，芙蓉真还是一种能使这个城市显得清洁的树，一种有着内在清洁精神的树。发此感叹，是因为观察到芙蓉花凋谢的特别方式。好多次，到开满繁花的树下，在地上见不到片片零落的花瓣，只看到一个个干瘪了的花蕾，失去了粉嫩的红色，先是变成枯草的颜色，再变成泥土的颜色。那时，我纳闷，是花蕾太多，为了腾出更大的开放空间，就必须有一些花蕾未及开放就悄然凋落吗？即便如此，树下也该是铺满了凋零的花瓣。为了弄清这个问题，我特地给楼下几朵芙蓉花做了标记。两三天后，我确认，这几朵盛开的花，萎谢之时，并未像常见的那样花瓣片片飘落，而花蕊变成了膨胀的籽实，那一朵朵花只是慢慢收拢了花瓣，重新变回了花蕾的形状。当然，和真正的花蕾还是有着明显的区别：首先是没有了绿色苞片的包裹；再者，唐诗中所说“山中发红萼”的“红”也消失不见，若说还有点残存的花色，那也是回响一般的残红了。

我带了十几枚这样的落花回家，一一解剖，想看看几天短暂的开放，中间的黄色花蕊是否变成了种子。那些花蕊只是委顿了，每一朵枯萎的花中都未传来种子的消息。漫长的植物进化史上，开花植物的出现，真正的目的不是为了让我们赏心悦目，而是为了结出种子繁衍种群。也许人工的干预已经改变了一切。这段时间，每每去到野外，我就留心观察，却没有发现真正野生状态的芙蓉。它们只是出现在有人烟的地方，用扦插的方式栽种，生长，开花。

今天是十一月十六日，雨后天晴，气温又回到二十来度。再出去散步，见树树芙蓉还开放着，只是树上的花朵已然十分稀疏。细看枝头，也没有了待开的花蕾。我想，待这些芙蓉开尽，真正的冬天就到来了。

二〇一〇年十一月十六日

草，草根，及其他

因为主持一家发行量不低，特别为大中学生喜爱的科幻杂志，辛辛苦苦挣了多年微薄的发行利润，眼看着广告在别的期刊上红红火火，在商言商，也想向广告界推介一下向来被冷落的青少年杂志，便去参加了一次媒体与广告客户的联谊会。一到会上，就知道此行不会有令人乐观的成效。世上的事大抵如此，一旦在其开始时形成了定见，以后想要再加改变，就很难很难了。广告也是这样，客户要在期刊上做广告，非得做在与时尚、高端、专业等词汇相关的亮闪闪的铜版纸上，大众型的媒体，影响力再大，都会视而不见。这会要是换在别的地方，我也许就打道回府了，但因为去的是闻名了二三十年，如今因为这么一种机缘方才得以亲见的呼伦贝尔草原，于是就安下心来，随队伍细看草原。

我自己就出生在青藏高原，就在草原黄黄绿绿的更迭中寂寞长大，即便后来离开了故土，那空阔与浩大的景观犹在眼前，但那是藏人的草原。蒙古人的草原，也分时分片去过一些，不知为什么却独留下了传闻中最美的这一片，直到有今天这么一个机缘才涉足其间。

草原景观，无非就是草的铺展与连绵，这一片与那一片，除去上面稀疏的人文附着，相差并不太远。所以，一不带相机四处取景，二不做无故惊叹。每到车辆停下，只是信步走入草地，或坐着，或躺下，听任瀑布似的阳光寂静地倾泻而下，把在城市里，在名利场中因各种场合而放大很多倍的自己立即缩小成天地间小小的一点。

这时，阳光真的是蜂拥而至，一时间真的会意念皆无，只有阔大的寂静中弥漫着新鲜牧草的芬芳，有心无意的风懒懒地翻卷在某一匹马漂亮的鬃毛之上。这时的人，会有不叫思想的智慧，会有一些情绪，难以分辨是该叫作欣喜还是忧伤。想必，这是原初的古人们常常感觉到的吧。想必，我们先人们最初的智慧也就是这样生长出来。然后，就像水里的盐，地脉中的宝石就这样慢慢结晶。

可惜，我们已经不是古人了。

今人区别于古人一个最大的标志就是，什么都算计，到了草原上，一个较为切近初民生活环境的地方，什么值得算计的都远离了，我们就来算计时间。于是，自己把自己变成了羊，被时间的鞭子驱赶着，被看到了好风景却又担心错过了别处好风景的焦虑驱赶着，四处奔波。总算到了一个可以安憩的地方，总是因了与生俱来的紧迫感，不给自己留下足够的时间欣赏美景，进而与自然静静交融，物我两忘。日复一日，我们就这样慢慢习惯，以致领队催促的声音还没有响起来，自己心里内在的那只时钟已经焦虑地发出越来越大的嚓嚓声响。我们已经不可能安安定定坐在一个地方听任亘古的寂静把内心充满，在这寂静中听听内心的声音。听这悲喜交集的声音结晶为宝石，结晶为盐。

更多的时候，我们是从这一片草场到那一片草场，从这一个湖到那一个湖，从这一地方到那一地方的路上。而在这片草原上，也和整个中国一样。一条展开的路，总是有这里那里在整修，使行程不能顺畅，使在路上的人永远不能预估出到达下一个目的地的时间。事情总是这样的，并不是每一个需要整修的地方都需要把路全部堵死，但修路的人偏偏就喜欢把路全部堵死，而且，修路人看到堵在路上的人们焦急万分时总会露出快意的神情。修路与堵路，修路人看到行人被堵而流露出莫名的快意，也许正是当下中国社会生态的某种奇妙的隐喻。在这样一件事情中，谁也没有得到任何好处，不论是堵路的人，还是被堵的人。但在这些素不相识的同胞之间，一种彼此敌视的情绪便暗暗生长起来。

就是这种莫名滋长的情绪，就足以使人不能真正体悟草原。中国，每天有多少人奔向不同自然或人文的景点，但仅仅在行，在吃，在住，在路上，已然失去了平和愉悦的心情，又何谈人文的教益与山水的熏陶？

长此以往，我们将再也无法走进自然，更遑论走进与我们不同的人群与文化了。我们未曾学会互相体察，但似乎是在先天就学会了敌视与拒绝。

所以，当我走上这片草原的时候，最多就能用两个字：细看。

因为对草原风景的熟稔，我的细看不是宏观的观赏。宏观不只是一种视角，而是一种能力，宏观也需要整个文化心态处于一种相对自由而开放的状态。于是，真的就只是去细看一棵棵、一丛丛的草。就这样关注着草的个体，就这样微观，而不是个体的集合，以及无数个体集合起来的宏观。

所以如此细看，还因为在这片陌生的蒙古人的草原上，看到很多熟悉的藏人草原上的草，那些生长在纬度更低，海拔却更高的地方的草。这些草大都是生长健旺的禾草科的草，营养丰富的豆科的草。还有那么些招摇在草中的花，紫的龙胆、雪青的风毛菊、一簇簇的狼毒、一穗穗的紫菀。有了这些熟悉的花草，这片草原就成了熟悉的可以随时放倒倦怠身躯的草原。就是这些普通的草，这些众多的花，叶与茎、根与须相互交缠，在树那么英雄气的孤独地一动不动的时候，低矮而顽贱的草们却一点点铺满了旷野荒原。总是喜欢这样富于象征意味的景象！总是喜欢看到弱小无声者因众多而显得声势浩大！

不禁想起二十世纪八十年代稍晚时自己写于藏区草原的一首诗来。

那首诗题目就叫《草》：

如此汹涌的光的海啊
把风推动得如此迅猛
这就是草，从寂静中醒来

毫无意识就推动了世界

阳光普照众多的草，连绵的草，真的就像是无边的大海。本来是风推动了草浪与光波的涌动，但看上去，倒是草推动着行走其上的风。真的，草，或者说如草之民，真有可能在毫无意识的情况下就推动了世界。而且，不管是从寂静中醒来，或者未曾醒来。

草，摇动；草，歌唱
把夏季变成了一个浩大的盛典
来自最沉静的生命中心的草啊
什么样的锋刃也不能将其杀伤
以如此绵密而敏锐的触角
绵延不绝行走在蓝天下面
不论在高处涌起
还是在低处汇集
都是如此强横，都是
毫不容情从大地劫掠了荒凉

这里，当然有精确的写景状物，但中国诗学从来不以写景状物本身为满足。于是，我写草写到一定时候，也终于露出象征的马脚、民粹的马脚。歌颂草，就是歌颂草根的力量。具有十足草根特性的人民不但适合做一切政治的遮羞布，也适合做文人高蹈意兴的垫脚石。更何况，我们本身就来自民众，也许某种境况下被人赐一个精英的封号，或者某一瞬间自己也会有一星半点这种虚妄的感觉，但是，在说到草与民这样的词，这样可以配合出更多词的词根时，浑身还是会有一种闪电接地般的感觉。

但今天毕竟不复是年轻浪漫的当年。

又是十多年的时间，从人生的风风雨雨中走来，同时也从一个国家、一个民族十几年艰难书写的历史中穿行而来。单纯的民本思想早已动摇。须知草民的力量看起来声势浩大，但稍稍引错一点方向，从这大地上，从我们生活中，劫掠而去的常常不只是荒凉。而更多的时候，在政治生活中，常常痛心感到的是这种力量大面积的萎靡。过去，我们认为这种力量提供的动能是源源不绝的，现在才知道，这种力量的健康成长也需要一种良好的生态，它的名字叫作民主。

这样的生态学道理，就是自然界本身也在不断告诉我们。

在草原上每一个地方，你问每一个当地人，都会听到一声叹息，说，如今的草原已经日渐衰退，不复的是当年风吹草低才看见洁白群羊的景象了。不是众草蔓延劫掠荒凉，而是没有水汽的风，是更为众多的沙来威逼千年的牧场了。而且，每一个人都知道这种现象的命名就叫生态恶化。而我们穿过传说中美丽丰茂的呼伦贝尔草原时，才看到了那么多委颓的草，那么多蠢蠢欲动的沙。今天，如果让我再来写关于草的诗，可能就不会写得那么年轻而天真了。当然，我早就不写诗，而改写小说了。其中一个最大的原因，就是因为，诗歌这种形式就决定了它更适合做那种热情天真的表达，而小说也许跟我们这个日益夹缠、日益复杂的社会更能建立起一种对应关系。

用小说的方式，可能更容易写出草原生态中的另一种灾难，那就是那些多汁的、细嫩的、营养丰富的好草，都被牛羊吃掉了，被打草的镰刀割掉了。那些有药用价值的，更被连根挖掉了。而在那些越来越多的沙子中丛丛相聚的，却是坚硬的，多刺的，甚至是有毒的恶草。

生态不好的时候，恶草总是驱逐良草。

看望一棵榆树

在马尔康镇上，我真正要做的只有两件事情。

其中一件，是去看一棵树。

是的，一棵树。据说，这棵树是榆树，来自遥远的山西五台山。

居住在马尔康的近两万居民中，可能只有很少很少的人知道这棵树的历史与马尔康的历史怎样相互关联。

这棵树就在阿坝州政协宿舍区的院子里。树根周围镶嵌着整齐洁净的水泥方砖。过去我时常出入这个地方，因为在这个院子里生活着好些与嘉绒的过去有关的传奇人物。解放以后，他们告别各自家族世袭的领地，以统战人士的身份开始了过去他们的祖辈难以设想的另一种人生。

那时，我出入这个院子，为的是在一些老人家里闲坐，偶尔从他们的只言片语中会透露出对过去时代的一点怀念。我感到兴趣的，当然不是他们年老时一点怀旧的情绪，而是在他们不经意的怀念中，抓住一点有关过去生活的感性残片。我们的历史中从来就缺少这类感性的残片，更何况，整个嘉绒本身就没有一部稍微完备的历史。

那时，我就注意到了这棵大树。因为这是整个嘉绒地区都没有的一种树。所以，我会时时在有意无意间打量着它。

一位老人告诉我，这是一棵来自汉族地方的树，一棵榆树。是很多很多年前，一个高僧从五台山带回来的。

我问："这个高僧是谁?"

老人摇摇头，说："我也不晓得，那是很久很久以前的事了。"

我常去的那幢楼的一边是院子和院子中央的那棵榆树，而在楼房的另一边，是有数千座位的露天体育场。这个地方，是城里重要的公共空间。数千个阶梯状的露天座席从三个方向包围着体育场。而在靠山的那一面，也是一个公共空间：民族文化宫。文化宫的三层楼面，节日期间会有一些艺术展览，而在更多的时候，那些空间常常被当成会场。当会开得更大的时候，就会从文化宫里移到外面的体育场上。

我想，中国的每个城市，不论其大小，都会有相类的设置，相似的公共空间。如果仅仅就是这些的话，我就没有在这里加以描述的必要了。虽然很多在这城里待得更久的人，常常以这个公共场所的变迁来映照，来浓缩一个城市的变迁，说那里原来只是一个土台子下面一个尘土飞扬的大广场。现在文化宫那宏伟建筑前，是一个因地制宜搞出来的土台子，那阵子，领导讲话站在上面，法官宣判犯人也站在上面，等等，等等，此类话语，很多人都是听过的。而当我坐在隔开这个体育场与那株榆树的楼房里，却知道了这块地方更久远一些的历史。

这段历史与那株榆树有关，也与这个山城名字的来历有关。

曾经沧海的老人们说，在体育场与民族文化宫的位置上，过去是一座寺庙。寺庙的名字就叫马尔康。那时的寺庙香火旺盛，才得了这么一个与光明有关的名字。

马尔康寺曾经是一座苯教寺庙。

乾隆朝历经十多年的大小金川战乱结束之后，因为土司与当地占统治地位的苯教互相支持，相互倚重，战后乾隆下令嘉绒地区，特别是大渡河流域的所有苯教寺庙改奉佛教。马尔康寺中供奉的神像才由苯教的祖师辛饶米沃改成了佛教的释迦牟尼与格鲁派戴黄色僧帽的大师宗喀巴。

马尔康寺改宗佛教之后，依然与在两金川之战中得到封赏的本地土司保持着供施关系，卓克基土司的许多重大法事，都在这个庙里举行。

那时候的马尔康寺前，是一个白杨萧萧的宽广河滩。最为人记取的是，每年冬春之间，一年一次为本地区驱除邪祟、祈求平安吉祥的仪式就在庙前举行。每次，信徒中都会有不幸者被作法的喇嘛指认为“鬼”而被驱赶进冰冷的梭磨河中。在那样的群众性集会上，不幸者领受死亡之前，还要领受非人的恐惧，而对更多的人来说，那肯定是一种野蛮而又刺激的游戏。

宗教每年都会以非常崇高的名义提供给麻木的公众一出有关生与死，人与非人的闹剧。

人们也乐此不疲。

现在，在这个地方，最能刺激人的就是现在的体育场上偶尔一次的死刑宣判了。在那里，人们可以从一个深陷于死亡恐惧的人身上提前看到死亡的颜色，闻到死亡的气味。时代变了，那些被宣判的人的死亡不是别人的选择，而是他们内心的罪恶替他们的生命做出的选择，但是，世世代代，看客的心理却没有多大的变化。

给我讲故事的老人中，有一两位在过去的时代也是掌握着子民生杀予夺大权的，但是现在他们却面容沉静，告诉我这个广场上曾经的故事。他们告诉我说，现在政协这些建筑所在的地方就是马尔康寺的僧人们日常起居的居所。

其中，有一位喇嘛去五台山朝圣，回来时就有了这棵树。

关于这棵树，老人们有两种说法。

一种说，是那位喇嘛在长途跋涉的路上，折下一段树枝作为拐杖，回来后插在土里，来年春天便萌发了新枝与嫩芽。这就是说，这株树不远千里来到异乡是一种偶然。

持第二种说法的是一位故去的高僧。他说，那位喇嘛从五台山的佛殿前带回来一颗种子，冬天回来，他只要把那粒种子置于枕边，便梦见一株大树枝叶蓬勃。自己详梦之后，知道这是象征了无边佛法在嘉绒的繁盛。于是，春天大地解冻的时候，他在门前将这颗种子种下。

现在，树是长大了，但是佛法却未必如梦境所预示的那般荫蔽了天下。

马尔康寺在二十世纪五十年代开始衰败，并于六十年代毁于“文革”。于是，原来的那些僧人也都星散于民间了。只有这株树还站在这里，在一个逼仄的空间中努力向上，寻求阳光，寻求飞鸟与风的抚摸。有风吹来的时候，那株树宽大的叶片总是显得特别喧哗。

仙人掌河谷

阻塞在长长路上的车队终于远远地抛在身后了。

阳光落在两边光秃秃的破碎不堪的石山上，闪得人双目发痛发干。混凝土一样灰色的山坡上也有绿色，但不是树木，而是漫山遍野的仙人掌。

我只是在画报图片上才看到过这么多、这么巨大、这么千姿百态的仙人掌。图片里的情景是在墨西哥荒野上。我从来没有想过在中国会有这样一个仙人掌丛生的荒凉地带。

特别令人感到奇怪的是，在汉藏交界的地区，在四川盆地向青藏高原攀升的群山渐渐峭拔的地方，总会有这样一个荒凉的、大自然遭到深重蹂躏的地带。由北向南，嘉陵江流域是这样，岷江流域是这样，想不到大渡河流域的情形还要惨烈可怕。科学家把这种荒凉地带称为亚热带干旱河谷。他们还告诉说，这些地区，历史上曾经都是森林满被，和风细雨，但在长达上千年的战火与人类的刀斧之后，美丽的自然变出了一副狰狞的面孔。

自然科学家告诉我们，这些森林一旦消失，整个自然生态将难以再重建、恢复。

这个地带在一个国家的两个民族之间，而不是在两个敌对的国家之间，这种没有理性的对大自然的盘剥，最后造成了眼前这种令人发指的景象。这次旅行结束后，我特别注意地想搜罗一些资料，看看这些曾经风调雨顺、绿荫满山的地带，从什么时候起落到了今天这样的地步。可惜的是，无论在哪一种语言的文书中，我都没有见到过这样的记载。

曾经在西藏工作很多年的冯良寄送给我两本书，一本是她的长篇小说《西藏物语》，一本是她编辑的原来叫作《康藏轺征》，现在取名叫《国民政府女密使赴藏纪实》的书。也许是因为手头正在写这本有关走进西藏的书，我对这本在一九三〇年就真正走进西藏的书的兴趣，一时间超过了对冯良小说的兴趣。这本书的女主人公刘曼卿是一个已经被淡忘的一时间的风云人物。这位刘曼卿女士是一个出生于拉萨的藏汉混血儿，藏族名字叫作雍金。她作为国民政府的特使，为加强中央政府与西藏地方政府之间的联系所做的贡献，已经得到了充分的肯定。史料中说，刘女士此行往返于南京和拉萨达三百六十四日，是几乎整整一年的时间。她在拉萨和入藏的路上，“竭力宣慰中央德意，及告以中央垂念边陲之殷，故深得藏族人及统领土司、喇嘛等之热烈欢迎，达赖亦延其为上宾”。返回南京后，她应邀在国民会议上做了关于西藏之行的专题报告，国民政府主席特地颁发褒奖状。奖励词说：“国民政府以刘曼卿前经本府文官处委令，前赴西藏调查往复一年，克宣党国怀来之意，无愧轺车专对之材用，特给予褒奖，以示奖励。”

我对这本书感到兴趣，因为她入藏的行程有一段与我的路线重合。在这重合的一段路线上，我想看看一个藏族人的记载是不是有别于其他人的记载，但我从她的行文里没有找到一个有藏族血统的人回到藏文化区域中有什么灵魂上的共振的字句，倒是发现了“塞外孤征，感念曷既”等酸腐的语句。

我读有关西藏的书，选择的标准与读别的书大不相同，我知道这也是一种偏颇，但不能改变我在阅读中本能的取舍。我读西藏的书，第一就是从字里行间感受读者是在融入还是疏离，如果其中有太强大的另一种文化的优越感，那好，对不起，我只有放下。

我再从书架里找出这本书，是想看看，作者在泸定到康定的道中，在大渡河这段体现了人类最大程度暴力的河谷面前，有什么样的思考与记载。

可是，我仍然没有看到。

她好像没有看到那些破碎山体中的仙人掌。在我看来，这些仙人掌是大地里所残存的最后一线生机。

我继续翻检手边有限的有关藏汉交往的史料。其中一函四册的线装书叫《边藏风土记》，作者查骞，光绪年间由四川总督任命为里塘粮务同知。期间曾在这条路上往还，结果留下了这四小册文字。在第四册中，在泸定县条下，有关于这些仙人掌的记载：“泸定县境内，产仙人掌。草生树本，高逾寻丈，状恶多浆，触手滑腻。土人多种以代墙，密如排棘。其实四棱三棱，深绿绛黄，味亦甘滑，呼曰仙桃。按《本草纲目》：仙人掌状如人掌，故以名。多生石上贴壁，性苦涩寒。然未见泸定之多且大者。遍山幽谷，莫非此树，臭气熏人不可耐。”这又是中国读书人典型的书斋笔调了。

面对这种动人心魄的劫后的大自然，他能平心静气地去品味果实，想起在中医理论里的药用价值，那是一种我本人永远无法企及的境界。

公路边，不断有穿着非藏非汉，面孔脏污的孩子，手里提着一筐仙人桃，期待着买主。虽然在烈日下行走，我口渴难当，虽然那些仙人桃散发出一种与无花果类似的沉郁的闷香，但我没有打算去品尝。我在想象这里曾经的青山绿水的景象。

与此同时，让人更加沉痛的是，我知道，对大自然的劫掠还在远方云雾遮掩的深山里进行。

公路下边，河道里浊流翻滚，黄水里翻沉碰撞发出巨大声响的，正是那些深山里被伐倒的巨树的尸体。落叶松、铁杉、云杉、冷杉、柏、桦、楸、椴，所有这些大树，在各自不同的海拔高度上成长了千百年，吞云吐雾了千百年，为这条大河长清长流碧绿了几百年，为这片土地的肥沃荣枯了几百年。但现在，它们一棵棵呻吟着倒下。先是飞鸟失去了巢穴，走兽得不到荫蔽，最后，就轮到人类自己了。

不知为什么，当时我无端就想到了故乡村子一片已经消失的桦林。

马

这是山下的一个小镇。

在小饭馆里喝酥油茶的时候，我从窗口就看见了山的顶峰。在一道站满了金黄色桦树的山脊背后，庄重地升起一个银白色的塔尖，那样洁净的光芒，那样不可思议地明亮着。我知道，那就是山的主峰了。没有说话，我想，这一阵子，它是属于我一个人的。这一天来登山的人只有我们几个。几个同伴都倾心于交谈。相信此时此地，只有我一个人在注视着它。某个修密宗的喇嘛曾说过，在功力到位的时候，他看见自己胸腔里什么都没有了，只有一个伟大的梵文字母，金光闪闪。如果这话没有水分，我想自己也有很好的瑜伽资质，这个时候，那座雪峰度过蓝空到我胸中来了。

同伴们为哪一条路线最便捷又能看到更多的美丽风光争论不休时，我独自微笑不语，心里想着佛经上关于殊途同归的寓言。在这个时候，去不去那里，上不上那座雪山对我都无所谓的。那山已自在我心中了。但我们站在山前，看到将要驮我们上山的马慢慢下山，它们脖子上的铃铛声一下涨满了山谷，使这个早晨比别的早晨更加舒缓而且明亮，我终于忘了佛经禅关，心跳一下就加快了。

马！对于一个藏族人来说，这可是有着酒一样效力的动物。

马！我已经有两年多没有跨上过马背了。现在看到它们的影子出没在金色桦树掩映的路上，潜伏在身上的全部关于这种善于驰骋的动物的感觉一下子就复活了。那种强健动物才有的腥膻味，蹄声在寂静中震荡，波浪一般地起伏，和大地一起扑面而来的风，这一切就是马。马对于我来说，是活生生的感觉，而不是一种概念。

马们一匹匹从山上下来。

就在这里，山谷像一只喇叭一样骤然敞开，流水声和叮咚声在山谷里回荡。一队马井然有序地行进在溪流两边的金黄草地和收割不久的麦地中间，溪水的小桥把它们牵到石岸，到一株刺梨树下，又一座小桥把它们渡回左岸。一群野鸽子从马头前惊飞起来，就在很低的空中让习习的山风托着，在空中停留一阵，一收翅膀，就落向马队刚刚走过的草丛里去了。这些都和儿时在故乡见到的一模一样，我努力叫眼睛不比别人的更加潮湿。

可那是什么样的一群马呀！

在我的经验里，马不是这样的。我们要牛羊，是要它们产崽产奶，形象问题可以在所不计。但对马来说，我们是计较的：

骨架、步态、毛色，甚至头脸是否方正都不会有一点马虎。如果不中意，那就宁愿没有。中了意的，那一身行头就要占去主人财富的好大一部分。以至于有俗语说，我们这族人，如果带了盛装的女人和马出门，家里就不会担心盗贼的光顾了。而眼前是些什么样的马呀：矮小，毛色驳杂，了无生气，叫人担心骨头随时会刺破皮子。如果真有这样的事发生，身上流出的血，可能还不够打湿身下的地皮。那些无法再简陋的鞍具就不想再提了。

同伴们争先恐后地把一匹比一匹矮小的马的缰绳抓在手里，把看起来最高大的那一匹留给了我。

那个和他的马一样的马队的主人宽慰我说，你的那匹看着烈，其实听说听话得很。

我没有回答他，而是弯腰去系鞋带。目前，我对这些马的信任程度还不及对脚上这双鞋的信任程度。可是，一旦跨上了马背，感觉毕竟和走在地上大不相同，远处的雪峰猛一下就在面前升高了许多。

马队主人没有马骑，那一头乱发的脑袋在我膝盖那个高度起起落落。我问刚才他把马叫作什么，他说，牲口。这个回答使我高兴。在我胯下的不是马，而是另一种东西，是牲口。马和牲口，在藏语里也跟在汉语里一样，这两个词从我们口里吐出来，经过潜意识和想象的作用，给人的感觉是截然不同的。“马”，低沉，庄重，有尊敬的意味；“牲口”，天哪！你念念看，是多么的轻描淡写，多么的漫不经心，从一种可以忽略的存在上一掠而过。骑在马上，目的地是重要的，但那过程带来的感受是不容忽视的。如果骑在牲口上，过程就没有什么要紧，只要能把人驮到目的地就行了。突然想起一位苏联作家的话：司机的变化与汽车马力的大小相应。这句话的意思是说速度能使驾驭中的人与一般生活形态中的人类相脱离。我在马背上看着道路两边越来越蓊郁的森林景色，心里却想，那么，马又用什么使我和日常的生活相脱离呢？是把我变成一个更加敏感的诗人，还是野蛮时代的一个武士？我不知道。而眼下的这一匹，却能使我保持常态，因为它不叫马而叫牲口，使我在它的背上，在森林的气息里摇摇晃晃地行走。而我要在这里说，带着一点失望的心情在路上实在是一件很好的事情。这种感觉使眼前的景色看上去更有况味。如果这个时候，胯下是一匹好马，会叫我只享受马，从而忽略了眼前的风景。

现在，我可以好好看风景，因为是在一头牲口的背上。

看够了一片风景，思绪又到了马的身上。马所以是马，就是在食物方面也有自己特别的讲究。在这一点上，马和鹿一样，总是要寻找最鲜嫩的草和最洁净的水，所以它们总是在黎明时出现在牧场上，寻食带露的青草。故乡一个高僧在诗中把这两者并称为“星空下洁净的动物”。我们在一块草地上下了马，吃干粮。这些牲口松了缰绳也不走开，去寻找自由和水草，而是一下就把那长长的脸伸到你面前，鼻翼翕动着，呼呼地往你身上喷着热气，那样的驯顺，就是为了吃一点机器制造出来的东西：饼干、巧克力，甚至还有猪肉罐头。我的那一匹，就伸出舌头来，从我手上把一包方便面、一个夹肉面包卷到口里，吃进肚子里去了。那舌头舔在手上，舒服的感觉倒和过去给马喂盐时的感觉一模一样。可惜，它们的主人也不把它们叫作马，而是叫作牲口。这不仅仅是一个名称和另一个名称的问题，在这里，两个词语表示出两种不同的态度。“牲口”，那口吻随便，就像一个农民说：“喏，锄头。”是对待一件工具。而“马”就不同了，犹如猎人说到自己的爱犬——亲密的相互依存的伙伴，那是提起引以为骄傲的朋友时的那种口吻。在我的经验里，和人一起驱驰过、享受过同一条道路的马都有名字，就像一生中的朋友。问马队主人，它们叫什么名字，他的脸上出现牲口讨吃时一样谦卑的想要讨人喜欢的表情，说是几匹牲口，要什么名字。问为什么跟在他身边的那条狗却有一个名字叫黑色风。他说，牲口咋个好跟猎狗比。

吃过干粮再上路，我没有再骑牲口。

走在一片柏树林里，隐约的小路上是厚厚的苔藓。很快，林子里就只有我一个人了。阳光星星点点透过树梢落在脚前，大地要在上冻前最后一次散发沃土醉人的气息。小动物们在树上来回跳跃，寻找最后的一些果实，带回窝里做过冬的食物。这时，雪峰从眼界里消失了，目前的位置正在山脚下。仰起头来，只看见笔立的青色山崖。雪峰是在这坚固而险峻的基座上面。夕阳西下，整个山谷、整个人就落在这些青色石头的阴影里了。寒气从溪边，从石缝里，从树木的空隙间泛起。步行了三四个小时，人也很累了。听到那些牲口脖子上铜铃在前面的林中回荡，这时，不管是牲口还是马，都想坐在它的背上了。

紧赶慢赶半个小时，我才坐在了牲口背上。

这一来，除了那些高大的杉树，路边的灌木丛是不能再遮住我的视线了。就升高这么一点，山的主峰又从那高耸的岩石基座上升起来一点，叫我看见。林涛声响起来，不是起风了，而是黄昏正降临到群山之中。最后一点阳光在那点雪峰上面，越来越红，变成了一个宝石的塔尖。当我们吹胀了各人睡觉的气垫，放在树下，走到火边坐下时，天已经黑了。一弯淡淡的月亮挂在天空中央，正越来越明亮。

晚饭的时候，我的那头牲口得到了比别人牲口多倍的赏赐。我甚至想给它喝一口酒。在云杉的衣冠下拉上睡袋拉链时，牲口们已经不在了。半夜里，先是看见星星，然后是流到高崖上突然断裂的一道冰川，那齐齐的断口在那里闪着幽幽的寒光。月光照在地上，那些马一匹匹站在月光下。因为我是躺着的，所以，它们的身躯在眼里显得很高大。那些简陋的鞍具也卸下来了。月光不论多么明亮，都是一种夜晚的光芒，恰好掩去了眼前物体上容易叫人挑剔的细节，剩下一个粗略的轮廓。这样的因造成了一个果，牲口重新成了法国人布丰在书中赞誉过的，符合于我们的经验与期望的马了。

布丰说："它们只是豪迈而狂野。"

在这样的一个寒夜里，它们的行走是那么轻捷，轻轻一跃，就上了春天的融雪水冲刷出的那些堤岸，而林子里任何一点细小的响动，都会立即叫它们的耳朵和尾巴陡然一下竖立起来。它们蹚过溪水，水下的沙子就泛起来，沙沙响着，流出好长一段，才又重新沉入水底。我的那匹马向着我走了过来。它的鼻子喷着热气，咻咻地在睡袋外面寻找。我把手从被子里拿出来，说，可是我没有盐巴。它没有吃到盐，也并没有走开。它仍然咻咻地把温暖的鼻息喷在我的手上。它内在的禀性仍然是一匹马：渴望和自己的驭手建立情感。它舔我左手，又去舔右手。我的手并没有缩回被子里，而是抚摸着它那张长脸上的额头中央。这样的抚摸会使一匹好马懂得，它的骑手不是冷漠的家伙。

我们的谚语说：人是伙伴，而不是君王。

看来，这次登山将要扩展我关于马的概念。过去我所知的马是黄河上游草原上的河曲名马。那些马总是引起我歌唱的欲望。今天，一匹山地马和它的一群同伴也引起了我的这种欲望。

第二天骑涉过一个海子，同行的朋友把这个过程完整地拍下来。休息的时候，我从摄像机里看那个长长的镜头。一到电视画面里，那马在外形上就成为一匹真正的马了。我看见它驮着我涉入湖水，越来越深，最后在水中浮起来，慢慢地到了对岸。然后扬起前蹄，身子一纵，上了半人高的湖岸。录像带上没有伴音，但我还是禁不住身子震动一下，听到了蹄子叩在岩石上的声音。我看见自己用缰绳抽了它一下，于是，它就驮着我在一个蕴雪的下午，在弯曲的湖岸上飞跑起来。它从一段枯木上跃过时，是那么轻捷；而当其急速转弯避开前面一个突兀的岩石时，又是那么灵敏。于是，我在它的背上所有的感觉都复活了。这匹马那样懂得来自骑手的所有暗示：轻轻一提缰绳，它就从一丛小叶杜鹃或者一团伏地柏上飞跃而过；两腿在肋上轻轻一压，它就甩开四蹄，跑到这个下午的深处去了。

一场大雪下来，不要说再继续上山，就是下山的路也完全看不见了。收音机里的天气预报说，一个晴天后，又是一场大雪。我们必须下山去了，除非我们想在山上过完整个冬天。

顶着刺眼的阳光，我们给马备上鞍子，再在鞍子上捆好我们带来的所有东西。这一来，它们又不像是马，而像是牲口了。它们短小的四肢都深深地没入了雪里，它们窄窄的胸膛推开积雪，开出了一条道路。就是这样，我们的双脚还是深深地没入积雪。不到半天工夫，我那专门为了这次上山而买的运动鞋就报销了，不得不爬到马背上。倒是马队的主人说，没有什么，牲口就是叫人骑的嘛。我说，这么深的雪，它怕是不行吧。马的主人说，我看你是懂点马的人。我告诉他我的家乡是在哪里。他说，哦，出好马的地方。沉默了一会儿，他又说，那些神气十足的马在我们这里没有用处。他说，以前，有人从别的地方买来过名马，但在崎岖的山路上，在这样的大雪里，不是跌残就是摔死了。他还说，那样的马太金贵了，而这些牲口，命贱，像是使不坏的东西。我说，其实就是另外的一种马嘛。他说，是，山地马。

这些马，在这样的路上走得多么快啊。

雪越来越薄，最后雪没有了，道路又变成了深深的泥泞。这里已经是我们上山第一天过夜的地方。上山两天的路程，下山只半天就到了。马队的主人要在这里跟我们分手。这时，我才知道自己多么想要这些马再送一程，直到山下。马队的主人说，马跟我们下山，到了山下，只要卸下鞍具，寄放在镇子上，牲口们会自己回家的。他还说，我们是这年最后一拨登山客，鞍子放在那里，要到明年才用得上了。到这个时候，他才露出一点感情说，牲口们累了大半年，该过一个安闲的冬天了。问他的名字，他指指一座小寺庙旁边一群低矮的石头房里的一座，说，你们多半不会再来了，来的话，到我房子里来坐，喝茶。然后，他扬起手，对着他的牲口叫一声“走”，这些矮小、坚忍的山地马，又摇响了脖子上的铃铛，驮着我们上路了。

阳光明亮地照耀着，空气里充满了水的芬芳。已经能看到山下蜿蜒的公路了，同伴们开始大声歌唱。这时，有人发现，骑这些马根本不必要用手去提着绳，它们自会顺着熟悉的道路往前走，不需要人来告诉它行走的方向。于是，全体都把手抄在怀里，开始大声歌唱。禁不住想这些马确实该有另一个名字，就叫牲口。马应该是有一个骑手的。这些牲口这样走着，我们就成了作物，没有生命的东西，从一个地方被运到另一个地方。事实正是如此。是的，在我的家乡，这样的搬运工作不劳马做，几头牦牛就可以了。

在我的美感中，马是风暴，是闪电，牛才是这样百折不挠的坚忍绵长。人总是这样的：不否认生活中需要牛，但总认为作为一个个体，自己更加适合美丽的、矫健的马。更主要是认为，这样的劳役对于马是不适合的。这些马从事了牛的工作，而使自己沦于平凡。我不能使它们完全变回去，恢复马的一切天性了。这是世世代代的遗传使然。我相信，它们的祖先也是从草原上来的。它们是沦落了的一群，在传递血脉的同时，传递了它们对于山地的适应——使高大的身躯日渐矮小，来对付复杂的坎坷。这原本无可厚非。但它们同时传递了认命的悲哀，逆来顺受，荡尽了英雄气息，而沦落为这样的一群。是的，它们只好叫作牲口了，因为它们已经没有了马的灵魂，只余下一副马的外表了。如果这个世界一定要把马变成一种不需要骑手的动物，那造物主尽可以只造出牛，而不要马这个品种了。

没有想到人在社会里，从遗传，从四周环境不断得到的沦入平凡、甘于平凡的指令，不断丧失个性的过程早就在生物界演示过了。好了，行程就要终止了。雪山在背后越升越高。那些马离开的时候，我不去看它们远去的身影，因为我不会像对真正的好马那样用尊敬的眼神。但我也不会用怜悯的眼光看着它们，因为这是毫无用处的。这样做，什么都不会改变。这个世界正在把一切沦于平凡的过程加快。也许到最后，只有这些雪山未被融化之前还能超拔于这个过程。

那些牲口走远了，风吹着它们脖子上的铜铃，声音在黄昏回荡，寒气四起。我抬着头，看到晚霞又一次燃红了雪山之巅。

鱼

有三天时间，我因为一点小病在唐克镇上睡觉和写作，加上一些消炎药，病痊愈了。三天后，几个同伴转了一个大圈回来接我，我们又一起上路了。汽车沿着黄河向西疾驶。上午的太阳在反光镜里闪烁不定。汽车引擎的颤动，车轮在平整大道上的震动，通过方向盘传到手上，我感觉到活力又回到了体内。一口气开出四五十公里后，公路离开宽广平坦的河边草滩，爬上了一座小小的山丘。

在山丘半腰，我停下来，该把车还给真正的司机来驾驶了。

大家都从车里钻出来，活动一下身子，有意无意眯缝着眼睛眺望风景。刚刚离开的小镇陷落在草原深处，因为距离而产生出某种本身并不具有的美感。在山丘的下方，平缓清澈的河流在太阳照射下有了些微的暖意。大家在草地上坐下来，身边的秋草发出细密的声音，那是化霜后最后一点湿气蒸发的声响。空气中充满了干草的芬芳。

当大家抽完一支烟，站起身来拍掉屁股上的草屑准备上路的时候，一个皮毛光滑、肥硕无比的屁股扭动着出现在眼前。一只旱獭从河里饮水上来，正准备回到山上干燥的洞穴。旱獭扭动着肥硕的身体往坡上走，密密实实的秋草在它身前分开，又在身后合拢。我从车里取出小口径步枪，从后面向那扭动最厉害的部位开了一枪。清脆的枪声乘着阳光飞到很远的地方，鼻子里扑满了新鲜刺激的火药味。旱獭却不见了踪影。我感到自己打中了它，但在它应声蹦起然后消失的那个地方连一星血迹都没有留下。

汽车驶下山丘，继续在黄河两边宽阔草滩上穿行。直到中午时分，才又爬上了另一座山丘。汽车再次停下来。现在到了午餐时间。一大块军用帆布上摆开了啤酒、牛肉和草原小镇上回民饭馆里出售的干硬的饼子。吃饱喝足以后，躺在山坡上那些干燥的秋草中，是一件十分惬意的事情。阳光干净温暖，一无阻滞地从蓝天深处直泻在头发、眼睑和整个身体上，如一种特别的沐浴方式。随风摇动的秋草，轻轻地拂在脸上，手上，给人带来一种特别的快感。这一切都使整个身心像身下的草原沃土一样松软。而在山坡下，众多的水流在草原上纵横交错，其间串联着一个又一个平静的水淖。所有水面都在闪闪发光，都像我们阳光下的身体一样温软无边。

一点来由没有，我却感到了水里那些懒洋洋的鱼。

水里的鱼背脊乌黑，肚腹浅黄。鱼哑默无声，漂在平静的水里，像梦中的影子一样。这些鱼身上没有鳞甲，因此学名叫作裸鲤。在二十世纪初，若尔盖草原与另外几个草原统称松潘草原，因此这鱼的全称是松潘裸鲤。我躺在那里冥想的时候，同伴们已经打开切诺基后备厢，准备鱼线鱼钩与鱼饵了。这些东西，和枪与子弹一样是草原旅行的必备之物。我们一行四个人组成了一个宗教调查小组，现在却要停在草原深处渔猎一番。两个人要爬到山丘更高处，寻找野兔旱獭一类的猎物。我和贡布扎西下到河边钓鱼。

对我而言，钓鱼不是好的选择。

草原上流行水葬，让水与鱼来消解灵魂的躯壳，所以鱼对很多藏族人来说是一种禁忌。此行我就带着中央民族大学教授丹珠昂奔寄赠的一本打印规整的书稿，主要就是探讨藏族民间的禁忌与自然崇拜，其中也讨论到关于捕鱼与食鱼的禁忌。他在书中说，藏族人在举行传统的驱鬼与驱除其他不洁之物的仪式上，要把这些看不见却四处作祟的东西加以诅咒，再从陆地，从居所，从心灵深处驱逐到水里。于是，水里的鱼便成了这些不祥之物的宿主。我当然见过这样的驱除与咒诅的仪式，却没有想过它与有关鱼的禁忌间有着这样的关系。总而言之，藏族人不捕鱼食鱼的传统已经很久很久了。但在二十世纪的后五十年里，我们已经开始食鱼了。包括我自己也是一个食鱼的藏族人了。虽然鱼肉据称是那样鲜嫩可口，在我口里却总有种腐败的味道。

今天的分工确实不大对头。

两个对鱼没有禁忌的汉族人选择了猎枪，他们弓着腰爬向视线开阔的丘冈，我跟扎西下到了河滩上。脚下的草地起伏不定，因为大片的草原实际上都浮在沼泽淤泥之上。虽然天气晴好，视野开阔，但脚下的起伏与草皮底下淤泥阴险的咕嘟声，使即将开始的钓鱼带上了一点恐怖色彩。

扎西问我：你钓过鱼吗？

我摇摇头。其实我也想问他同样的问题。他的失望中夹杂着恼怒：我还以为你钓过鱼呢！

我当然没有问他为什么会这么想。因为在很多其实也很汉化的同胞的眼中，我这个人总要比他们都汉化一点点。这无非是因为我能用汉语写作。现在我们都打算钓鱼，但我好像一定要比他先有一段钓鱼的经历。

扎西又问我：你真没有钓过？

我肯定地点点头。

扎西把手里提着的一罐头盒子鱼饵塞给我：那我跟他们去打猎。这个身体孔武的汉子在草滩上飞奔，跃过一个个水洼与一道道溪流时有力而敏捷。这种身姿使人相信，如果需要的话，他是可以与猎豹赛跑的。但现在，他却以这种孔武的姿势在逃避。

在一道小河沟边，我停了下来。

河沟里的水很小，阳光穿透水，斑斑驳驳地落在河底。河的两边，很多红色白色的草根在水中漂浮。河底细小沙砾而不是水的流淌，使小河有了窸窸窣窣的流淌声。河面不宽，被岸束腰的地方，原地起跳便可以一跃而过。所以，随便从身边折一枝红柳，绑上鱼线，就可以垂钓了。

让人心里起腻是往鱼钩上穿饵的时候。罐头盒子打开，肥肥的黑土与绿绿的菜叶中间，小指粗细的蚯蚓在其中蠕动不已。

一条蚯蚓被拦腰掐断时，立即流溢出很多黏稠的液体，红绿相间粘在手上。一根鱼线上有两只鱼钩，上完一只，我在身边的草上擦净双手，又开始了第二只。第二只上好后，我长舒了一口气，额头上沁出了细密的汗珠。

我用看起来潇洒纯熟的姿势甩动鱼竿，把鱼钩投向河面。可惜的是河面太窄，鱼钩和钩上的蚯蚓加上小小的铅坠拖着鱼线，发出细细的尖啸，越过河面落到对岸的草丛中了。收回鱼竿，一只鱼钩上的饵已经不见了。只好再掐死一条蚯蚓，忍着恶心看它身体内部黏稠的液体沾满我的手指。那液体是墨绿色的，其间有两三星鲜红的血。我戴上墨镜，那种颜色便不太刺激了。这回，我把鱼钩投到了水里，看到鱼饵划过河底一块又一块明亮的太阳光斑，慢慢落到了清浅的河底，然后又随着沙砾一起慢慢往下游流动。挎着一只军用挎包，里面装着鱼饵和备用的鱼线鱼钩，我跟随着流动的鱼饵慢慢往下游走去。

流水很快便把蚯蚓化解于无形。先是黏糊糊的物质被掏空，剩下一段惨白的皮在水里轻飘飘地浮游，然后，那皮也一点点融化在水里。物质作为蚯蚓形式的存在，就此消失了。每顺河走出一两百米，就要换一次鱼饵。如是五六次，我已经能平静从容地掐断蚯蚓，将其穿上鱼钩，从手上到心里都没有特别的反应了。这时，远处的山丘上传来两响清脆的枪声。枪声贴地而走，就像子弹直接从身边掠过一样。我离他们已经相当远了，却仍然看到他们随着枪响应声而起，向前扑去。鱼钩沉在水里，满耳都是细细的沙石在水底流动的沙沙声，秋草在阳光下失去最后一点水分时发出的轻轻的毕剥声。水冲刷着鱼线，鱼竿把轻轻的震颤传达到手心。红柳枝条握在手里，有些粗糙，换一把手，马上就能感到阳光留在上面的温暖。三个人在山丘上散开，在灌丛里出出进进。因此我知道，那两枪没有击中猎物，旱獭安全地回到地下的迷宫里去了。不一会儿，便有青色的烟升起来。三个人的身影在烟雾里进进出出。这会儿，他们必须受到烟熏火燎。他们想把燃在旱獭洞口的烟扇到地洞里去，指望着旱獭受不了烟熏从地下迷宫里逃出来。旱獭的地下宫殿构造相当复杂，就算旱獭忘了为其宫殿建造一些隐秘的通风口的话，要把往上走的烟一点点扇进地洞，也是一项将耗掉非常多时间的工作。那些专业的猎人因此带有专门的鼓风工具。但我的三个伙伴没有，结果无非是他们会被自己生的烟熏得比旱獭还惨。在对待走兽方面，我至少有准专业猎人的经验。

钓鱼就是另外一回事了。

我突然觉得手上一沉，心里也陡然一惊。是鱼咬钩了吗？我看看水里，鱼钩与坠子都不在清浅的水底了。它顺着水流钻进了脚底的草皮下。大股水流在即将钻进草皮下时，打起了一个不大的漩涡，从漩涡中央传来了一头被杀的牛即将咽气时喉咙深处发出的那种咕噜声。城里的房子里，下水道偶尔也会发出这样的声音。鱼钩和上面的饵就从那里被吸了进去。我提提手里的鱼钩，立刻感到上面坠着了一个沉沉的重物。

鱼！

一些道行高深的密宗喇嘛曾告诉我，他们在密室里闭关观想时，会看到一个金光闪闪的藏文字母或者某个图像。我没有修习过密宗的课程，鱼这个词却立刻就映现在脑门前，只是它一点也不金光闪闪。

鱼！这个词带着无鳞鱼身上那种黏糊糊滑溜溜的暗灰色，却无端地带给人一种惊悚感。

于是，我听到自己惊诧多于快乐的声音：鱼！

于是，好沉的一条鱼便被提出了水面。鱼在空中扑腾着，通身水光闪烁，使它离开生命之水那片刻带上了一种欢快的味道。我一松手，鱼落在草丛中，身上闪烁的水光消失了，迅即又恢复了那种滑溜溜黏糊糊的灰暗本色，一种让人疑虑重重的颜色。向鱼接近的时候，我有种正接近腐尸的感觉。

这是我第一次钓鱼。

鱼钓出水后，一动不动地躺在草丛里，把强吞进嘴里的钩取出来，便成为恐惧色彩相当强烈的一个过程。鱼还未抓到手里，那双鼓突悲伤的眼睛让你不敢正视。于是，便抬起眼看天。空中轻盈地浮动着一些絮状的破碎云彩。云在眼中飘动时，鱼的身躯抓在了手上，然后，又滑出去了。我不知道是鱼在挣扎，还是那种可疑的湿滑使我自己主动把手松开了。鱼侧躺在那里，嘴巴艰难地一张一合，嘴角那里有些血泡涌出，眼中认命而又哀怨的神情渐渐黯淡。松手的唯一结果是，我必须从草丛中再一次将其抓到手上。这次，我用的劲很大，手掌被坚硬的鱼鳍划开了一道口子。当我把深深扎在鱼喉咙深处的钩扯出来时，鱼的淡血与我的稠血混在了一起。

我看过别人在草原钓鱼，所以知道接下来的一个步骤应该是：折一根韧性十足的细柳枝，从鱼的一侧鳃帮穿进去，从嘴里拉出来。用这种方式，把钓上来的鱼一条条串联起来，十分便于搬运与携带。但我只希望自己在草原上钓鱼，而不指望自己钓到那么多的鱼。所以，我才在下意识中选择了这条清浅的小溪。而在不远处，一条真正的大河波光粼粼。

问题是，在这清浅的溪流中，偏有鱼在我不经意间上钩了！我保证，即或在潜意识深处，也没有让鱼上钩的期望。

上好鱼饵，我走到溪边，看看刚才起鱼的那个地方，确实看不出什么不同寻常之处。一小股水打着旋，发出被杀的牛临死前那费劲的咕咕的吞咽声，消失在脚底的草皮下面。使劲踩一踩脚，草皮颤动几下，复又归于坚韧的平静。于是，我把鱼饵很准确地投到那个小小的漩涡之中，鱼饵旋转了几圈便钻到草皮下去了。

鱼饵刚从眼前消失，手上又是过电似的一麻，鱼竿差点从手里掉到草地上了。接下来纯粹是本能地把鱼竿猛烈一甩，水面上啪哒一声，一朵水花开过，又一条鱼沉沉地在空中飞行了。鱼掠过我头顶的时候，肚皮上那种黄疸病人般的土地黄色在阳光的辉映下有一瞬间变成了耀眼的金色。我不知道自己嘴里发出的声音属于惊叫还是欢呼。这时，飞在空中的鱼脱离了鱼钩，沉沉地落在了不远处的草地上。我走去一看，鱼躺在那里一动不动，那双鼓突出来的双眼死盯着人，我觉得背上有点发麻。

再回到溪边，又从老地方投下鱼钩，很快鱼就咬钩了。

就这样，我一口气从那漩涡下面的某个所在扯出来十多条鱼。每一条都像是一个年龄组的青年人，长得整整齐齐。看看乱七八糟躺在草地上的鱼，再看看四周无声无息间或翻起一两只气泡的沼泽，觉得许多鱼从这么一个不可思议的地方来从容赴死，确实让人感到有种阴谋的味道。阴谋！这念头像闪电一样从脑海中一掠而过。是我自己让它从脑门上一掠而过的。如果我让这个念头驻留下来，可能此生再也没有机会打破关于鱼的文化禁忌了。

我们不断投入行动，就是不想停下来思考。

今天的行动，就是不断把鱼饵投进小小的水潭（现在我相信坚韧的草皮掩盖下的就是一个小而深的水潭），看到底有多少傻瓜样的鱼受命运的派遣前来慷慨赴死。秋天的鱼沉在深水里，又肥又懒，又贪婪地把鱼饵带鱼钩整个吞进肚里。想到这里，我回头望望身后草地上那些懒懒地躺着等死的鱼，心里竟生出些莫名的仇恨与恐惧。

我不知道为什么又往鱼线上绑了一只鱼钩。上好饵后，三只鱼钩慢慢沉到水下，又慢慢漂向那个漩涡，慢慢被吸进那个可能存在也可能不存在的水潭。我大口地呼吸，以使自己松弛下来。同时想象鱼饵慢慢在无底的水中坠落，落在一条鱼的面前，那条鱼一动不动。鱼饵有些失望，再继续往暗黑的深处下坠。想着那种下坠，我的身子也有些飘飘然的轻盈了，四周的黑暗却让人害怕。当我想把鱼竿提起来时，一条鱼很猛地扑住了鱼饵。我不知道它为什么要这么狠地扑向鱼饵，即便是扑向死亡本身也用不着这么大的力量。鱼把饵和饵包藏的钩吞下去后，便静静地一动不动了。我继续等待。第二条鱼上钩了，之后，又安安静静地漂在水里，一点也不挣扎，不想逃离死亡。

还有第三只饵没有被吞下。

鱼上钩是手上的感觉，所以，我一直在悠闲地观望远处山丘上那三个熏旱獭的家伙在无谓地忙活。山丘上的烟已经很淡了，看来他们已经放弃了无效的劳碌，开始用随车携带的军用铁锹开掘地道。这是一个更浩大的工程，因为旱獭的洞穴在地下一米左右，蜿蜒曲折至少也有一二百米。

看上去很笨的旱獭很聪明，而这些看上去灵活敏感的鱼，面对鱼饵却表现得这么不可思议。这不，第三只钩上又有一条鱼扑上来了。往上起鱼的时候，三条鱼把竿子都坠弯了。三条鱼一起离开水面，一起开始挣扎，差点使鱼竿落到水里。我知道它们这一切努力都是为了再回到水里，而我当然不会同意。于是发一声喊，用力一摆鱼竿，三条鱼便沉甸甸地落到了我脚前的草丛里。

我注意到它们一旦落到草地上便不再挣扎了。

我对鱼，这些猎获对象的一切都很注意。不是一般注意，而是非常注意，带着非常敏感的非常注意，甚至对并不存在的一切都非常敏感地注意着。

鱼一旦落在草丛中便不再挣扎了。有些鱼离水实在很近，只要弓起脊背，挺一下身子，轻轻一个鱼们都很在行的弹跳，就回到一溪秋水中了。当草原开始变成一片金黄时，流水便日渐冰凉，那些大群大群的候鸟离开了。鱼们便像潜艇一样，沉到很深的地方，那些地方黑暗而又温暖。在冬天将临的时候，选择明亮就相当于选择冰冻。但这些鱼从很深的地方被钓起来，躺在草丛里一动不动，仿佛不知道身边就是能使其活命，使其安全的所在。它们躺在那里一动不动，好像存心要用众多死亡来考验杀戮者对自身行为的承受极限。我今天钓鱼是为了战胜自己。在这个世界，我们时常受到种种鼓动，其中的一种，就是人要战胜自己，战胜性情中的软弱，战胜面对陌生时的紧张与羞怯，战胜文化与个性中禁忌性的东西。于是，我们便能无往而不利了。现在，我初步取得了这种胜利。而且，还想让同伴们都知道这种胜利。于是，便挥舞着双手，向他们大声叫喊起来。

他们停止了辛苦的挖掘，直起腰来，向我这里瞭望。我一手抓起一条鱼，叫喊着挥舞。差不多两公里远的距离，他们不会看到我手中的鱼，但我相信他们可能会看到鱼的闪光。鱼体表那层湿滑的物质确实会在当顶的太阳下闪闪发光。他们站在小丘顶上向这边瞭望。在他们背后，西边的天空中，出现了一座座山峰一样的雨云。中央墨黑一团，电光闪闪，四周让阳光镶上了一道耀眼的金边。随着隆隆的雷鸣声，那团乌云往东而来。河面上有风走过，直立的秋草慢慢弓下身子，悬垂的鱼线也被吹出了好看的弧度。

鱼又上钩了。

我暗暗希望这是最后一条。

但是，又一条鱼上钩了。我仍然希望这是最后一条，心里却明白，还有很多鱼等在一个隐秘的地方，正在等待着前来受死。果然，第三条鱼又上钩了！

三条鱼提出水面时，仍然只在离开河水时做了一点象征性的挣扎，然后便与别的鱼一起静静地躺在草丛中了。那么多垂死的鱼躺在四周，阳光那么明亮，但那不大的风却吹得人背心发凉。

我再一次向同伴们呼喊，叫他们赶快拿家伙来，来装很多的鱼。我实在是想离开这段河岸了。一股小小的水流里，怎么可以有这么多这么大的鱼？鱼们上钩的速度好像越来越快了。于是，每提起一竿鱼，我都向他们呼喊一次。

我不知道乌云是什么时候笼罩到头顶的。这时上饵、下钩，把咬钩的鱼提出水面，只是一种机械的动作了。因为不是我想钓鱼，而是很多的鱼排着队来等死。原来只知道世界上有很多不想活的人，想不到居然还有这么多想死的鱼。这些鱼从神情看，也像是些崇信了某种邪恶教义的信徒，想死，却还要把剥夺生命的罪孽加诸别人。

我的心中的仇恨在增加。

头顶的天空被翻滚的乌云罩住了，清亮的水面立即变得黯淡。这时的我，脸上肯定带着凶恶的表情，狠狠地把鱼饵投进面前那个小小的漩涡中。水流变得像乌云一样墨黑的时候，那里好像是地狱的入口，鱼们仍然在慷慨赴死。

伙伴们行进得很缓慢，他们小心翼翼地在沼泽之间寻找着路径。这倒不是像传闻中那样，任何一个人被淤泥吸住了脚，便会遭受灭顶之灾。事实上是，这些出身于这片荒野，又进了城的人，害怕又臭又黏的淤泥弄脏了漂亮的鞋子。

我的孤独与恐惧之感却有增无减。

雷声在头顶震响，越来越大的风撕扯着头发与衣服。河面上的水被吹起来，水珠重重地射在脸上。想张嘴呼喊，却让狂风咽得喘不过气来。鱼们还在前仆后继，有增无减。邪了门了！见了鬼了！死神狞笑着露出真面目了！我听见自己咬牙切齿地说，来吧，狗日的你们来吧。

我听见自己带着哭声说：来吧，狗日的你们来吧，我不害怕！

我听见自己说：我不相信你们也不害怕。是，我害怕，可是，你们不害怕就来吧！

就在人都快要疯狂的时候，不是潭里的鱼没有了，而是那个装鱼饵的马口铁皮的罐头盒子终于空了。我颓然坐在地上，手一松，短短的一段鱼竿便顺水漂走了。我不知道自己是不是大声哭了起来，因为头顶上响亮的炸雷把所有的声音都掩盖了。雷声中，头顶上那座高及天顶的云山便崩塌下来。雷声停了，闪电也停了，四周像是深重的黄昏景象。我的同伴和宽广的草原都从四周消失了，甚至连风的声音都听不见了。很压抑的黑暗，很让人毛骨悚然的安静。刚才被大风压倒在地的秋草又嚓嚓地直起身来。这时，我听见了一种低沉的声音：咕，咕，咕咕。像鸽子的声音。但我马上就肯定这不是鸽子的声音，而是……而是鱼！

是鱼在叫！

从来没有听说过鱼会叫！

但我马上意识到这是鱼在叫！很艰难，很低沉的声音：咕，咕，咕咕。不是鸽子叫，而是脚踩在一块腐烂的皮革上发出的那种使人心悸的声音。踩到那样一块皮子时，你会觉得是践踏了一具死尸。现在，好像所有这些将死未死的鱼都叫起来。它们瞪着那该死的闭不上的眼睛，大张着渴得难受的嘴巴，费力地吞咽低低的带着浓烈硝烟味的湿润空气。吞一口气，嘴一张：

咕。再吞一口气，嘴再一张：咕。

那么多难看的鱼横七竖八在草丛中。这里一张嘴：咕。那里一张嘴：咕。

我不能想象，要是雨水不下来会是一个什么样的场景。我坐在草地上，一动不动。乌云把天空压得很低，如果站起身来，身子好像就会顶到天空，就会触及滚动不息的乌云里蛇一样蜿蜒的电流。又是一声震得我在地上跳动一下的炸雷，然后，乌云像一个盛水的皮囊打开了口子，雨水夹着雪霰劈头盖脸地打下来，那一下又一下清晰的痛楚让我恢复了正常的感觉。

当雪霰消失，只剩下雨水的时候，我干脆趴在地上，痛痛快快地淋了一身。同时，我想自己也痛痛快快地以别人无从知晓，连自己也未必清楚意识到的方式痛哭了一场。但是，直到今天，我也不知道是哭自己终于战胜了鱼，还是哭自己终于战胜了自己，或者是哭着更多平常该哭而未哭的什么。

很快乌云便携带着巨大能量与丰富的水分，被西风推动着往东去了。太阳又落在了眼界中的天下万物身上。冰凉的身体又慢慢感到了温暖。

三个同伴终于到了。

他们抬着柳条筐四处收捡那些鱼，竟然装了两个人抬起来都很沉的满满一筐。当我指给他们看那个打着小小漩涡，躲在草皮底下的小潭时，他们绝不相信它是那么多鱼所在的地方。在车里换了干净衣服，闻着干净衣服的味道、车子散发出的橡胶味和汽油味道，我觉得自己完全安全了。汽车开动后，我转头去望钓鱼的地方，那么多水流在草原上四处漫灌，在太阳下闪闪发光，已经不能确定哪里是曾经发生那样的离奇遭遇的地方了。于是，人还没有离开事件的发生地，这件事情本身，便变得虚无起来了。

辑二
山水在那里

一起去看山

有好些年没有去四姑娘山了。汶川地震前两年去过，地震后就没有去过。加起来，超过十个年头了。

但这座雪山，以及周围地方却常在念想之中。

这座藏语里叫作斯古拉的山，汉语对音成四姑娘。这对得实在巧妙，因为那终年积雪美丽的山确实是有着四座逸世出尘的山峰，在逶迤的山脊上并肩而立，依次而起，互相瞩望。后来又有了关于四个姑娘如何化身为晶莹雪峰的传说，以至于人们会认为这座山自有名字那天，就叫作四姑娘了。却少有人会去想想，一座生在嘉绒藏人语言里的山，怎么可能生来就是个汉语的名字呢？在这里，我不想就山名作语言学考证，而是想到一个问题，当我们来到一座如四姑娘山这般美丽的雪山面前时，我们仅仅是只打算到此一游——因为别人来过，我也要来上一趟，这确实是当下很多人出门旅游的一个重要原因——还是希望从长长短短的游历中增加些见识，丰富些体验？

有一句话在爱去看山登山的人中间流传广泛。那句话是："因为山就在那里。"

这句话是二十世纪二十年代一位名叫马洛里的英国人说的。这个人是个登山家，登上过世界好几座著名的高峰，然后决定向世界最高山峰珠穆朗玛挑战。如果成功了，他就是全世界第一个登上珠峰的人。那时，随队采访的记者老问他一个问题，为什么要登山？就像今天旅游的人要反问，我去一个地方，为什么就该懂得一个地方？马洛里面对记者的问题，总是觉得无从回答。一个人面对一座雄伟的山峰，面对奥秘无穷的大自然，感受是多么复杂，怎么可能只有一个简单的答案？一个内心里对某种事物怀着强烈迷恋冲动的人，怎么可能只有一个简单的答案？唯目的论者才有这种简单的答案。终于有一天，面对记者的问题，他不耐烦了，就用不耐烦的口吻回答："因为山就在那里。"

确实，山就在那里，那样美丽，沉默不言，总是吸引人去到它跟前，看它，读它，体味它。如果能力允许，甚至希望登上山顶去看看那里是什么样子，从那样的高度眺望一下世界。杜甫诗说："荡胸生层云，决眦入归鸟。"追求的就是这样一种雄阔的体验。四姑娘山最高峰海拔六千多米，我没有那么好的身体去追求这种极致的体验，但从低处凝视、想象，也是一种美妙的体验。想象自己如果化成一座山，或者如一座山一样沉稳、宠辱不惊，那是什么境界。

山有自己的历史，山的地质史，山化身为神的历史。如果要为这后一种历史勉强命名，不妨叫作地方精神史。山神的存在，在藏区是一个普遍现象。为什么每座山都是一个神？这当然是一部地方史的精神部分。没有精神参与，一座山就不会变成一个神。四姑娘山就是这样。本是一座山，在历史空间中，生活在周围的人因为它庄严、毫不动摇的姿态，因此为它附丽了与其姿态相似的人格，并为这样的人格编织了故事。某个人为了保卫美丽的自然，保卫家园，自愿化身成一个地方性的保护神，担负起神圣的职责。四姑娘山的故事也是这样，但突破了故事模式的是，这座山是四个美丽姑娘所化。创造这个故事的人当然是受了自然的启发，因为四个山峰就在那里。那四个姑娘当然美丽，因为雪山本身就那么美丽。那四个姑娘当然也善良。美就是善，这是哲学家说过的话。

多山的四川有两座特别有名的山。一座是贡嘎山，一座是四姑娘山。一座是男性的，一座是女性的。一座是蜀山之王，一座就是蜀山王后。这两座山我都去过多次。我在年轻时代的诗里就写过："传说那座山有神谕的山崖，我背着两本心爱的诗集前去瞻仰。"亲近瞻仰贡嘎的历程略过不谈，这里只想谈谈四姑娘山。

二十世纪八十年代，我二十多岁的时候，一次从小金县城去成都。一大早起来，坐长途客车摇晃到日隆镇上吃早饭。冬天滴水成冰，石灰墙冻得更加惨白。一车人围着饭馆里一只火炉跺脚搓手，再吃些东西，身体总算慢慢暖和过来。我这才有了闲心四处打量。留给我深刻印象的是墙上好多面旗子，都是日本旅行团留下的，上面好多字，"四姑娘山花之旅""白色圣山之旅"等等，下面还有全体团员的签名。那时的想法是日本人跟我们也太不一样了，我们还在为坐汽车怎么不受冻而焦虑，他们却跑这么远，就为看一眼我们山里的花。那也是中国经济高速发展刚刚启动的年代。如今，我们也一天天过上了未曾梦想的生活。从生下来那一天起，我生活经验里出门远行的理由很少，机会更少。我一直到了二十岁，还没有去过离家一百公里以外的地方。一九八五年，我出公差，先从马尔康到小金县城，然后再经省城去苏东坡的老家眉山开会，这已经是很远很丰富的一次旅行了。算算四姑娘山，离我的老家距离不到两百公里，但我在小金县城出差这回，才第一次听说这座山的名字。记得是在县文化馆看一位画家写生的风景画，说画中的山是四姑娘山。那些雪峰、山谷、溪流、树，对我这双看惯了山野景色的眼睛也有很强的冲击力。那时，当地专门要到某地去看看特别美景的也就是画画或摄影的人。所以，过两天经过四姑娘山下的日隆镇，在唯一那家国营饭馆里看见满墙日本旅行团的旗帜以及那些赞美雪山与花的留言时，心里想的还是，这些日本人出这么远的门，就为来看几朵花，也实在是太过奢侈了。虽然那些花肯定是非常漂亮，也是值得一看的。也是在那一时期，才知道有一种出门方式叫旅游。我们这一代人就是这么过来的。很多东西，刚听说时还是一个抽象的概念，不久也就成为我们的生活方式了。

很快，中国人也开始了初级旅游，大巴车拉着，导游旗子摇着，把一群群人送到那些正在开发中的景点。四姑娘山也成了一个边建设边开放的景区。过几年再去，日隆镇上那个人民食堂已经消失不见，有了些为接待游客而起的新建筑。我自己就在一座临着溪涧的木楼里住了几宿，听了几夜溪流的喧哗。坐车去双桥沟，骑马去长坪沟。那是晚秋时节了，蓝天下参差雪峰美轮美奂。但四姑娘山的美其实远比这丰富：森林环抱的草地，蜿蜒清澈的溪流，临溪而立的老树，尤其是点缀在岩壁与树林间的一树树落叶松，那么纯净的金色光芒，都使人流连忘返。

去长坪沟的那天早晨，太阳从背后升起，把我骑在马上的身影长长地投射在收割后的青稞地里。鸟儿们在马头前飞起来，又在马身后落下去。云雀的姿态最有意思，它们不像是飞起来的，而像是从地面上弹射起来，到了半空中，就悬浮在头顶，等马和马上的人过去了，又几乎垂直地落下来，落到那些麦茬参差的地里继续觅食了。麦茬中间，有好多饱满的青稞粒和秋天里肥美的昆虫，鸟儿们正在为此而奔忙。附近的村庄，连枷声声。这是长坪沟之行一个美好的序篇。山路转一个弯，道路进入森林，背后的一切就都消失不见了。落尽了叶子的阔叶林如此疏朗，阳光落下来，光影斑驳，四周一片寂静。而森林的寂静是充满声音的。那是很多很多细密的声音。岩石上树上的冷霜融化的时候，会发出声音。一缕一簇的苔藓在阳光下舒张时也会发出声音。起一丝风，枯草和落叶会立即回应。还有林梢的云与鸟，沟里的水，甚至一两粒滑下光滑岩壁的沙粒都会发出声音。寂静的世界其实是一个充满了更多声音的世界，都是平时我们不曾听过的声音，是让我们在尘世中迟钝的感官重新变得敏锐的声音。早晨太阳初升的那一刻，只要峡谷里的风还没有起来，那些声音就全都能听见。太阳再升高一些，风就要起来了，那时充满峡谷的就是另外的声音了。

这一天风起得晚，中午，我们在一块林中草地上吃干粮时，风才从林梢上掠过，用潮水般的喧哗掩去了四野的寂静。

那是我第一次去到四姑娘山下。

一个朋友带了一个摄制组，来为刚辟为景区不久的四姑娘山拍一部风光片，我与他们同行。山谷看起来开阔平缓，但海拔一直上升，阔叶林带渐渐落在了身后。下午，我们就在那些挺拔的云杉与落叶松间行走了。不过，还是有阔叶树四散在林间，那是高山杜鹃灌丛，绿叶表面的蜡质层被漏到林下的阳光照得发亮。

夕阳西下时分，一个现成的营地出现了。那是一间低矮的牧人小屋。石垒的墙，木板的顶。在小屋里生起火，低矮的屋子很快就变得很温暖了。天气晴朗，烟气很快上升，从屋顶那些木板的缝隙中飘散在空中。若是阴天，情形就两样了。气压低，烟难以上升，会弥漫在屋子中，熏得人涕泗交流。但今天是一个好天气，同伴们做饭的时候，我就在木屋四周行走。去看小溪。溪流上漂浮着一片片漂亮的落叶。红色的是槭，是花楸；黄色的是桦，是柳；还有丝丝缕缕的落叶松的针叶。太阳落到山背后去了，冷热空气的对流加剧，表现形态就是在森林上部吹拂的风。此时在林中行走，就像是在波涛动荡的海面下行走，森林的上层是一个动荡喧哗的世界，而在森林下面，一切都那么平静。云杉通直高大的树干纹丝不动，桦树的树干纹丝不动。吃过晚饭，天黑下来。大家都是爱在山中漫游的人，自然就谈起山中的各种趣闻与经历。爱在山中行走的人，在山中更是要谈山，就像恋爱中的人总要谈爱，于是夜色中的山便越发广阔深沉起来。爬了一天山，袭来的疲倦使得大家意兴阑珊时，就都在火堆边睡去了。我横竖睡不着，也许是因为过于兴奋，也许是因为太高的海拔。这时风停了，月亮起来了，用另一种色调的光把曾短暂陷落于黑暗的群山照亮。我喜欢山中静寂无声、光色洁净的月亮，就悄然起身，把褥子和睡袋搬到了屋外的草地上。我躺在被窝里，看月亮，看月光流泻在悬崖与杜鹃林和落叶松的地带。我花了更多的时间凝视一条冰川。那道冰川顺着悬崖从雪峰前向下流淌——纹丝不动，却保持着流动的姿态，然后，在正对我的那面几乎垂直的悬崖上猛然断裂。我躺在几丛鲜卑花灌木之间，正好面对着那冰川的断裂处，那幽蓝的闪烁的光芒真的如真似幻。我们骑乘上山的马，帮我们驮载行李上山的马，就站在我的附近垂头吃草，或者咯吱咯吱地错动着牙床。我却只是静静地望着那几乎就悬在头顶的冰川，十几米高的断裂面，在月光下泛着幽蓝的光芒。视觉感受到的光芒在脑海中似乎转换成了一种语言。我听见了吗？我听见了。听见了什么？我不知道。那是一种幽微深沉的语言。一匹马走过来，掀动着鼻翼嗅我。我伸出手，马伸出舌头，它舔我的手，粗粝的舌头，温暖的舌头，那是与冰川无声的语言相类的语言。

然后，我就睡着了。

越睡越沉，越睡越温暖。

早上醒来，头一伸出睡袋，就感到脖子间新鲜冰凉的刺激。睁开眼，看见的是一个银装素裹的白雪世界！我碰落了灌丛上的雪，雪落在了颈间，那便是清凉刺激的来源。岩石、树、溪流、道路，所有的一切，都被蓬松洁净的雪所覆盖。一夜酣睡，竟然连下了一场铺天盖地的大雪都不知道！

那天早晨，兴奋不已的几个人也没吃东西，就起身在雪野里疾走，向着这条峡谷的更深处进发，直到无路可走。最漂亮的景色是一个小湖。世界那么安静，曲折湖岸上是新雪堆出的各种奇异的形状。那些形状是积雪覆盖着的物体所造成的。一块岩石，一堆岩石，雪层杜鹃花的灌丛，柏树正在朽腐的树桩，一两枝水生植物的残茎，都造成了不同的积雪形状。纹丝不动的湖水有些黝黑，湖水中央是洁白雪峰的倒影。这是我离四姑娘山雪峰最近的一次。它就在我的面前。断裂的岩层，锋利的棱线，冰与雪的堆积，都历历在目，清晰可见。

回来写过一篇散文《马》。不是写进山所见，是写那些跟我们进山的动物伙伴。还做了一件文字方面的事情，就是为这次拍的纪录短片配了解说词，在当时中央电视台一档叫《神州风采》的栏目中播出。也算是为四姑娘山的早期宣传做过一点工作。

后来，还在不同的季节到过四姑娘山。

春天和秋天，不同的植物群落，会呈现出丰富多彩的色调。

春天，万物萌发。那些落叶的灌丛与乔木新萌发的叶子，会如轻雾一般给山野笼罩上深浅不一的绿色，如雾如烟。落叶松氤氲的新绿、白桦树的绿，闪烁着蜡质的光芒。那些不同的色调对应着人内心深处那些难以名状的情感。从那些时刻应了光线的变化而变幻不定的春天的色彩，人看到的不只是美丽的大自然，而且看到了自己深藏不露的内心世界。美国诗人惠特曼的诗句“拂开大草原上的草，吸着它那特殊的香味，我向它索要精神上相应的讯息”，说的就是这样的意思。

秋天，那简直就是灿烂色彩的大交响。那么多种的红，那么多种的黄，被灿烂的高原阳光照亮。高原上特别容易产生大大小小的空气对流，那就是大大小小的风，风和光联合起来，吹动那些不同色彩的树——椴、枫、桦、杨、楸……那是盛大华美的色彩交响，高音部是最靠近雪线的落叶松那最明亮的金黄。高潮过后，落叶纷飞，落在蜿蜒的山路上，落在林间，落在溪涧之上。路循着溪流，溪流载满落叶。下山，我们回到人间。其间，我们有可能遇到有些惊慌的野生动物，有可能遇见一群血雉，羽翼鲜亮。我们打量它们，它们也想打量我们，但到底还是害怕，便慌慌张张地遁入林间。

当然不能忽略夏天。

所有草木都枝叶繁茂，所有草木都长成了一样的绿色，浩荡，幽深，宽广。阳光落在万物之上，风再来助推，绿与光相互辉映，绿浪翻拂，那是光与色的舞蹈。那时，所有的开花植物都开出了花。那些开花植物群落都是庞大家族，杜鹃花家族、报春花家族、龙胆花家族、马先蒿家族，把所有的林间草地、所有的森林边缘变成了野花的海洋。还有绿绒蒿家族、金莲花家族、红景天家族，都竞相开放，来赴这夏日的生命盛典。

而这一切的背后，总有晶莹的雪峰在那里，总有蓝天丽日在那里，让人在这美丽的世界中想到高远，想到无限。记起来一个情景。当我趴在草地上把镜头对准一株开花的棱子芹时，一个日本人轻轻提醒我，不要因为拍摄一朵花而在身下压倒了看上去更普通的众多的毛茛花。我也曾阻止过准备把杜鹃花编成花环装点自己美丽的年轻女士。这就是美的作用。美教导我们珍重美，美教导我们通向善。

冬天，雪线压低了，雪地上印满了动物们的脚迹。落尽了叶子的森林呈现一种萧疏之美。

写到这里，就想到我们很多主打自然景观的景区工作中比较疏失的一环，那就是对自然之美挖掘不够深入细致。旅游是观赏，观赏对象之美需要传达，需要呈现。自然之美的丰富与细微，必先有旅游业者的充分认知，然后才能向游客做更充分的传达。对游客来说，自然景区的观光也是一种学习，学习一些动植物学的、地质学的知识，更不要说当地丰富的人文资源了。游历也是学习，是游学。所谓深度游、专题游，我想就是在这种向学的愿望与兴趣的基础上产生的。自然景区旅游是欣赏自然之美的过程，是一种审美活动，需要景区进行这个方向上的引导。

前些日子，四姑娘山的朋友来成都看望我，多年不见的黄继舟也得以谋面。还记得当年他曾陪我游初夏的四姑娘山，一起去拍摄那些美丽的高山开花植物。黄继舟长期在四姑娘山景区工作，他是一个有心人，长期深入挖掘景区的自然人文内涵，有很多自己的发现。这次，他带来一本摄影集，都是他在景区多年深耕积累下来的作品，题材也关涉到景区的各个方面，寻觅美，捕捉美，呈现美，可以作为游客于不同季节在景区旅游的一个指引。我也相信，沿着这样的思路做下去，四姑娘山所蕴蓄的美的资源会得到更精准、更系统的呈现，游客依此指引，可以在景区做更深度的探寻与发现。

大美不言，可涤心养气；大美难言，仰赖审美力的提升。而自然界是最好最直观的自然课堂。如果站在这样的角度上思考景区的功能，四姑娘山自然就需要不断前往。如今交通情况大幅改善，这个大都会旁的自然胜景，自然前途无量。

下次，我们可以带着这本书，去看四姑娘山。

海与风的幅面

——从福州，到泉州

去海边，往福建的海边。那里，海与风有更宽阔的幅面。

临上路前，我正在中国的另外一端，西部高原。

大多数时候，我都在亚洲内陆的高原上穿行。高原上，风横吹，山脉不动，荒野却在汹涌。荒野上面的草、树，还有沙尘，相互争逐。然后是夜的降临：星光淅沥，寒气下降，一切都凝结。霜花闪烁，星星点点。连水都静下来了，一条条奔流的河，泻入内陆的咸水湖，静止，凝结，如酥酪，如硝盐，如水成岩。水成岩，就是水中物质凝结成的石头。只剩下一个人，在时间的深渊旁，思绪明灭，犹如星光。居住在高地上的人们，相信自己可以俯瞰世界。换个角度看，也可说很容易被封锁在一个难以突围的世界中间。难以逾越的雪山，参差在四周。在当地语言古老的修辞中，这些雪山被比喻成栅栏。栅栏是人类基于防范的发明，别人进来不易。这物化的东西竖立久了，即便作为物质的存在已然腐朽，化为了尘，却依然竖立在灵魂中，别人进来已无从阻挡了，但那东西的影子毒刺一般立在自己心中，反倒成了自我的囚笼。

离开高原前的某个夜晚，我一个人站在高地上那些四围而来的奇崛地形中间，一半被暗夜淹没，一半被星光照亮，脚下是土层浅薄的旷野，再下面是错落有致的水成岩层——那是比人类史更长的地理纪年。以千万以亿为单位的地理纪年告诉说，脚下的崎岖旷野，曾经是动荡的海洋。间或，某个岩层的断面上会透露出一点海洋的信息，一块菊花石，或者一枚海螺的化石。但是，从这化石中已经无从听到什么了。一枚海螺内部规律性旋转的空间也填满了坚固的物质，那是上亿年海底的泥沙，已然与海螺一样变成了石头。本来，从一个空旷的海螺壳里，确实可以听到很多声音回荡。我相信那是海的声音：宽广，幽深，而又动荡。

因此，我总向往着要去海上旅行，或者需要不时抵达那种可以张望海洋，听得见海潮鼓涌的地方。

那些有腥膻海风吹拂的地带，和中央高耸、四围无际的陆地大不一样。在那里，陆地只是一个开敞的狭长的地带，濒临着宽广与魅惑的海洋。那里通行另外一组词：信风、洋流、异国、远航——即便是帆已破碎，未能抵达目的地的远航。那里的陆地也会对海洋采取防守的姿态：用岩岸，用盐沼，用红树林，用长长的防波堤。同时，那里的陆地也向着海洋敞开。在每一条河流的入海口，在那些三角洲上，大陆向着海洋敞开。那是内陆社会以外的壮阔景观：港口、船、潮水、灯塔，还有口音奇异的人群，他们依靠另外的词汇交谈。他们站在陆海的交接线上劳作交谈时，远处，水天相连，浑茫无边。

我这个骑马民族的后裔，虽然已经告别游牧，坐在书房，却因为海洋经验的缺乏，只能在生起海洋之想象时，以别人的诗章浇自己的块垒。我想起聂鲁达《大洋》中的诗句：

这不是最后一排浪，以它盐味的重量
压碎了海岸，产生了
围绕世界的沙滩的宁静；
而是力量的中心体积，
是水的伸展的能量，
充满生命不能动摇的孤独。

我愿意直接从高原上下来，越过那些深陷于山间平原与丘陵间洼地的内陆省份，直接就落脚在腥风扑面的狭长海岸线上。航空业为这个愿望的实现提供了可靠的支撑。当飞机越过深陷的内陆时，我昏睡。临近海岸时，我醒来，凭窗俯瞰。曲折的海岸线，孤悬的岛，与大陆藕断丝连的串珠般的群岛，蓝色海洋，用波浪，用沙滩给每一座岛镶上一道飞珠溅玉的花边。

我还想起一本古代的阿拉伯地理著作中关于海浪的描述。在这本地理书的修辞中，把海浪说成“海水在膨胀”：“海水在膨胀如大山之后，它们又落下去如同深谷一般。但这种海浪不会碎成浪花，从来也不会覆盖如同人们在其他海中发现的那种泡沫。”

正是这样起伏的海浪，构成了海洋与陆地决然不同的富于张力的表面。也是这张力，使得阳光下的海以及向海敞开的河口，闪烁着金属般的光泽。

飞机在降低高度，那大河的出口越发清晰。

陆地沉黯，水，闪闪发光。越发开敞的河流闪闪发光。浩渺的海洋更加闪亮。

事前细读过地图，知道现在机翼下缓缓流向海洋的水流是闽江。在自身造就的小平原上，闽江舒展开了身子，一分为二，造出一个岛，还在岛的两个对岸造出更宽广的土地，让人们在河流即将入海的地方造一个城。这座城叫作福州。然后，再合而为一，流向海洋。而在即将入海的地方，又一分为二，再造出了一个大岛和若干小岛。所有那些迂回曲折，是要造成一些深水区，让向往海洋的人们营建港口和船厂。

走出机场，车上高速公路，木棉花盛开，台湾相思树树冠华美，凤凰树羽叶飘摇，看不见海，东南风吹送，充满我鼻腔的已是来自大海的味道。当天晚上，在福州城，朋友请茶。茶自武夷山来，那里是闽江源头地区。饮茶的深夜，我想，这时，闽江正浩浩荡荡奔向海洋。在它的入海处，某一处港口，正有一艘大船，解开了粗缆，发动了轮机，缓缓起航。众多的货物中，有一宗最古老，也最新鲜，还带着初春山林气息的货物，叫作茶。密闭在集装箱里，要随船去往异国，去往他邦。在异邦的另一条河口，某个海港，已经有茶叶抵达，巨兽般的吊车启动，把东方的货物环抱上岸，而某一家高鼻深目的主妇，正在准备合适的桌布与瓷器，来迎接中国的神奇树叶。因为这些茶叶，还有丝绸与瓷器，一本古老的阿拉伯地理书的作者揣测说："流经中国的河流犹如底格里斯河与幼发拉底河那样大。"那位古代的阿拉伯地理学家一定认为，没有浩大的有航行之便的河流的驱动，人类就不会航向海洋。没有大河的驱动，人类就不会想到，要从没有陆地的海上去寻找另外陆地上的国家与城邦。尽管我们早已知道，仅仅是流程短促的闽江，就可能比那些在阿拉伯沙漠中流淌的河流更加水量丰沛，却又不能不承认，他们早于我们开始对与水相关的世界进行探索与想象。那个叫马苏第的古代阿拉伯人早在公元十世纪就写下了上述所引的文字。据说，他曾经从巴格达出发，穿过印度洋，直到马来群岛，到达过中国南海上。

这次福建之行，几乎所有的参观项目，都与海洋相关，更准确地说，是与中国人如何走向海洋密切相关。

为了叙述的方便，我得打乱一下参观路线上时间与空间的顺序，为的是，不必让那些历史相互交叉的线索过于夹缠。

福船文化馆在福州著名的三坊七巷。文化馆坐落于一个重门深户的古老民居中，套叠数进的传统院落，正好构成一个递进的关系，成为一个以空间展开时间的场所。在这里，我们看见了濒海的人类构造船舶的历史。从简单的独木舟，到深谙流体力学，状若展翅飞鸟，下有分隔的水密舱室，上面耸立楼层的曾经远航到大洋之上的福船，我们既直观地看到造船工艺的演进，更可以想象一代一代的弄潮人怎样驾着这些船驶向远方广阔的海洋，在一条条陌生的海岸线上，靠近一个又一个远方的岛屿与大陆。文化馆中还陈列着来自异邦的船舶。我注意到，解说员不断强调，以福船为代表的中国船，采用的是飞鸟的造型，而西方的船舶采用的是鱼的造型。船舶的航行，凭借的是风与水两种动荡的流体。福船那飞鸟展翼般的造型，显得更轻盈，其中既包含对自然之力的充分理解，更体现出中国人审美中一以贯之的飘逸之感。我恍然看到现在停靠在文化馆，被精心布置的灯光所照亮的福船，正在海上航行。那姿态仿佛一只正拍击着翅膀准备从水面起飞的大型海鸟，开展而上翘的船头犁开海面，激起浪花，又压碎了浪花。季风到时，顺着洋流，那船是怎样轻盈地飞掠在宽阔的洋面！

中国的文化本来是多元的。在大河的上流，高原上游牧的民族，也以马背为舟，席地幕天，即便身处蒙昧，也追求着一种宽广的生活；而在河的下游，向着海洋敞开的三角洲，也哺育出另一种更具冒险精神的文化，激情被未知的宽广所激荡。如果中国一直以这样多元的文化相互激发，而不是日渐以河流中游农耕文明哺育的文化一统天下，那该是一种什么样的景象。

航海人去向远方。往南，是南洋；过了南洋，再往西，是印度洋。

航海人去向远方。往东，是台湾；过钓鱼岛等一系列岛屿，是琉球，是更为宽广的太平洋。

当一个族群总是去往远方，远方的族群也会来到你的面前。

在福州城里，就有一处专门招待“远人”的所在。那里，老榕树笼罩的阴凉隔绝了近处大街上喧哗的市声，也庇护着一座古老的建筑：柔远驿。这是一座始建于明代，又在清代重建过的驿馆。据当地有关海洋交通的史料，那个时代，正因为有了福建所造的那些适于远航的福船，明中叶之前，琉球群岛和中国大陆间的交通以直航福州港最为便捷。加上从事中琉贸易的人很多是明代初叶移民到琉球的福州河口人，因此前来中国的琉球人，无论朝贡还是通商，往往先在福州港靠岸。于是当时福州官方便在城东南建好廨舍，专供琉球人驻足盘桓。福州民间称之为琉球馆。明朝成化八年，正式设立怀远驿以接待琉球来往人员，其地址就在原琉球馆附近。明朝万历年间，怀远驿更名为柔远驿。其意取自《尚书》中的“柔远能迩”，寓意优待远人，以示朝廷怀柔之至意。

现在，柔远驿四周高楼林立，出了树荫浓重的小街口，市声沸腾，但远方来人早绝了行迹，已经改造成一座博物馆的古老馆驿静寂无声，只有一些经历了历史上重重劫火而得以存留的文物在顽强证明中国古代也有过何等开放的文明。二十世纪八十年代初，我曾在中学课堂上照本宣科过中国历史。那些历史教科书中，有一个不容置疑的结论，那就是封建王朝的闭关锁国。其实，那时才是重门深锁后国门初开。我们在意识深处只是从一道门缝中好奇地向外张望，而没有想过要超越一元论史观，全面地打量自己国家历史更复杂的局面。这种影响，在国人思维中其实一直延续至今。所以，当我在柔远驿改建的博物馆中看到两张记录道光十六年和道光十七年琉球和福州间往来商品的详细记录时，心理感受要说是“震动”也是毫不为过的。

所以，我愿意不避文章的冗长将这物品清单抄录在这里，因为，很长的历史时期以来，我们总是急于对历史进行意识形态的定性，而对于丰富的细节以及包藏其中的意味过于忽视了。

道光十六年琉球使者从海路输送到福州港的主要物品：

海带菜，一十五万七千余斤；海参，二万三千斤；鱼翅，七千斤；鲍鱼，二万九千余斤；目鱼干，五千二百余斤；

酱油，五千三百斤；铜器，九十斤；

棉纸，一百二十余斤；刀石，一千余斤；

金纸固屏，二架；白纸扇，一千把；

木耳，一百余斤；夏布，三百二十四。

道光十七年从福州港输往琉球的物品更加丰富多样：

绒毯，三千六百斤；药材，二十一万余斤；砂仁，八千四百斤；

茶叶，七万二千斤；粗瓷器，三万五千余斤；白糖，六万五千斤；

沉香，八千三百斤；徽墨，八十斤；线香，一万一千余斤；

锡器，一千一百余斤；玳瑁，一千一百斤；甲纸，二万零五百斤；

虫丝，八百斤；棉花，三千五百斤；粗夏布，三千四百匹；

油伞，九千把；毛边纸，十一万六千余张；

针，二十五万根；织绒，六十匹；油纸伞，二万二千余把；

大油纸，三千四百张；篦箕，八千个；漆茶盘，六千个；

哔叽缎，二百丈；中华绸，二百九十余匹；绉纱，二百三十四匹；

小鼓，二十余面；旧绸衣，二百余件。

愿意不厌其烦抄录这张贸易物品清单，是因为这是历史生动而丰富的细节。从这张清单上，可以揣想那个以外邦藩属朝贡、朝廷赏赐为主，民间自发贸易为辅的贸易体制的面貌。也可以从这份清单看到中国以精细的农耕和手工业技术为核心而对周边藩属之国保持的延续了上千年的技术优势。中国的商船扬帆出海，周围的藩属之国还在从陆上，从海上络绎前往中央之国。但是，这时已是道光十七年，大清国正在从其天朝大梦中滑向迟暮之年。与此同时，那些比传统外邦更加遥远的殖民帝国正四围而来，鲸吞或者蚕食由朝贡体制维系的中国周围的藩属之国，将它们改名换姓。正如《剑桥插图中国史》所说："当世界力量的平衡慢慢移动时，没有任何中国人给予足够的关注。"乾隆皇帝在答复英国国王要求通商的信中是这样说的："天朝物产丰盈，无所不有，原不借外夷货物以通有无。"这是以朝贡羁縻藩属之国而得到的经验。上述的物品清单正是这种意识的有力支撑。道光十七年，在福州，与琉球的海上贸易还在进行，琉球的使者与商人还出入于柔远驿中，但更大宗的与正在兴起的海上殖民帝国的贸易，却被朝廷限定在广州。“中国人不按欧洲商人希望的数量购买其羊毛、刀子和钢琴”，而对欧洲人来说，工业革命后，购买力增加，不但传统的丝绸与瓷器需求更加强劲，新的消费习惯又形成对于茶叶的需求。“山雨欲来风满楼”，柔远驿里进出的人们感觉到了风暴的来临吗？中国的中央朝廷感受到了这种危机的迫近吗？那些琉球的朝贡使与商人感到他们最终将像脱离了引力的陨星被更强悍的引力场所虏获吗？我想，末梢神经总是敏感的，总是会感受到危险的迫近。只是，把这些信号传递给中枢的途径已被阻塞；又或者，那个本来拥有多元文化信息来源的中央大脑，早已习惯于接收与处置陆地农耕文明的信息，而将本国文化中本就具备的源于海洋文明的种种信息顽固地屏蔽了。如果没有工业文明的兴起，没有西方列强的次第东来，那么，看看张挂在当年的柔远驿墙上中国输出物品的清单，就知道，对于一个自给自足的社会来说，似乎真的是不需要什么了。那些物品，是足可以维持一种稳定而且雅致的生活了。

但这时，一套由西方人制定的游戏规则已经在全世界运行，“他们还希望中国放弃朝贡贸易，通过特使、大使、商约和已经印行发布的关税率处理与他国的关系”。但这样的声音，依然以为自己处于世界中央的大清国朝廷没有听见。读书人还在书斋背诵孔子的语录：“远人不服，修文德以来之。”是的，周围的藩属之国总还要从海上，从陆上络绎而来。但三年后的道光二十年，鸦片战争一声炮响，他们都要日渐疏离了，失去这些藩属屏蔽的中国，漫长海岸线上所有通向内陆的河口都将在强力的驱迫下，不情愿地敞开。

一个悲情时代正在到来。

在福州，很多纪念性的处所，都是温习这段悲情的课堂。但我不想花太多时间去重温那些悲怆，我更愿意重温中国人，至少是东南沿海的中国人频繁而自信地出入于海上的时代。也是在柔远驿，和当地朋友交谈时，听到了番薯如何进入中国的故事。当地史志中记载："按番薯种出海外吕宋。"其实，番薯和今天我们习以为常的很多食材，如辣椒、玉米、西红柿、马铃薯等，都来自更遥远的美洲。番薯先是被殖民者带到欧洲，再传到吕宋，然后，被明万历年间到吕宋进行海上贸易的福建人陈振龙发现。他见当地遍植番薯，并了解到此种作物耐旱、高产、适应性强，生熟皆可食用。一本美国人所著的叫作《马铃薯：改变世界的贫民美馔》的书中说："自一四九三年开始，西班牙的船只从海地及其他地方陆续回到欧洲，并引进了甜薯。"最初的欧洲人并没有充分认识这种植物的食用价值，而是被西班牙国王作为观赏植物栽培在花园中。后来，他们又将这开花植物赠送给英格兰国王。这个国王是亨利八世，"也非常喜欢甜薯，但却是为着一个终将让他失望且沮丧的理由：他以为这是一种春药"。这个甜薯，就是福建人口中的番薯。我们已不知道此种作物又如何传播到吕宋诸岛，却确切地知道，恰恰是在番薯进入欧洲一百年后的一五九三年，陈振龙将番薯从吕宋引种到了家乡福建。我们还知道，那时番薯的经济价值已经被殖民国家充分认识，所以，其种苗和种植技术不是自由传播的。

陈振龙是靠把番薯藤编织在船上所需的众多的索具中，才避过了出境检查。他经过七昼夜航行回到福州，随即在住宅旁的空地上开始试种。这时正逢闽中大旱，五谷歉收，陈振龙促其子陈经纶上书福建巡抚金学曾，报告吕宋番薯可以救荒。金巡抚允许试种，俟收成后呈验。当年，试种成功，金巡抚即于次年传令遍植闽境，解决荒年缺粮问题。闽人感激金学曾推广之德，一时间曾将番薯称为金薯。今天，中国凡气候适合之地，已遍种此物。并在中国不同的方言区中有了更本土的名字：比如地瓜，比如红苕。今天人们不仅食用其淀粉丰富的块茎，其藤叶也成为一道餐桌上常见的健康食品。这次行于福建沿海，有虾蟹鱼蚌的餐桌上，也总有一盘嫩绿的薯藤在丰富的动物蛋白中加添几缕植物疏淡的清香。今天的贸易主流，是技术与资本。而在古代，从陆上丝绸之路到海上丝绸之路，来自不同方向的众多的外邦植物改变了中国的农业与中国人的食物结构。

一个番薯故事，足可让我们体会到开放与贸易带给人民的福祉。

所以，我更愿意先来写写此行在曾经因开放而繁盛了好几百年的泉州的所见所感。

十来年前，去过一次泉州。唯一的原因，就是从书上看到这座城市曾经的一个名字——刺桐。字是中国字，词是中国词。但不知为什么，却觉得那是一个异国风味十足的名字，和历史中那些由非汉语的字眼对音而成的地名一样有着别样的风情。那些引起我同样兴趣的地名是汗八里，是花剌子模，是暹罗，是占城。那是中央朝廷还没有动不动就兴起海禁之想的时代里流布于汉语典籍中的名字。

刺桐，这种春天开满红花的树木，和番薯一样，也从南洋而来。这种极具观赏性的高大乔木，至少在唐代，就已经完全改变了一个中国城市的面貌。读过一本写中国古诗中植物的书，说刺桐在唐诗中已经大量出现：

海曲春深满郡霞，越人多种刺桐花。

那时，阿拉伯人早已从海上到过中国。

前面说过，生活于十世纪的那个叫马苏第的阿拉伯人在他的地理学著作《黄金草原》中，已经有了关于中国的描述。他说，从阿拉伯出发，要经过七个不同名字的海，“第七海是中国海”。那似乎也是他们向东航行的极限：“在中国以远，于大海下侧既没有已知的王国，又没有已被描述过的地区，唯有新罗及其附属岛屿例外。”

《黄金草原》作为一本古代的地理书，大部分篇幅说的是海，是船，是海路和海路通往的那些传说般遥远的国家，可却偏偏被命名为“草原”。把海洋当草原，游牧其上，那人内心里鼓荡着的是怎样一种浪漫精神！这位地理学家甚至用阿拉伯语给中国的皇帝重新命名，比如奈斯尔塔斯，比如阿温，比如艾赛敦。他还记述了一位他命名为赫拉丹的中国皇帝，“该王令人建造了大船，让那些负责出口最为典型的中国产品的人登上船，以前往信德、印度、巴比伦等远近不等和通过海路可以到达的地区。他们必须以他的名义向这些地区的君主们奉送珍奇的和价值昂贵的礼物。在他们返回时，他们又为他带来了各地在食品、饮料、衣服和毡毯方面所具有的最为珍贵，甚至是最为罕见的物品。此外他们还负有致力于了解他们曾参观过的所有民族的政府、宗教、法律和风俗习惯的使命”。

这些文字记述的大约是唐代时的中国，陆疆与海疆都高度开放的中国。但是，今天已经很少遇见唐代的文化遗存了。在泉州游走，总是会与郑和劈面相逢。在地面上，一座面海的山丘上还竖立着一座高塔，传说郑和下西洋前，屡上此塔眺望海上浩渺的烟波。在地底下，前些年出土了一座被海边的风潮掩去的寺院。在这座重见天日的佛寺中，除循例该有的佛教众神殿中的那些佛菩萨外，还有妈祖和郑和的雕像，他们作为那些时常去往无边的海洋上闯荡的泉州船民的庇佑之神，与佛教的偶像一起在同一座大殿中享受香火。郑和的先祖是中亚细亚人，从陆上丝绸之路来到了中国。到郑和从中国海航向阿拉伯海的时候，除了伊斯兰信仰，他已经是一个百分百的中国人了。泉州当地史志中还有关于他率船队扬帆远航前到灵山圣墓行香的记载。

灵山圣墓，坐落于泉州城东的灵山南麓。唐武德年间，即公元七世纪初叶，伊斯兰教初创，即有伊斯兰教创始人穆罕默德门徒四人随商队东来中国传教。正如《古兰经》经文所说：“船舶在海中带着真主的恩惠而航行。”这四位伊斯兰贤人到达中国后，三贤、四贤便在泉州居留传教，并在此终老落葬。这两座并排安卧于泉州的伊斯兰式墓葬，就是在整个伊斯兰世界看来，也是现存最古老、最完好的圣迹之一。

郑和下了西洋，他的航迹最远究竟抵达何处，在今天的世界重又成为人们热心争论的话题。

这其实并不十分重要。

要紧的是他们的行为方式与目的带着那么强烈的中国文化印记。正如马苏第在《黄金草原》中的记述，他们“还负责激发外国人对宝石、香料及他们祖国器械的爱好。大船分散于各个方向，在外国靠岸并执行委托给他们的使命。在他们停泊靠岸的所有地方，这些使者便会以他们随身携带来的商品样品的漂亮程度而引起当地居民的赞赏”。于是，“大海流经其疆土的国家的王子们也令人造船，然后载运与该国不同的产品而被遣往中国，从而与中国国王建立联系，作为他们获得该国王礼物的回报，也向他奉献贡礼。这样一来，中国就变得繁荣昌盛了……”

唐代或更早前的中国人如何扬帆去往海外，从中国的典籍中已经很难寻觅翔实的记载，但在这些早于郑和下西洋五六百年的记述中国人航向世界的文字，仿佛正是对郑和们所做功业的详细描摹。

至今，在泉州当地，还有遥远的锡兰王子因故不能归国而长留泉州，其家族世代繁衍，最终化入中国的美好故事。

漫步泉州城中，四处都有海洋文明所带来的多元文化的遗存。

伊斯兰教的清净寺创建于北宋，据说是仿照了大马士革著名的礼拜堂的形制。如今这座寺院已基本损毁，但有着鲜明阿拉伯风格的门楼依然高耸。倾圮的礼拜堂有了更中国化的名称：奉天坛。四围的墙壁仍在，其西墙正中还有拱形的壁龛。内壁上镌刻的阿拉伯文仍清晰可见。专家告知，这些文字都是《古兰经》中的警句。今天，信众们的礼拜之处是屡塌屡修的明善堂，已然是一个中国风味十足的砖木结构的建筑。

浓重的树荫背后，开元寺双塔雄峙的身姿缓缓从天际线上升起。

眼前情景正合了李太白的诗："宝塔凌苍苍，登攀览四荒。顶高元气合，标出海云长。"不由得听了主人的导引去往开元寺。

刚刚来到庙前，我的目光便被一块石雕所吸引。这块花岗岩石雕砌入了廊下的石阶。那狮身人面的雕像显然不是佛教众神殿中的造像，其强烈的风格让人想起印度教万神殿中的造像。然后，在这座佛寺中，我们又相继见到了多个印度教风格的神像和建筑构件，它们或者单独陈列，或者已经作为建筑材料嵌入了佛寺的整体构造。就是这样一些物件，透露出生动的文化气息：在这座佛寺建立之前，印度教也曾在这块向着海洋敞开的土地上传播，并构建过自己敬奉众神的神庙。活跃在这个城市的外邦商人，兴许也有接受了这种宗教的当地人，在这里以香花敬神，以歌舞娱神，以猛烈的祈祷求得神灵的佑助。有史料显示，唐代的时候，随着贸易的人流，从陆上和海上两条丝绸之路来到中国的，也有世界各地信仰坚定的传教者们络绎不绝的身影，他们带来了伊斯兰教、犹太教、摩尼教、袄教、景教。在泉州开元寺，我又看到了印度教也曾到访并试图扎根中国的确切物证。印度教当时流行本地的景况已杳不可考，我却想起撰于唐代的《大秦景教流行中国碑》的文字，想必也可由此大致构想当时印度教流布的情形：

> 或重广法堂。崇饰廊宇，如翚斯飞，更效景门，依仁施利。每岁集四寺僧徒，虔事精供。备诸五旬。馁者来而饭之，寒者来而衣之，病者疗而起之，死者葬而安之。清节达娑，未闻斯美。

今天，景教与印度教在中国土地上几乎断绝了踪迹，但同样自西而来的佛教依然在中国大地上香火旺盛。熙熙攘攘的信众，正依了佛经的教导，“见佛塔庙，作礼围绕”。

出得庙来，在佛寺之侧，我见到高过殿檐的几株菩提树。微风过处，那些有着七到八对明晰叶脉的绿色叶片便敏感地震动起来，发出细密的声响。佛教的创始人释迦牟尼就是在此树庇荫下悟得佛教精义的，因此，菩提树在虔敬的佛教徒那里也是圣物。风动震叶，所发声音，亦可当成是梵贝之音在称颂礼赞，有消除业力的无边功德。我辈俗人，不是阿难，不是迦叶，也仿佛听见佛所教导：“谛听！谛听！汝当谛听！”

我静心谛听，不是佛教徒，未感受法力的加持，却似乎从历史深邃处看到文化强劲的光亮。

那天，还在树下发现数茎结构简约精巧的蓝色小花，如星光闪烁。这花的名字，也包含有远方消息，名字唤作阿拉伯婆婆纳。

终于到达海边了，去寻访马可·波罗出海处。立在泉州海边，退潮时分，夕阳西下，有长桥通往烟水迷茫处；身旁，坚固的水泥码头上，有起重机举着集装箱在轨道上徐行。

恍然看见中国风的福船正在扬帆出海，看见阿拉伯风格的船正在靠岸，水手们正在徐徐地落下一面面风帆。

脚前，因退潮而裸露的滩涂上有小生物在匆匆奔忙，山脚前，刺桐和杧果树正在开花。杧果树以结果为要，花虽繁密却又朴素至极。但是刺桐，不着一叶，却以苍劲的枝干高擎着一簇簇艳红的花朵。仿佛为了表明来自异邦的身份，那一枚枚花朵都采取了弯曲的象牙的形状；又仿佛为了表达与这片土地的亲和，每一朵花都闪烁着丝绸的质感。

我来到这里，还因为这些滩涂上淤积的泥沙中，曾有一艘古船重见天日。然后，我在泉州海上交通博物馆中见到了那艘发掘于滩涂泥沙下的漂亮的大船。

那是一艘宋船，船的前半部尚完整，果然是在福州听人介绍福船时状若飞鸟的形象，果然如古典的记述，“上平如衡，下侧如刃”。船的尾部已不可见，船上的桅、桅上的帆亦不可见。馆内也没有风，只有冷光源静静地照耀。

有宋一代，也许由于陆疆逼仄与局促，反倒激发了海疆的开放。高超的造船术之外，还发展出一整套关于远航海上的知识与技术系统。

晚上翻看得自当地的《泉州古代海外交通史》，那些与航海知识与技术有关的文字真让人生出旷远之想：

大海弥漫无边，不识东西，唯望日、月、星宿而进。

舟师识地理，夜则观星，昼则观日，阴晦观指南针。

以针横贯灯心，浮水上，亦指南。

今既论潮候之大概于前，谨列夫神舟所往岛、洲、苫、屿而为之图。

每暑月，则有东南风数日，甚者至逾旬而止，吴人名之曰“舶趠风”。

船舶去以十一月、十二月，就北风；来以五月、六月，就南风。

其实，航海业的发达，除了航海技术本身的发展，还有更深刻的原因。

北宋时期，泉州一地兴建有许多水利工程，并从越南引进占城稻种，大面积种植。同时，棉花、甘蔗、茶叶等经济作物也开始大面积种植，并发展出成熟的种植与加工技术。更重要的是，还有蚕丝织造与造窑烧瓷技术的发展。唐宋时期，中国社会经济重心与人口渐渐南移。有资料表明，早在公元七百四十二年进行的全国人口普查中，中国南方人口所占比重就由一百年前的四分之一增加到了接近一半。

“产自南方的茶叶不再被视为药材，而主要用于提神。全国各地的人都开始饮茶，从此茶叶成为主要商品。随着中国沿海及东南亚一带的海上贸易剧增，广州、泉州和福州等南方港口城市发展起来。”《剑桥插图中国史》中说，“宋朝自成立之初，就鼓励对外贸易，尤其是海外贸易。朝廷官员出使东南亚国家，怂恿他们的商人来中国，中国商贾也主动出击。在宋朝，载着中国商人航行在南海上的中国船只，取代了南亚和西南亚的商船……各省城市的增长速度也是前所未有的……福建北部的建康（疑为建阳）是个内陆城市，居民可能有二十万之多。福建南部的沿海城市泉州更大，其知州在一一二〇年声称，该市加上乡村有五十万居民。”

元代，泉州港繁盛的剧目还在继续上演。

所以，马可·波罗到达泉州时自然要发出赞叹：“运到那里的胡椒，数量非常可观。但运到亚历山大港供应西方世界各地需要的胡椒，就相形见绌，恐怕不过它的百分之一吧。”

所以，十四世纪来到元代中国的摩洛哥人伊本·白图泰会留下这样的文字：“我们渡海到达的第一座城市是刺桐城……该城的港口是世界大港之一，甚至是最大的港口。”

只是，西方人所说的作为“世界中心”的中国的黄金时代行将落幕了。

明朝皇室对待海洋似乎有一种奇特的态度。

一方面，有郑和率官方庞大船队七下西洋的壮举。另一方面，又出台种种限制海洋贸易的措施。原通于万国的泉州港此时被规定只能与琉球通商。于是，当官方限制或禁止民间的海上贸易时，逐利的商人成为走私者，甚至成为海盗。在大明朝廷开始封禁海疆之时，日本的海盗，以及从事殖民贸易的荷兰人、葡萄牙人，已经相继前来叩击关门了。而支持郑和七下西洋的朝贡贸易体制，终归因入不敷出被廷议中止。海禁的时代到来了。

终于，随着主管海上贸易的官方机构市舶司迁往福州，泉州湾中那些曾经帆樯如林的港口被泥沙渐渐淤塞。还看到过一则史料，刺桐城的衰落，还与农耕时代过度开发造成植被破坏，严重的水土流失导致那些深水港被泥沙淤塞有关。总之，以刺桐之名获得世界性荣耀的城池，火红的刺桐花终归是渐渐凋零了：

刺桐花谢刺桐城。

泉城已渺刺桐花，空有佳名异代夸。

所以，在福州城的柔远驿中，我知道，那张道光年间与琉球通商物品的清单，已是辉煌落日中最后的一道余晖了。那时，中国的船队不再远航，那些不断前来朝贡的藩属之国也行迹日疏，如陨星般——消失了。一八七一年，琉球国被日本吞并；一八七五年，日本政府命令断绝琉球与中国的朝贡关系。今天，再看到琉球的消息，其名字已是非常日本化的名字，叫作冲绳。

也是在道光年间，继荷兰人、葡萄牙人以后，英国人和法国人又相继出现在中国的海岸。传统的丝绸、瓷器以外，中国的茶叶，特别是产自福建的红茶，使得这些殖民者对于闭锁海港的中国的侵略欲罢不能。这时来到中国人面前的欧洲人，不但一如既往地具有殖民者的野心，更重要的是，新兴的英法等国经过工业革命与资本主义革命的技术与制度革新的双重锻造，比那些老牌的殖民国家更加强大。“因为中国不愿意按照欧洲的模式组织贸易，而英国有力量迫使它接受自己的条款”，这一结果，当然是鸦片战争。西方历史学家说，这场发生于道光二十年的战争，“为后来的战争定下了调子，而且逐渐给中国带来了重大的象征意义”。那位叫伊佩霞的美国历史学家说，这样的战争成为“一个鲜明的例子，说明国际上的以强凌弱和把不同的道德取向强加给那些试图做正义事业的人。这种道德尺度反过来使中国人很难看清自己应从西方文明中吸收什么”。

对照当时中国泛道德化的知识界主流的声音，对照当时朝廷中枢的种种反应——无论是出于国族自尊而义愤高蹈的主战派，还是因不知世界格局剧变而震愕，而懦弱，不得不在不平等条约上签字的投降派，西方历史学家的这种论断确乎道出了某种历史的真实。

中国文化中向来具有多元的基因，只是一直占据上风的大一统思想对于边缘的声音总是忽略的。中国地域辽阔，地理与官僚机构的设置总是使陆疆与海疆的声音显得微弱而遥远。在世界剧烈变化的时代，首当其冲的海疆总是更加敏感，而中枢的反应却疲惫而迟缓。

海上台风迫进，当然是身在海边的人首先感受气压的变化，首先看见天边的乌云翻滚。那时候，宋元时代曾航行天下的福船已然折戟沉沙。直面海疆危局的人，从帝国梦中惊醒，首先想到的自然是“师夷长技”，学习西方先进技术，制造坚船利炮。

于是，左宗棠、沈葆桢这些直接面对海疆深重危局的地方大员，才要首倡设立船政局，引入西方的新技术来武装自己，力挽颓势。

我们去到马尾，当年船政局首开西法造船的地方。在博物馆中，看到左宗棠上奏朝廷，请求自欧洲“购买机器，募雇洋匠，试造火轮船只”的奏文：“窃惟东南大利，在水而不在陆。”其中的见识，并不是一般的应急反应，而是在“防”之外，还看到更深远的“利”。所以，制造新式战船，武装水师，不是单一的防守，而是“欲防海之害而收其利”。而要达此目的，“非整理水师不可，欲整理水师，非设局监造轮船不可”；而要施行这些措施，非得改变一些陈旧的意识，“泰西巧而中国不必安于拙也，泰西有而中国不能傲以无也”。

回顾唐、宋、元时代，中国，尤其是福建一带海上贸易的繁盛，一是来自开放的襟怀，背后更有当时领先世界的造船技术和发达的农业与手工业作为可靠支撑。

古老的罗星塔，曾是当年频繁的航海活动的见证。当福船的风帆落尽，塔下的江湾中，又一轮试图振兴的努力开始了。虽然左宗棠创立船政局不数月就被调往伊犁捍卫西部陆疆，但他的继任者们确实做出了不小的实绩。一八六六年，船厂开建。一八六九年，中国第一艘千吨级机器轮船万年清号在马尾下水。

一八七二年，当时远东地区自制的最大兵舰扬武号首航。

船政局还充分意识到“船政根本在于学”，设立船厂外，还设立船政学堂，学制五年，用法国人和法文教材训练制造人才，用英国教师和英文教材培养驾驶人才。

一八六六年，船政学堂初开，一个出身当地中医世家的年轻人考入学堂，学习海船驾驶。这个人就是在中国近代促使中国人思想开放方面有大功德的严复。在马尾船政学堂学习五年期满，严复以优等成绩毕业后，在军舰上开始其海上生涯。一八七七年到一八七九年，严复等被公派到英国留学，先入普茨茅斯大学，后转到格林威治海军学院。留学期间，严复对英国的社会政治发生兴趣，涉猎了大量资产阶级政治学术理论，并翻译出版了赫胥黎的《天演论》、亚当·斯密《原富》等思想性著作。相对于作为洋务派的左宗棠们，严复辈对中国的自强之道有更深的认知：“自强于今日，以开民智为第一义。”有西方历史学家说，“严复一度认为，中国的困境只有百分之三十是由洋人引起的，大部分都是由自己的毛病造成的，故而可以通过中国自己的努力得到补救”。正因为有些识见，严复归国后即在天津创办以英国《泰晤士报》为范本的《国闻报》，传播新知，呼吁改革。

在那个危机重重的时代，中央王朝以及内陆的官员与学人们大多仍囿于陈规旧识。但在那些面向海洋的地方，“一个更加积极的地方精英阶层正在形成，他们渴望参与政治秩序的重建”。日本历史学家菊池秀明在《末代王朝与近代中国》一书中指出：“近代中国是中国历史上第一次从南方开始复兴之路的时代。”“洋务运动、维新变法运动等改革运动，以及新思想、新文化的接受与创造，亦多由南省出身的人物担任骨干，或以此时代发展起来的南方边地城市作为其衍生发展的舞台。”

福州城中现有严复故居一处，那也是他大半生漂泊在外的落叶归根之处。他一九二〇年回到福建，便在此宅中居住，次年便与世长辞。那时，大清朝败亡，中华民国初创，新文化运动方兴未艾，随着《新青年》杂志的创办，中国思想史开启了陈独秀、胡适之、鲁迅们的新时代。在严复度过生命中最后两年的福州郎官巷西段北侧二十号院中，我看到一副严复手书的对联：“团扇初开长眉始画，落花入领微风动裾。”优雅，闲适，甚至情色。不知这副对联写于他生命的哪一时期，其中透露的中国古典文人气息，倒与严复启蒙思想家、翻译家的形象有些矛盾，但这也正是人的复杂与丰富的一个例证吧。无论如何，在他的暮年，无论航程多么曲折诡异，中国这艘航船已经迎着来自海上的时代风潮重新起航了。

这些日子，在福建的沿海游走，一直听当地朋友说两个字。也许是因为那个简化的词组对我而言还过于陌生，也许是因为当地朋友的普通话总有些闽人特别的口音，直到行程即将结束，我才恍然大悟，他们不断重复的那两个音节是“海丝”，即海上丝绸之路的缩略表达。从语言学的角度看，简洁缩略的表达方式的出现，意味着这种表达所指称的事物被普遍认知，或者这种表达所指称的观念已成这个语言群落的共识。

当年，面对老大帝国的重重危机，中央与地方、官员与学者曾有“海防”与“塞防”之争。其实，国家安全首先就是领土与领海的完整。所以，当年左宗棠得离开刚刚创办的马尾船政局，从东到西，横穿了整个中国，率军收复伊犁，巩固陆上边疆。而今天的中国，开放自沿海口岸始，三十年后，已经是海陆边疆的全面开放。所以，“海丝”之外，“一带一路”，这个缩略语的流行，也显示了开放观念在今天已是如何深入人心。

突然想起，去年我曾有海上岛国斯里兰卡之行。所带的枕边书，是法显的《佛国记》。法显是东晋时代的僧人，公元三百九十九年，以六十多岁之高龄从长安出发，经陆上丝绸之路去往印度取经学佛。后来，他由印度乘商船到狮子国（今斯里兰卡），居留两年，再乘商船东归，中途经耶婆提（今苏门答腊岛或爪哇岛），再换船北航回到中国。法显成为有史可考的中国同时游历了陆上丝绸之路与海上丝绸之路的第一人。在斯里兰卡期间，我常去海边徘徊，寻找当年法显东归的登船处。当然，确切的地点自然已无迹可寻了。但是，在科伦坡，面海的长堤尽头，一个崭新的港口正在兴建。港口的兴建者，是一家中国公司。港口建成后，持有该港口相当股份的中国公司还将参与海港的管理与运营。

是的，今天距福州城中柔远驿的关闭已将近一百五十年，距离严复先生在福州辞世也近一百年。面临大海的中国，在开放与禁锢中又犹疑过，摇摆过，但终于还是向着世界敞开了所有口岸。所有向着海洋的三角洲都成为新的出发地，成为新的文化与经济思想的发生地。

当然还有那一条条江河的三角洲，敞开的河口向海洋交出了陆地，敞开的河口以宽广接纳应时而至的潮汐，纵切过排排横波的是船，诗歌的记忆里的帆船。不是“野渡无人舟自横”的那一种，不是“孤舟蓑笠翁”的那一种，不是那种停在农耕的村庄边的船，不是从这一村到那一村的船；是不够静谧的诗，是动荡鼓涌的诗！是海船，是去往空阔无际的大洋上的船！惠特曼写过那种船：

看哪，这里是无边的大海，
在它的胸脯上一只船出发了，张着所有的帆，
甚至挂上了她的月帆，
当她前进时，
船旗在高空飘扬着，她是那么庄严地向前行进——
下面波涛竞涌，恐后争先，
它们以闪闪发光的弧形运动和浪花围绕着船。

只是现在，那些船都去掉了帆，而采用了更可靠稳定的机械动力。机器的心脏，每一次转动都输出强劲的脉动，驱迫着沉重的钢铁躯壳钢铁骨骼的船舶去往远方。重新航向世界的中国船来到了海洋之上，带着历史晦暗或光辉的记忆。来到海上的中国船已经日益稔熟于洋流与信风。前方徐徐展开的前景，扑面而来的海与风，正是中华复兴理想最舒展的幅度。

哈尔滨访雪记

夏天，不管你走到什么地方，除非荒漠，总是绿色覆盖了原野。夏天的绿色像一个帝王，把整个国家至少从地理上统一起来。到处都是雨水，到处都是浩大的水流。而冬天就不一样了，从北到南，气温分成了一个又一个的梯次，从低到高，改变了大地的色调。与此同时，水在枯萎，同时也变化出了丰富的形态：冰，雪，霜，雨，雾。仅仅凭借于此，整个国度就分出了南方与北方。二〇〇五年元旦，我从成都出发的时候，就担心弥漫在四川盆地里灰蒙蒙的雾气使飞机不能正常起飞。温润的空气里绿色植物继续生长，但雾气长期阻断视线却使人心情黯淡。

飞机在耐心的极限到来之前起飞了，降落在作为这次旅途中转站的北京。地理书告诉我们，北京是在冰雪的北方。但是，这里没有冰雪，没有水的另一种形态与气息，只有大堆的房子、干冷的风。好在今天，这里只是一个中转，只是从飞机场转到火车站时经过的一个地方。天很蓝，枯萎的树却是灰蒙蒙的一片。

夜晚的火车向着哈尔滨进发。火车穿越寒冷而又干燥的大地，除了偶尔一声汽笛，没有原野的辉光与声音。铁轨和车轮合奏的单调音节与同一节奏的摇晃，把人扔到床上，沦陷于睡眠。

夜半之后，我醒来，不是因为吵闹，而是因为安静。火车行进中那单调的声音越来越低，低到犹如梦境一般了。然后，我听到了一种巨大的差不多是无边的安静，那安静就是原野的声音。有这么巨大安静声音的必出自更为宽广的原野。这样的原野上，必有河流浩大，犹如一株枝叶舒展的巨树一般。一些山冈蹲守在远处，犹如神灵。我没有睁眼，那寂静就已经让我看见。睁开眼，就看见透过窗户的稀薄的光亮。披衣走出包厢，走到更宽大的车窗前，光亮像水一样弥漫而来。我看见了南方雾气中久违不见的月亮！那月亮不发光，像只银盘滑行在天上。光是从地上弥散开来的，准确地说是从地面的雪、地面的冰上弥散开来，把天空、树木、村庄、山冈照得微微发光，好像天地万物在这个夜晚，从自己的内部发出了光芒，而新鲜的寒冷的空气运行在这些光芒中间。我想，这才是真的北方！想象中的冬天的北方或者北方的冬天。生活在这个世界上，我们总在想象一些事物的面貌，也总在发现这些事物与想象的差距。但是，在二〇〇五年开始的这个夜晚，我看到了与我想象契合的景象。

我呆立在窗前，列车的声音低下去，低下去，梦境一般穿越着冰封雪覆的原野。静谧的月光，穿过云层，穿过树林，越过村庄，梦境一般跟随着列车穿越。直到天渐渐放亮，月亮才隐去。此行是应哈尔滨市有关方面之邀前去观光，所以，我不能说哈尔滨之旅的高潮已经提前到来，但我可以说，哈尔滨之旅的调子已经定下了。

我的目的地不是喧闹驳杂的城市，而是静谧广大的原野。南方冬天晦暗的雨雾中，田野已经很疲惫了，但仍然要生长粮食，生长蔬菜，生长鲜花，而不得休息。但在东北大地上，田野盖上洁净的雪，被静静地休息了。我喜欢这种安静的休息，我们所有人的内心都渴望这样安静而且洁净的休息。

在中国这个古老的国家里，每一座城市都很古老。这些古老的城市，现在都变得千人一面般的年轻。哈尔滨是个年轻的城市，却舒服地保留了一些老城市的味道，而这些老城市的味道，并没有作为什么遗产被圈禁起来。仅仅因为这个，哈尔滨就应该让我们喜欢，更何况还有大江穿过，更何况还有冰灯闪烁，更何况还有程式夸张、内在质朴、语涉低俗、幽默机智却浑然天成的二人转在人们心头唱着。但我还是固执地喜欢着汇集在这个城市四周的旷野。

所以，友人带我逛街时，我特别想到冰封的松花江上。

好客的主人同我去访萧红故居。车经过一条河，我便被疏朗宽展的河床，河道中冰封的蜿蜒水流，河岸两边遒劲沉默的大树，以及背后夕阳的光芒感动了。主人指引说："呼兰河。"我甚至说，可以兴尽而返，不去看什么故居了。相信哺育了萧红的不是那个故居的地主院落，而是这条呼兰河。当然，后来还是去了故居，果然是一个生气已失的院落。有意思的细节是，看到壁上的名人字画中有特别不像书法的一幅，四个没有布局也没有力度的大字“怀念萧红”。是美国汉学家葛浩文的手迹。葛也是我小说的英译者。回成都后，我发了封邮件给他说这件事情，他以前所未有的速度回了一信：“二十多年以前，呼兰县的人员先把我灌醉，之后让我一生中唯一的一次用毛笔写字。怀念萧红。够丢脸吧。”

所以，一行人到哈尔滨郊区滑雪时，我想到的是，回到南方便无雪可滑，所以不必费力去学。然后，就被滑雪场四周疏朗的松林、松林中厚厚的积雪所吸引，一路踩着雪向着这个山冈的顶部走去。这山看上去很低，攀爬起来却显得越来越高。太阳的光斑稀稀落落，积雪在脚下吱吱作响，呼吸越来越深，越来越多，前所未有的凛冽但也前所未有的新鲜刺激的空气涌入了胸腔。休息时，我脱下手套，扒开深雪，现出了干枯的草和绿色的松树苗，但似乎没有想看见的东西。问题是一时半会儿，我也想不起来自己想在深深的积雪下扒出什么。我躺在雪地上，身上、脸上洒着斑驳的阳光。在这冰雪覆盖的绵远大地上，身上无法感到阳光的热量，但闭上眼睛却会感到透彻的明亮，听见阳光落在树上，落在雪地上，发出细密的声响。这种声音里，宽广的大地，白雪覆盖的大地，晶光闪耀，向四方铺展。

起身继续往上时，我想起来，前些时候看过迟子建一篇小说，说是东北的秋天短促，冬天来得迅猛，所以，积雪下会封冻住很多颜色鲜艳的野生浆果。我扒开积雪其实就是想看看下面有没有秋天未及凋落就已被冷藏的浆果。回哈尔滨看冰灯的时候，给迟子建谈了这事，她大笑，说，有，但在更深的山里，在她的家乡那边。确实，那天穿过的松林都很整齐，树都太小，而且品种单一，只是躺下来透过一些树冠看天的时候，有点森林的感觉。

爬上那座小山冈，举目看见更广大的雪野，更多的连绵起伏的山冈、休息的田野、封冻的长河。然后，一列火车蜿蜒着穿过寂静大地，从远处而来，又向远处而去，使大地更加洁净与空阔。而道路辐辏，汇聚于目力所及的那片烟云氤氲、热气腾腾处，那座叫作哈尔滨的城市——白天活力四射；傍晚，夜幕落下，点上盏盏冰灯，笼着那么晶莹的光，在整个白山黑水梦境的中央。

光影变幻的高原湖：玉隆拉措

从成都西行，走国道三一八线，过康定，越折多山口，川藏线分为南北两路。

我上北路——国道三一七线，一路上可以遥望两座有出世之美的晶莹雪峰。一座是号称蜀山之王的木雅贡嘎，一座是四周环绕着如今丹巴、康定和道孚三县上万平方公里峡谷与草原的亚拉雪山。要在过去的旅行中，我早已停留下来了。但现在，我紧踩油门，只是从车窗里向外望了几眼。近三年来的目的地还在几百公里之外，是格萨尔的故事流传最盛，也是史诗中主人公诞生的地方：德格。被措拉雪山总摄的德格。

一天半后，终于到达了德格的门户，海拔三千八百八十米的小镇马尼干戈。在加油站旁边的小饭馆吃完午餐，就可以遥望那座雪山了。这里，道路再次分岔，往西北，是格萨尔的出生地阿须草原。我并不急着就去故事的起始之地，我要在外围地带徘徊一番，多感受些气氛。一个寻找故事的人想体验一番被故事所撩拨的感觉。

而心绪真的就被撩拨了。

如果说神山是雄性的，那么总是出现在雪山下方，由冰川融水所滋养的湖泊就是阴性的。出马尼干戈镇几公里，刚刚望见雪山晶莹的峰顶和飞悬在峭壁上的冰川，那面名叫玉隆拉措的湖就出现了。“措”在藏语里是阴性的，是湖泊的意思，也是女人名字里常用的一个词。这个湖还有一个汉语的名字：新路海（新道路边的海子?）。春夏时节，湖水并不十分清澈，融雪水带来的矿物质使湖水显出淡淡的天青色。湖岸上站立着柏树与云杉，云影停在湖中如在沉思。如果起一阵微风，花香荡漾起来，波光立时让一切明晰的影像失去轮廓，安静的湖顷刻间就纷乱起来，显出魅惑的一面。

故事里，这个湖是和格萨尔的爱妻珠牡联系在一起的。珠牡，据说是整个岭国最美丽的女子。故事里的男主人公刚刚出生，她就是令岭国众英雄垂涎的姑娘了。后来，格萨尔经历诸多磨难登上岭国王位，珠牡姑娘依然保持着青春，这才和另外十二个美女同时嫁给了年轻的国王。故事里，美丽的女人往往也是善良的。自古到今，传说故事的人们会无视现实中外在的美貌与内在的心灵之美常常相互分离的事实，总给漂亮的女人以美丽的心灵，或者说，给善良的女人以美丽的外貌。这或者是出于对美丽女人的崇拜，我更以为可能出于对心灵美好却容貌平凡的女子们的慈悲。

仅仅是这样的话，故事里的女主角还不够生动。

为了让故事生动，从古到今，讲故事的人已经发展出很多套路。在措拉雪山的冰川还很低很低，冰舌可能直接就伸入湖中的时候，那些讲故事的人就知道这些伎俩了。于是，故事里那个常在这个漂亮湖泊里沐浴的珠牡，就常常面临着种种诱惑而抗拒着，也动摇着，身不由己。她曾亲自动身前去迎接格萨尔回来参加赛马大会，和叔父争夺岭国王位。就在这样严肃的时刻，在去完成重要使命的路上，她就被路遇的印度王子弄得芳心激荡，因为“王子的眼窝仿佛幽深的水潭”。

这种软弱让故事中的女人复杂起来。

珠牡也常常被嫉妒所折磨。如果不是这样，她的姐妹——王妃梅萨不会被魔王掳去，珠牡自己也不会被出卖给北方霍尔国的白帐王。在有些格萨尔故事的版本里，珠牡被掳后被白帐王强做夫妻的一幕真是活色生香。珠牡不从，但不是誓死不从，只是千方百计逃避被白帐王强占身体。这个有些神通的女人千变万化，化成种种动物与物件。但万物生生相克，那白帐王神通更胜一筹，自然就能变幻成能降服珠牡的动物或物件。不觉间，带着悲愤之气的故事变成了男女征逐的游戏，而且这游戏还颇具情色意味。珠牡最后变幻成一枚针，便于藏匿，锋利扎人又不伤性命。好个白帐王，摇身一变，成了一根线，一根逶迤宛转的线。线要穿过针，针要躲避线，缠绕，跳跃，躲闪，磕碰……终于那根坚硬的针被柔软的线穿过了。

岭国王后珠牡成了霍尔国国王的妻子。九年之后，格萨尔才杀掉白帐王，把她夺回身边。

好多人问我，说一个国王怎么还会把这样的女人留在身边，而且继续给她万千宠爱。我想，他们的意思是说，一个国王怎么可以容忍别的男人占有自己女人的身体。这是我无从回答的问题。珠牡也没有让这样的问题困扰过自己，回到岭国很多年后，故事里的她似乎仍然没有老去，其美貌依然沉鱼落雁。珠牡唯一一次为国出征，是和梅萨一起去木雅国盗取通过雪山的法宝。就在这样的重要时刻，她禁不住另一面湖水的诱惑，一定要下去裸泳一番。弄不清楚讲故事的人是要写她爱个人卫生，还是想展示一下美丽的胴体。故事总是要包含些教训的，因此珠牡王后的这番身体展示让王妃梅萨被拘，使格萨尔这个妻子二度成了别国国王的爱宠。

在为了重述《格萨尔王传》这部史诗而奔波于康巴高原的将近三年时间里，每一次，当我经过如今被更多人叫作新路海的玉隆拉措时，我都会在湖边凝视一番，想一想这个湖，更是想一想故事里那个因为有过错、有缺点，反而因此生动起来的叫作珠牡的女人，这个被今天的藏族人所深爱的女人。

湖边，长得仿佛某种杜鹃的瑞香正在开花，浓烈到浑浊的香味使眼前的一切都有一种迷幻般的色彩。英雄故事的阳刚部分还未现，其阴柔的部分就已在眼前。

每次都是这样，都是先遭逢这个柔美的女性的湖，然后，才攀登上男性的有骁勇山神居住的措拉雪山。

达古冰川

坐景区的观光车跟大家一起游览达古景区。

车穿过峡谷，穿过峡谷中三个藏族村落。这三个寨落都叫达古，因地势高低分别叫作上、中、下达古。车上有同行者问我，“达古”在藏语里是什么意思？我有点说不上来。从词根上说，达，是马的意思；古，是深远的意思。不是汉语中年代的深远，而是指地理的深远。但这两个意思如何串联起来？我不知道，当地人不知道，问过一些学者，也不太知道。去年的初春时节，我走访过这三个村寨。中达古村长是个有文化的人。上过初中，因“文革”而辍学。我来访问前，他已经把村子的历史和达古雪山群中那座叫洛格斯的神山故事写成了两页汉文材料。要不是有位央视的纪录片编导随行，善于访问，我都不知道该再问他什么问题了。上达古村的老百姓，以前多居住在半山上，如今，当年斜挂在山坡上的那些土地已经不再耕种，响应国家保护长江上游水源的政策退耕还林了。那些曾经的庄稼地，正在被荒草和灌丛重新掩没。村子里的人家相继迁移到山下的公路边，重新寻找新的营生，构建新的生活。

那天，村长给我们讲上、中、下三个达古村的历史。

讲他们每年祭祀山神的意义与程式。

讲森林中的动物和已经成为历史的狩猎故事。

中达古村还有一座小佛寺，但没有常住的僧人，只是在佛历上一些重要的日子，那些半职业的僧人才回到庙里，和村里百姓做些法事。平常的日子，寺庙门上落着锁，并不干扰百姓的生活。僧人们自己也在各自的俗家中帮助生产。我个人喜欢宗教的这种存在方式。

在上达古村前，猛河已变成了一道溪流。溪上一座带顶的藏式木桥，廊柱上有“红军桥”的字样。这里确实是当年红军长征经过的地方。到达此地之前，红军已经翻越了宝兴县和小金县之间的夹金山，又翻越了小金县和我老家马尔康县之间的梦笔山，接下来，又经过我们马塘村继续跋涉，翻越雅克夏山进入黑水县，这就是现在达古景区所在的地区。这里，雪山更加密集地紧靠在一起。刚从雅克夏雪山下来，当年的红军马上又遇见一座昌德雪山，下昌德雪山，就是上、中、下三个达古村所在的这个峡谷。当年的红军，那些并不确切知道自己该去哪里的人，在此地盘桓一阵，补充些粮食，就从现在叫了红军桥的木桥上过了溪流，又顺着蜿蜒的山道直上达古雪山。过了这座雪山，便是毛尔盖，接下来就是宽阔的川西草原了。中央红军主力和四方面军一部，一共在阿坝州境内翻越了五座雪山，其中三座都在黑水县境内，而且，就围绕在达古景区主峰的周边。

这一天，我们要去的是这雪山群中两座从未被人逾越的雪山——有冰川群的达古雪山主峰和洛格斯神山。

这已是我第三次来达古冰川。

前年，我来这里时，秋林在高原艳阳下五色斑斓，那是落叶松、红桦、白桦、栎、花楸、栌、高山杨、槭这些树木群落浩然盛大的色彩大交响。

去年，比此行早二十天，我来时，晚上一夜飞雪。早上风停云开。驱车到达古村时，湖水映着碧蓝天空，阳光下融雪时的滋润气息带着松杉的芳香。保护站小屋中，炉子里烧着旺火，壶里茶滚烫。屋顶上的雪融化了，从窗前淅沥而下，像断了线却落不尽的珠串。听保护站的工作人员谈林子里金丝猴、羚牛的故事。茶喝到出汗，路上的雪化开了。半山上为游客布置的木头栈道上的雪也化开了，洇湿的厚木板上有漂亮的纹理。走上这条木板栈道，正对的洛格斯神山冰清玉洁，莹光逼眼。在一些藏语文本的诗性表达里，喜欢把巍峨纯净的雪山形容为一个戴着水晶冠冕的人或神。如果你在一个空气清新、阳光明亮的上午，看见这样直插幽深蓝空的雪山，就知道，这样的形容有多么精妙，且带着神圣之感。顺着栈道一路向前，那并肩而立的三座晶莹雪山就在峡谷尽头越升越高，诱导你一直走到跟前，把平视变成仰望。在山下的达古村，村长告诉过我，这座雪山的神是古代为了保卫村落与美丽山水而献出生命的三个达古青年勇士的灵魂所化，因此是三个达古村共同的保护神。

那天真的走到栈道尽头，倒在松软洁净的雪中仰望雪山。

山峰和蓝空间漾起片片薄云。那是山上起风了，把山体上的雪花飞扬到半空里。薄云很快又消散了。那是风停了，雪花又落回山上。四野寂静无声，某片杉树林中传来一声两声鸟鸣，婉转悠长的是画眉，有些突兀的是粗嗓门的噪鹛。

可是，今次来，大家走上栈道时，洛格斯神山却在自己扯起的一片云雾后面隐匿不现。大家继续朝前，希望突然会云开雾散。但云非但不开，天上还不时一小会儿一小会儿地洒下些雨点。山神今日休息，山神今天不与凡人相见。我闲着无事，便动手拍已经开放的报春花，顺便把三千多米高度上的一些常见植物——落叶松、野樱桃、小檗、蔷薇、伏地柏——指认给大家。而李栓科则指着山谷、岩石和山峰给大家上地质课。就这样，在古代冰川所创造出来的巨大的U形山谷中盘桓一阵，神山仍然没有露脸的意思，大家只好到游客中心用午餐。

午餐算是一个冷餐会吧，藏式的手抓肉、包子和一些野生蔬菜。最好吃的一种，学名叫作紫花碎米荠，吃的是它们刚刚破土而出的嫩茎。要到七月间，它们才会开出团团漂亮的紫色花。饭后，一半天空阴着，一半天空中却有阳光破云而出。右手峡谷尽头的洛格斯神山依然隐匿不现，而正面峡谷尽头壁立而起的达古冰川上方的雪山主峰却熠熠闪光，大家赶紧上山。

上山很容易，海拔三千多米的峡谷尽头，有如烟熏绿笼着的落叶松林前就是索道站。十多分钟，缆车就将游人运到海拔四千八百米的高度上。据称这是世界上海拔高度最高的缆车索道。管理局的人说，该索道由奥地利一家公司设计建造，一共费了四年时间。也就是说，对游客来说，这是目前世界上不需自己辛苦登攀而能到达的最大海拔高度。

我既是第三次上到这里，便不急于和同行的人们马上冲向外面的雪山。我为自己在雪山小屋中要了一杯咖啡，慢慢饮下。情景有些不可思议，有些奇异。人在宽大的观景窗内落座，手捧一杯香喷喷的热咖啡，窗外，海拔五千二百多米的达古雪峰覆盖着厚厚的雪被，就横卧在眼前，像一只睡着了的巨大动物。山体上是深雪，雪下才是冰川。这道冰川每年只有七、八两个月积雪融化时才可以看见，但那冰川显示的力量却清晰得见。下冲的冰川在雪峰下几百米处刨出一个巨大的深坑，夏天和初秋，那是一湖碧水。湖水的上方，劲风猎猎，被阳光照耀，亮得晃眼的云团翻滚在天空，也翻涌在湖中。

喝完咖啡，走到室外的雪野中。瞭望台上，雪深盈尺；瞭望台外，雪深就在三四米了。我发现，好几位同行者因为缺氧，因为过分兴奋，有些喘不上气来了。在这个高度上，群山变成波浪，在眼前奔涌，只有身边几座山峰超出我们所在的高度——最高峰海拔五千二百米。在这里，唯有搞地质出身的李栓科面不改色，为大家指点冰川在这雪山之巅造就的地貌杰作：相互错落在云幕下，金字塔一般的锥形峰顶，锋利峭薄的山脊——地理学名词叫脊线，被冰川从对面山体上剥离又搬运到面前来的巨大的岩石——冰漂砾。而在我们脚底的深雪下，就是冰川挖掘出的巨大的冰斗，夏天时，是一汪湖水，现在冻成了一块坚硬的冰。

李栓科对景区管理局的唐华祥书记说，冰漂亮，雪漂亮，雪山漂亮，游客一眼就已看见。但是，冰川造就的特殊地形，这样近距离呈现在游客眼前的地方，如果不是唯一，全世界也不多见，需要大声告诉他们。李栓科还说，不要老说这座山像什么动物，那座峰又像什么动物，要说科学。眼前这些，都是活生生的地质样本！

我赞同！

达古景区主诉的是两个卖点：一个，雪山和冰川；一个，秋天的彩林。

而我一直说，森林的漂亮，秋天变红变黄自然是一个高潮，但从初春起，不同植物，晕染在山野间的不同色调的新绿也足以让人目眩神迷。只不过，中国游客似乎已经习惯由导游来指点——不经别人指点，就不能自己看见与发现。那么，景区更有理由做这方面的挖掘。高原上春天来得晚，初春过后，直接就进入生命竞放的夏天。十数种杜鹃，十数种报春，十数种龙胆，十数种马先蒿，几种绿绒蒿，金莲花银莲花，金露梅银露梅，那么多的高原植物渐次开放，把整个高原的夏天开成一片幽深无尽的花海。这些也都是可以用某些方法指点给游客的，都是可以让他们喜欢与热爱的。我总觉得，达古景区这样的地方，可以成为中国人学习体味自然之美的一个课堂。地理之美，植物之美，共同构成自然之美。虽然时兴的国学热中，常有人说中国人如何具有源远流长的天人合一观，如何取法自然，但在实际情形中，却是整个国家自然界大面积的萎退与毁败，是中国人与大自然日甚一日的隔膜与疏远。

达古景区如果多做这方面的工作，在中国所有自然景区中，肯定在观念与方法上都走在了前面。

达古景区的自然之美真是无处不在啊！在海拔三千多米处，积雪刚刚融化，落叶松柔软的枝条上就绽放出了簇簇嫩绿的针叶，而刚刚从冰冻中苏醒的高山柳、报春已经忙着开花了。再往下，开花植物更多。路边草地上，成片的小白花是野草莓，星星点点的蓝花是某种龙胆，那是比蓝天更漂亮的蓝！到了达古村附近，湖边野樱桃开花了，有风轻摇树梢时，薄雪般的花瓣便纷纷扬扬飘飞起来。再往下，路边一丛丛黄花照眼，那是野生的棣棠。还有藤本的铁线莲，遇到灌丛和乔木，就顺势向上攀爬，用这样的方式把一串串鲜明的花朵举向高处。那些花朵也真正漂亮。四片纯白的花瓣纤尘不染。花瓣中央，数量众多的雄蕊举着一点点明黄的花药。雌蕊通身碧绿，大方地被雄蕊们簇拥在中央。我不知道，这是一种快意的听天由命，任哪一阵风起，或哪一只昆虫飞来，把任一枝雄蕊上的花药撒到那娇嫩敏感的柱头上，在阳光下昏眩一阵，便受精怀子；还是一切都要经由她不动声色的精心选择，拒绝，接纳，或在拒绝与接纳间犹豫再三，才终于将几颗雄花的精子纳入子房。

达古景区把旅游的高潮定在秋天，如果能打开游人寻美的心思与眼睛，其实初春的山野，处处生命力勃发，已是美不胜收了。

当天晚上，我们吃藏餐，藏香猪和各种做法的牦牛肉自不必说，刚刚采摘来的山野菜更让人食指大动。藏式桌子低，座椅也低，其实说是榻才合适。每榻可三个人并坐，有温软的褥子，有靠背，适合喝酒闲聊。我央人从车上取了自带的好酒来请大家。先由李栓科、我和女作家葛水平三个爱酒人组成一个核心小组，率先一大杯接一大杯，以此带动着全桌都喝起来。不久，就央人从楼下车上取第二瓶酒来。这时，大家的话就多起来，话而不足，有谁就带头唱起歌来。一个多小时后吧，又取了第三瓶酒来，并吸引得邻桌的人也自己带了酒来加入。不知道什么时候又喝完了第三瓶酒，大家就兴尽而归了。

果洛的山与河

一

高原上一切的景物——丘冈、草滩、荒漠、湖泊、沼泽、溪流和大河，好像不是汇聚而来，而是在往低下去的周围四散奔逃。

从西宁往果洛，路，那么漫长，更加深了我这样的印象。

就像在青藏高原的所有路途上一样，那些景物扑面而来，又迅速滑落到身后。风景从地平线上升起来，敞开，逼近，再敞开……然后，是我这个旅行者以及载着我的旅行工具，从其间一掠而过。风景从身边一掠而过：缓缓起伏的丘冈，曲折萦回的溪流，星星点点的湖沼，四散开去的草滩，还有牧人和他们的帐幕，和他们的牛羊……再然后，那些风景在身后渐渐远去，闭合，滑落到天际线下。

现代交通工具提供的速度，使人感觉到一切都在向我汇聚的同时，又迅速掠过，然后，四逸流散。

一切都飘浮不定，让人失去把握，并不是一种美好的感觉。苦修的信徒，为了克服这种不确定感，会去观想崇奉的本尊神。为了克服这种荒诞的感觉，我也观想，观想一座超拔天际的晶莹雪山。

观想古老山神的祈祷文里叫作“总摄大地的雪山”的那种大山。

在青藏高原，这样的大山一定像个威严的武士头戴着晶莹的冰雪冠冕，在天际线上闪闪发光。

此次的果洛之行，穿过漫无边际的荒野、牛羊、帐幕、稀疏的人群以及阴晴不定的天气，我带着朝圣的心情，要去拜望那座叫作阿尼玛卿的雪山。原野深远，几种标本一般不断重复的地理样貌出现又消失，只有天气在变化。刚刚穿过一片把车顶敲打得乒乓作响的雪霰，就见一道阳光的瀑布垂落在面前，穿过去，又见风驱赶着蓝空中的云团疾速翻卷，如海涛竖立。阳光强烈，沙丘闪烁着金属的光芒。而在低处，碧绿的草滩沉入了云影中，仿佛一渊深潭。就这样，一条公路穿过地理与天气，风景汇聚而来，又飞快流逝，陷落在身后的天际线下。

我像信徒一样开始观想。观想那座雪山。如果说，信徒对本尊的观想是基于虔敬，而在我，却是基于一种忧虑，基于这个激变时代，这片高原拼命固守却又难于固守时的流散之感，以至于地理上的变化也在增强这样的主观。

我让那座雪山的形象踱来身前：稳稳矗立，充满心房，轻盈上升，那金字塔般的水晶宫殿就悬浮在额前。

我就用这种方法，稳定住流散的风景与心绪。只要有那样一座山从心里升起，我就知道，在这漫长的旅途中，似乎正四散而去的风景以及附着其上的一切，就不是在流散，而是在汇聚，向着一个洁净的高点汇聚。那个地方，平凡的生命几乎难以抵达，神性因此得以上升，从高处，从天际发出响亮的召唤。

因为这召唤而汇聚的高旷大地，叫作果洛。

高原上，五六百公里的行程，是漫长的一天，黄昏时分，我抵达了果洛的行政中心——大武。

夕阳西下，街道那一头，淡蓝的山岚迷离了视线，但我已经感到了那座雪山。冷冽而洁净的风从那个方向吹来，我就此感到了那座雪山。

用一句旅游杂志上常见的话来说：山就在那里。是的，山就在那里，在风的背后，可以感到，只是还未看见。

二

当地朋友好像知我心意，第二天早饭毕，就安排去遥祭阿尼玛卿雪山。

出大武镇，往祭拜点出发。大武镇海拔三千七百米。看着腕表上的海拔度数渐渐升高，我兴奋起来，知道只要达到某一个高点，就能看到雪山从地平线上缓缓升起。那个高处，定是当地百姓祖祖辈辈遥祭阿尼玛卿的地点之一。

经打听，知道真要去这样的一个地方，我的心情变得肃然庄严，整理好了手中的哈达。与此同时，一股香气弥漫开来，是车中暖烘烘的空气使备好煨桑用的柏树枝的香气提前溢出了。

在藏语中，桑，既是指献祭，也有以洁净香气“沐浴”的意思，我想这是指人在献祭过程中预先或同时经历的身心净化。眼下，这些四溢萦回的芳香之气，使我在前去祭拜的途中，就早早启动了这个过程。

尤其是在夏季，青藏高原上的雪山不是每次都会在眼前清晰地呈现。既然雪山不是每时每刻都会遂人心愿，对祭拜者显露真容，这个预先启动的自我净化的过程才成为祭山过程中最有意义的方面。

在我的童年和少年时代，即便是表达自然情感的祭山仪式也被严厉禁止。某年，在电视台接受访谈，要我谈谈青藏高原的传统文化，我谈到青年时代第一次参加刚恢复的祭山仪式，看见熟悉的雪山突然就泪流满面时，我在摄像机镜头前再次泪满眼眶。今天，对任何雪山的朝拜都不会让我如此情绪失控，但内心还是会被一种温暖的情愫充满。前些天，我在一座城市和我一本小说的日文翻译交谈，这位生长于异国大都会的学者有些歉疚，但还是直率地告诉我，他无法真正理解我对自然界神一般的崇奉之感。我告诉他，其实我也不太懂得。最后，是他给了一个什么都不说明但又什么都可以说明的答案。他说，也许是血液里的东西吧。

我想，也许是这样的吧。在我的童年时代，那个小村庄的东北方向就有一座雪山。那时不准提及神灵，当然更无从知道神灵的谱系。但我知道，就是这座雪山，主宰着山下小村的天气变化。早上出门往那个方向望上一眼，就可以大致知道这一天的阴晴，知道在路上会遇到灿烂阳光还是飘飞的雨雪。或者，看一眼天空，就会知道那座雪山是被云雾掩去，还是会矗立在眼前闪闪发光。当天气晴好，男人们会脱下帽子，低唤一声山的名字。后来，我知道，那其实同时也是山神的名字。

而眼下，在果洛，我心中拥塞着的，无非是关于它的历史文化的零碎的知识，眼前正在展开的土地却还十分陌生。我尤其不知道在渐渐升高的山谷尽头，遮断视线的云雾会不会被正在升起的太阳驱散，或者被强劲的高原风吹开，让阿尼玛卿雪山出现在面前。

驱车二十多公里后，我们来到了可以遥望雪山的地方。

这是一个平缓隆起的山口，海拔升高到四千二百米，风无避无拦地吹着。我们沿着的那个从东边而来的峡谷，在升高的过程中不断收缩，终于在这里到了尽头。但是，地形又急转而下，另一道山谷向着西面敞开。在青藏高原上行走，随时都会经过这样的地理节点。尽头也是起点。脚下，正是两道从沼地中浅浅濡出的溪流的分界与起点。

云雾非但没有散开，反而挟着细雨，向着山口祭台四合而来。成阵的经幡猎猎的振动声，使风显得更加凌厉。我把被风猛烈撕扯的哈达系到经幡阵中，手还没有完全松开，豁然一声，哈达就被劲道十足的风拉得笔直，像琴弦一样振动不已。而一同前来的人们，都面朝着同一个方向——山口的西南。我知道，那是雪山所在的方向。强劲的风正从那个方向横越而来，幅面宽广。我熟读过地图，知道我们所在的地方，在阿尼玛卿的东面稍稍偏南。我也把脸迎向风，朝向雪山的方向。

在众人诵念祈祷文的声音里，堆在祭台上的柏树枝点燃了。一柱青烟还未及升起，就被风吹散，融入了四周凄冷的云雾中。当我们绕着祭台念诵祷文，每转到下风处，充满香气的烟就扑到身上，让我接受圣洁香烟的强劲沐浴。我念诵的是一段刚刚学来不久的对阿尼玛卿雪山的赞颂，非关祈请，只是赞颂它的圣洁与雄伟。风继续劲吹，把我们手中扬起的风马搅成一片稠密的雪花，在头顶上升，在四周旋转。然后，熏烟的柏枝被风吹得燃烧起来，变成了一团通红的火焰。火焰被风吹拂，旗帜般招展。

车到了下一个山口，我再次回望，灰色的云雾仍然严严实实地遮断天际。但我知道，在接下来的果洛之行中，我还会环绕它，还会再次靠近它。这不只是指地理上的接近与看见。接近一座雪山还有更重要的途径，那就是从居住在雪山四周的人群中获得关于雪山的一切知识与解释，从歌唱，从传说，从不同时代不同教派的僧侣们写下的关于这座雪山的祈请与赞颂的文字。

“信民们点燃桑烟，摆上丰富的五色供品，虔诚地念诵祈祷祭文，雪山渐变为洁白宫殿，祥云霭霭……以阿尼玛卿山神为主的神族，从彩虹装饰的庄严宫门列队而出……”

是的，阿尼玛卿是山，同时也是一个神。

在藏语安多方言中，“阿尼”的意思是祖父。据当地的民间传说，这位老祖父名叫沃戴贡杰。和很多民间传说一样，果洛地方原来妖魔横行，而拯救了这片大地，使人们脱离苦海的正是来自远方的英雄。在果洛，这位英雄就是有八个儿子的沃戴贡杰。他派出儿子去征服远方。等到妖氛肃清，他们一家也就定居于此，这个家族首领自然就成为当地的部落酋长。随着部族的代代繁衍，这位祖先（阿尼）成为部族的集体记忆，他的故事开始代代相传，并且在这种没有固定文本的口传故事中时时刻刻被改写。终于，祖先成了神，一位创世的神。当他的部族人口增长，在宽阔的草原上星罗棋布，分出一个又一个新的支系，这个部族便需要一个具有象征意义的具象的中心。在青藏高原上，这样的具象中心只能是一座雄伟的雪山。在果洛，便是玛卿雪山。于是，口传故事中越来越了不起的祖先，终于与雪山稳固超拔的形象合二而一。

山神的故事便这样产生了。

大地，因为雪山而汇聚。星散在大地上游牧或家耕的人群，因为山神的信仰而凝聚在一起。

这位祖先，不只开辟了部族最初的生息之地，成为神灵后，还继续以他超常的神武与愿力庇护着这片大地和后世子孙。于是，他又从一位创世之神变成了一个庇护之神。每年，人们都要在祭山过程中向他供献利箭和骏马。这样的供献当然是象征性的。箭是经过装饰的木杆，在专门的仪式上插到高峻之处的箭垛；骏马则印在一块块方形纸片上，让风飘送到天上。人们相信，在每一个夜晚，山神还会跨上骏马，挽强弓，挎箭囊，乘风巡，肃清一切妖魔鬼怪。后来，印度佛教在西藏化的过程中，在民间庞大的山神系统里也纳入本土神体系，山神又演化成为佛教的护法。这就超出我关心的范围了。

我个人还是喜欢未被佛教化的山神故事。其实，这么说并不准确，因为几乎所有山神故事都被佛教化了，成了佛教的众多护法。但是，从那些山神故事中，我们还是可以部分还原出从本土刚刚产生时那些原初的动机。

山神，就是神格化了的人，就是人格化了的山。

山，因为向背的不同，决定了众水的流向。所以，是神。

山，因为高度与纵深，决定了让大气流动还是延宕。所以，是神。

山，高度人格化后，因为人一般情绪的变化造成了天气的变化。所以，是神。

青藏高原的雪山，不只是阿尼玛卿，都关乎着这里的人群对于自然的深沉感受，也关乎着族群对于有建树的领袖的强烈情感。

三

离开大武镇，我往果洛大地的南方而去。

到甘德。

到达日。

天阴晴不定。

像在青藏所有的草原旅行，再陌生的地方都是熟悉的情景。牧人的帐幕、牛羊，河谷开敞，列列浑圆丘冈上不时出现成阵的经幡。某些地方，错动的岩层拱破地表，露出地心深处那些隐秘而强大的力量。也正是这力量让所有雪山挺拔而起，直接云霄。我离阿尼玛卿越来越远。道路往南，而山岿然不动。

在北方的天空下面，雨又下起来了。

我说，这个季节不该有这么多雨水。

当地人说，如果不人工催雨的话。

当地草场并不需要这么多的雨水，是焦渴的下游需要。下游的农田需要，发电站需要，工厂需要，城市需要。只要看一眼中国地图就知道，黄河发源后，就从西南方直奔阿尼玛卿山而来，全数接纳了这座占地几百平方公里的雪山南坡所有冰川和沼泽中发育的溪流。因为这些密布的溪流，黄河得以在上游就水流浩大。资料显示，黄河水量的百分之四十来自这一地区。

而且，黄河在这一地区只是补充，基本没有消耗，也没有污染。下游却只是消耗，再无补充，时常污染，时常断流。所以，源头地区因为催雨而忍受这么多阴雨天，只是为了缓解下游的焦渴。那些缺水的地方并不知道上游地区还在做着这样的贡献。虽说贡献或许会让人产生高尚的感觉，但坏天气总是令人不快。尤其是在青藏高原这短暂的温暖季节，大地，和大地上的万物都那么渴望阳光，渴望太阳给这片大地以热力，使大自然得以把这些热力通过广布的植物转化成能量，催熟花粉，使草木与庄稼的子房受孕，让植物来年有众多的种子，更多的种子与根茎成为人与动物的食粮。但现在，雨水淅淅沥沥地落下来，温度降到了十度以下。新开的公路一片泥泞，湿漉漉的草场了无生气，灰色的天空，黯然的河流，显出一种凄凉的被世界所遗忘的情调。特别是那些彼此间动辄相距几十上百公里，建成不过几十年的小镇，从浓雾中突然出现，又从车窗前一掠而过，再次陷落在身后的云雾中间，只给经过它们的人留下零乱、萧索的印象。一天之内，我连续几次拍下这些一掠而过的镇子，发到微博上，同时发出心中的疑问：这些几乎未经任何规划就匆忙建成的零乱小镇，显示的到底是这个时代对于河源地区的珍视，还是轻慢？我想起小时候，生活在被世界遗忘的偏僻乡间，常常渴盼去到这样的镇子，但一年里至多有一两次机会。天不亮就起床，徒步上路，三四个小时后，走进镇子时已经疲惫不堪。然后，紧捂着口袋里一两块钱人民币，不知道该是去照相馆照一张相，还是去供销社买一双解放鞋。到今天为止，这样的小镇并没有太大的变化。

我注意到，其中一些小镇正在变大，有了新的建筑群。我被告知，这是执行国家退牧还草计划的结果。为了黄河源区很多生态恶化的草场都不再放牧，牧民变成城镇居民，集中安置到这些小镇上。问题是，这些荒僻草原上的小镇并不能为这么多牧民提供足够的生计。开个小店？已有的店铺已经足够满足当地所有的日常消费。旅游，这是政府官员与媒体常常说到的事情，但在这里的大多数地方，至多是在短暂的夏天有零星的背包客出现。想要做点别的事情，这些小镇离任何一个能够提供商业机会的地方都相距遥远。当然，政府对这些放弃了世世代代游牧生计的牧民有一定的补贴。我打听了一下，每户每年几千块钱。对于一个上有老人、下有儿女的五六口之家，平均到人头，每人所得远远低于内地任何一个地方的低保标准。十几天后，我在北京学习，听一位高官的国情报告，讲到生态问题时，就举到果洛的玛多县做例子。玛多，是黄河源头第一县，二十世纪八十年代，这里水草丰沛，于是当地政府大力发展畜牧业，使这里迅速成为中国举足轻重的牧业大县，人均收入两千多元，曾经是中国人均收入最高的地方。但是，过量的放牧，加上全球气候恶化，草场迅速沙化，黄河上游水量递减，以至于有如今退牧还草措施的强力推进。于是，那些靠一顶帐幕游牧于草原与雪山之间的牧民们定居到了这样的小镇上。

当我们在雨中穿过那些湿淋淋的凄冷草原时，当地的朋友说，不再放牧的草场真的在恢复生机，一些消失的湖沼又蓄上了水，星星点点地辉映着灰色的天光。这情形当然令人鼓舞，但那些聚集到小镇上无所事事的人们呢？他们的贫困，和比贫困更为可怕的失去传统生产方式而未找到新生计的茫然，和这种茫然所导致的精神萎靡呢？

我们需要自然界做良性的转化，却忽略了人的生存与精神也需要良性引导。享受了上游水流滋养的下游在高歌猛进，在欢呼盛世的到来。但如果我们怀揣着良心，在这样的天气里，和我一样穿过这些了无生气的小镇，一定会说：我们不应该急于在那些焰火满天的城市广场上提前宣布盛世的到来。

至少，高歌猛进的东部应该知道，在那里，日渐稀缺的水资源是由西部无偿提供的，而且有一部分人为了保护这水源地，在没有新的生计时就放弃了传统的生计。就不要再渲染他们在如何慷慨地支援西部了。

四

到达黄河边。

汽车过一座桥。桥头写着“黄河大桥”，桥帮上挂满了经幡。经幡挂得太多，层层堆叠在一起，加上被雨水淋湿，再也无力在风中飘飞，使得印在幡上的祈祷文也无法上达天庭，让众神听见。

就这样，我到达了达日县城——黄河边上的第二座县城。据说，进县城的这座桥也是黄河上的第二座桥。在旅馆放下行李，看见窗外的天空有放晴迹象，我赶紧出门。穿过一些升起炊烟的院落和零零落落的狗吠，我登上旅馆后面的一座小山。我的鼻孔中充满了青草的味道。

这时，天空中的云层裂开一道道缝隙，露出了天光。

在达日县城背靠的那道蜿蜒到黄河边便戛然而止的山梁的顶端，我转过身去，一道开阔的河谷豁然呈现。从铅云西垂的天边，黄河静静地涌流而来，被云隙中漏出的天光镀上了一层光亮。草原上，奔流而来的黄河不是一条，而是很多条，它们在开阔的谷地中犁开草原与沙滩，不断交织，又不断分开。地理学上有一个名词，把这种样貌的河道叫作“辫状河流”，但我更喜欢从书上看来的另一个说法。藏语中，草原上清澈明净的河流叫玛曲，而不叫黄河。“曲”是河流，而关于“玛”，有多种解释。我爱的是这一种：孔雀河。这称呼，既直指高原黄河水清澈华丽的质感，更形容出了黄河漫流在草原上时如孔雀开屏的美丽形状。至少，在这一时刻，这一段的黄河真的可以称为孔雀河。

我在黄昏的风中，看着黄河闪闪发光涌流而来，直到我脚下，又被突出的山梁逼出一个大弯，擦过达日县城的边缘，继续流向东南。这时，我离阿尼玛卿雪山已经相当遥远了。黄河流经阿尼玛卿南坡后，在这一段已经变得相当阔大。它在达日县城边稍作盘桓，便继续往东，去接纳更多的水流。青藏高原上的黄河，就这么萦回，这么涌流，就像这片高原上的人群，那样安详，听天由命，没有任何功利目的。就像我现在，站在四合的暮色中，看黄河映射的天光渐渐黯淡，只是将其当作一股源源不绝的情感把我充满。而黄河在草原上这百转千回，唯一的目的，好像就是要让自己的水流越发丰沛。

我再次穿过山脚下零落的狗吠声，穿过渐渐亮起来的灯火，穿过达日县城的街道，回到旅馆。

或者是刚才眺望黄河的心绪未尽，或者因为主人给我安排的房间过于宽敞，我只觉得心里空空荡荡。于是，灯下，我再次展开地图，看黄河出了达日县城后继续往东，出了果洛，流到了四川阿坝，眼看就要突破青藏高原东北边缘那些浅山，却突然转弯北上，进入甘肃，再突然又折而向西，再次流入了青海，回到了阿尼玛卿山之北，继续接纳这座雪山北坡上发育的河流。

黄河绕着阿尼玛卿形成了一个美丽的字形。

难道巨龙回头，是要绕阿尼玛卿一圈吗?

但我知道，这已经不能够了。黄河回头西行不久，就一头向下。青藏高原东北边缘那些黄土与红土深厚的山地使它猛烈深切，陡然下陷，从此挟泥带沙，身躯日渐沉重，再也无法回到四千米左右的高度了。

离开达日，我又折而西向。我从阿尼玛卿的北坡而来，现在要去到这座雪山的南面。

仅仅过了一个短暂的晴天后，雨水又接踵而至了。我穿过那些已经无人游牧的曾经的牧场。雨无遮无拦地下着，落在草滩，落在河面，落在沼地当中那些正在重新恢复生命的湖泊上。平地而起的冷雾遮没了所有山冈。海拔计指向四千六百米的时候，面前的公路出现了一个分岔。车停下来，在雨刮器的吱嘎声中，司机问我，那条路通向另一个可以遥望阿尼玛卿的祭台，要不要去看看？我看着漫天迷雾，摇摇头：不去了吧。

就这样，我离开了果洛。

中午，在一个冷雨中的小镇，和几个卡车司机在一个小饭馆里围着一个铁皮火炉吃了一只烧饼、一碗羊肉粉汤，继续上路。那时，阿尼玛卿真的是越来越远了。我说，我还会来，一定要在一个天朗气清、艳阳高照的日子，看见阿尼玛卿头顶冰雪冠冕，闪闪发光地矗立在蓝天下面。

下次，我来时，要把这次果洛之行的路线反转了，从南面进入，而从北面出去。这样，我就可以在青藏高原北缘的峡谷中再次与黄河相遇，看见它如何拖着日渐沉重的身躯经过贵德，经过循化；看见它如何深切大地，开始灌溉峡谷中那些干渴的藏人的村庄和穆斯林的村庄。然后，再次离开它。

最后，我要站在兰州的黄河铁桥上再次俯瞰它。这时，它已经灌溉过了许多村庄，也翻越了好多座水电站的大坝，滋润了许多干渴的沉重，并接纳了很多污秽。这时，它已经完全改变了颜色，身躯沉重，穿越城市，成了名副其实的黄河。它或许已经记不起自己在草原上清澈的模样和藏语的名字。

而果洛与阿尼玛卿，已经像是个依稀的梦境了。

辑三

上升的大地

我想从天上看见

也许是因为年代过于久远，在这条陆路上行走时，已经没有人能找到一条清晰的脉络。历史与历史中的文化传播与变迁，比之于现代物理学家所建立的量子理论还要难于捉摸。物理学家描述他们抽象的理论时运用了一种可靠的用数学语言可以表述的模型。而历史中的文化却更多地在荒山野岭间湮灭，随着一代一代人的消失而被永远埋葬。

我想，也许从天上，从高处像神灵一样俯瞰时可以看见。

于是，我在拉萨的贡嘎机场登机时，特意要了一个临窗的位置，并祈愿这一路飞行没有云雾的遮蔽。

事实是，我登上飞机时，拉萨正在下雨。拉萨河和雅鲁藏布江水溢出了河床，洪水漫进了河床两边的青稞地，漫进了低矮的平顶土房组合而成的安静的村庄。地里的庄稼已经收割了，洪水浅浅地漫在地里，麦茬一簇簇露在水面上。庄稼地与房舍之间，是一株株柳树，在雨中显得分外的碧绿。飞机越升越高，那些淹没了土地的水像面镜子一样反射着天光。这真是一种奇异的景象：洪水成灾，但人们依然平静如常，没有人抢险，没有人惊慌失措。那些低矮的土屋安安静静的，都是很宿命的样子。土屋顶上冒着青烟，我想象得出来围坐在火塘边上的农人平静到有些漠然的脸。洪水与所有天气（比如冰雹）一样，或多或少都和某种神灵的力量与意愿有关。

对于来自神灵与上天的力量，一个凡人往往只能用忍受来担待。所以，当外界的眼光看到一个无所欲求的农人而赞叹、而自怜的时候，我想告诉你，那是因为对生活日深月久的失望。不指望是因为从来都指望不上。所以，你才会在雅鲁藏布江洪水泛滥时，看到这么一幅平静的景象。

这种平静的景象里有一种病态的美感，病态的美感往往更有动人心魄的力量。

飞机再向上爬升，就穿过了饱含雨水的云层。

云层掩去了下界的景象，满眼都是刺目的明亮阳光！

虽然有云层阻隔，但我还是感觉到机翼下渐渐西去的高原那自西向东的倾斜。飞机每侧转一下机身，我就感觉到雄伟的高原正向东俯冲而下。闭上眼睛感觉，那是多么有力的一种俯冲啊！我当然知道，这种俯冲感是一种幻觉。飞机飞行得非常平稳，电视里正在播放平和的音乐。当气流导致飞机发生小小的震颤，空姐柔美的声音便从扩音器里传来。

但我还是觉得大地在向下俯冲。

我说过，这是一种幻觉。

而且我不止一次感觉到过这样的幻觉。

譬如，当我最大限度地接近某一座雪山的顶峰，坐在雪线之上，看到只要有一点动静，风化的砾石便水一样流下山坡；看到明亮的阳光落在山谷里，森林中，使得云雾蒸腾；我也会感觉到大地的俯冲。而到云雾散开，大地安安静静地呈现出它真实的面貌，这种幻觉便消失了。

飞机起飞不久，机翼下面的云层便渐渐稀薄，云层下移动的大地便渐渐显现在眼前了。

雪峰确乎呈南北向一列列排开在蓝天下，晶莹中透着无声的庄严。在这一列列的雪山之间，是一片片的高山草甸，草甸中间或还点缀着一些积雨形成的小湖泊。湖泊边上，有牧人的帐房。我熟悉帐房里牧人的生活，他们不是草原上那种纯粹的牧民。夏天，他们赶着牛羊来到这些雪山之间的高山牧场；秋天到来，他们被一天天降低的雪线压迫着，走进河流深切出来的山谷，回到自己种植玉米与青稞的农庄。夏天是牧场上的收获季，秋天，又是土地里的收获季了。于是，这些山地中半农半牧的同胞，便在一年中，有了两个收获的季节。

每一列雪山之后，这种山间牧场就更低，更窄小，直至完全消失。眼界里就只有顶部很尖锐，没有积雪的峭拔山峰了。这是一些钢青色岩石的山峰，一簇簇指向蓝空深处。山体周围是郁郁葱葱的森林。然后，这种美丽的峭拔渐渐化成了平缓的丘陵，丘陵又像长途俯冲后一声深长的叹息，化成了一片平原。这声叹息已经不是藏语，而是一声好听的汉语里的四川话了。

从平原历经群山的阻隔与崎岖，登上高原后，那壮阔与辽远，是一声血性的呐喊。

而从高原下来，经历了大地一系列情节曲折的俯冲，化入平原的，是一声疲惫而又满足的长叹。

而我更多的经历与故事，就深藏在这个过渡带上，那些群山深刻的皱褶中间。

让人心安的田野

行车不到十分钟，就在我靠着车窗将要昏昏然睡去时，超乎我对河南想象的景观出现了。

这景观不是热情的主人打算推销给我们这群人的。他们精心准备的是一个古老悠久的文化菜单，而令我兴奋的仅仅是在眼前出现了宽广得似乎漫无边际的田野。

收获了一季小麦的大地上，玉米，无边无际的玉米在大地的宽广中拔节生长。绿油油的叶片在阳光下闪烁，在细雨中吮吸。这些大地在中国肯定是最早被耕种的土地，世界上肯定也少有这种先后被石头工具、青铜工具、铁制工具和今天燃烧着石油的机具都耕作过的土地。人类文明史上，好多闪现过文明耀眼光辉，同时又被人类自身推向一次次浩劫的土地，即便没有变成一片黄沙，也早在过重的负载下苟延残喘。

翻开一部中国史，中原大地兵连祸结，旱涝交替。但我的眼前确实出现了生机勃勃的大地，这片土地还有那么深厚的肥力滋养这么茁壮的庄稼，生长人类的食粮。无边无际的绿色仍然充满生机。庄稼地之间，一排排的树木，标示出了道路、水渠，同时也遮掩了那些素朴的北方村庄。我喜欢这样的景象。这是令人感到安心的景象。

如今是全球化、城市化时代，在我们的国家，数亿农民耕作的田野吃力地供养着越来越庞大的城市。农业，在经济学家的论述中，是效益最低，在国内生产总值统计中越来越被轻视的一个产业。在那些高端论坛上，在专家们演示的电子图表中，是那根最短的数据柱，是那根爬升最乏力的曲线。问题是，他们当中的任何一个人，又不能直接消费那些爬升最快的曲线。不能早餐吃风险投资，中餐吃对冲基金，晚间配上红酒的大餐不能直接是房地产。尽管厨师也可以把窝头变成蛋糕，并把巧克力蛋糕做成高级住宅区的缩微景观，一叉，一座别墅；一刀，半个水景庭院。那些能将经济高度虚拟化的赚取海量金钱的聪明人，能把人本不需要的东西制造为巨大需求的人，身体最基本的需求依然来自土地，是小麦、玉米、土豆，他们几十年生命循环的基础和一个农民一样，依然是那些来自大地的最基本的元素。他们并没有进化得可以直接进食指数、期货、汇率，但他们好像一心要让人们忘记大地。这个世界一直有一种强大的声音在告诉人们，重要的不是大地，不是大地哺育人类那些根本的东西。

一个叫利奥波德的美国人在半个多世纪前就质疑过这种现象，并认为造成这种现象的原因是几千年的人类历史只发展出“处理人与人之间关系”的伦理观念，一种人与财富关系的伦理观念，并认为这种观念大致构成两种社会模式，一种用“金科玉律使个人与社会取得一致”，一种则“试图使社会组织与个人协调起来”，“但是，迄今为止没有一种处理人与土地，以及人与在土地上生长的动物和植物之间关系的伦理观”。

伦理观是关乎全人类的，不幸的是，我们并不生活在一个一切社会规则以全体人类利益为考量的世界上。现在的价值体系中，世界上所有的一切都只是资源。人是资源，土地也是资源。当土地成为资源，那么，在其上种植庄稼，显然不如在其上加盖工厂和商贸中心。这个体系运行的前提就是，弱小的族群、古老的生活方式需要为之付出巨大的牺牲。

农业需要做出牺牲，土地产出的一切，农民胼手胝足的劳动所生产出的一切，都是廉价的，因为有人说这没有“技术含量”。几千年才培育成今天这个样子的农作物没有技术含量，积累了几千年的耕作技术没有技术含量，因为古人没有为了一个公司的利益去注册专利。玉米、土豆在几百年前从美洲的印第安人那里传入了欧洲与亚洲，但墨西哥的农民还挣扎在贫困线上，他们离乡背井，在大城市的边缘地带建立起全世界最大的贫民窟，只为了从不得温饱的土地上挣脱出来，到城市里去从事最低贱的工作。我曾经在墨西哥那些被干旱折磨的原野上，在一株仙人掌巨大的阴凉下黯然神伤。我想起了《拉丁美洲：被切开的血管》，一本描述拉丁美洲如何被作为一种资源被跨国资本无情掠夺的书。如果书名可以视为一种现实的描述，那么，我眼前这片原野的确已经流尽了鲜血。眼前的地形地貌，让我想起胡安·鲁尔福描写乡村破败的小说《教母坡》中的描述：

“我每年都在我那块地上种玉米，收点儿玉米棒子，还种点儿菜豆。”但是，风正在刮走那些地里的泥土，雨水也正冲刷那些土地里最后一点肥力。

今天，在远离它们故乡很远很远的地方，我看见一望无际的玉米亭亭玉立，茎并着茎，根须在地下交错，叶与叶互相摩挲着絮絮私语。它们还化作一道道的绿浪，把风和自己的芬芳推到更远的地方。在一条飞速延展的高速公路两边，我的视野里始终都是这让人心安的景象。

转上另外一条高速路，醒目的路牌标示着一些城市的名字。这些道路经过乡野，但目的是连接那些巨大的城市，或者干脆就是城市插到乡村身上的吸管。资本与技术的循环系统其实片刻不能缺少从古至今那些最基本的物质的支撑。但在这样的原野上，至少在我的感觉中，那些城市显得遥远了。视野里掠到身后以及扑面而来的，依然是农耕的连绵田野。

我呵气成雾，在车窗上描画一个个汉字。

这些象形的汉字在几千年前就从这块土地上像庄稼一样生长出来。在我脑海中，它们不是今天在电脑字库里的模样，而是它们刚刚诞生出来的时候的模样，刚刚被刻在甲骨之上的模样，刚刚被镌刻到青铜上的模样。

这是一个个生动而又亲切的形象。

土。最初的样子就是一棵苗破土而出，或者一棵树站立在地平线上。

田。不仅仅是生长植物的土壤，还有纵横的阡陌、灌渠、道路。

禾。一棵直立的植株上端，以可爱的姿态斜倚着一个结了实的穗子。

车窗模糊了，我继续在心里描摹从这片大地上生长出来的那些字：麦、黍、瓜、麻、菽。

我看见了那些使这些字具有了生动形象的人。从井中汲水的人，操耒犁地的人，以臼舂谷的人。

“爰采麦矣？沬之北矣。”

眼下的大地，麦收季节已经过去了，几百年前来到中国大地上的玉米正在茁壮生长。那些健壮的植株上，顶端的雄蕊披拂着红缨，已然开放。轻风吹来，就摇落了花粉，纷纷扬扬地落入下方那些腋生的雌性花上。那些子房颤动着受孕，暗含着安安静静的喜悦，一天天膨胀，一天天饱满。待秋风起时，就会从田野走进农家小小的仓房。

就因为在让人心生安好的景色中描摹过这些形状美丽的字眼，我得感谢让我得以参加此次旅行的朋友。

就在这样的心情中，我们到达了周口市淮阳县。我是说到达了淮阳县城，因为此前已经穿过了大片属于淮阳的田野。让人心安的田野，庄稼茁壮生长的田野，古老的经历了七灾八难仍然在默默奉献的田野，还未被加工区、开发区、新城镇分割得七零八落的田野。

格萨尔故乡：阿须草原

我退回德格，由西向东翻越措拉（雀儿山）山口，回马尼干戈。离开国道，上省道二一七线，再次从措拉左肩翻越去西北方向。

我喜欢感觉到雪山总摄了大地。

德格在措拉的西南，而我现在要去的地方是在雪山的西北，龙胆科和飞燕草花期的草甸，雪山，冰川。就在冰川舌尖下面，是远近闻名的宁玛派名刹竹庆寺。

旅游指南上说："寺院所在的雪山上下布满成就者的修行山洞与道场，是极具加持力的修行圣地。"还看到一则材料，说这个寺院僧人并不多，但因为在藏传佛教各教派中，这个寺院不热心参与政治，所以喇嘛们潜心修持，有成就者不在少数，他们利乐众生，其影响远在藏区之外。我就曾在某年八月躬逢法会。数万信众聚集而来，聆听佛音，信众中有许多是远道而来的港台信徒。在格鲁派寺院中禁止僧人念诵格萨尔这个本土神人故事的时候，这个寺院却创作了一出格萨尔戏剧，不时排演。我没有遇到过大戏上演，但看见过寺院演剧用的格萨尔与其手下三十大将的面具，做工精良，各见性情。

说德格是格萨尔故乡，一来是指格萨尔似乎真的出生于此，更重要的是，此地域内对这个神化了的英雄人物百般崇奉。一次，我们停下车来远眺雪山，路边一个康巴汉子猛然向汽车扑来。同车人大惊，以为有人劫道，结果那条康巴大汉扑到车上，只是为了用额头碰触贴在车窗上的格萨尔画像。

现在，我们到了措拉的西北方。道路在下降，这下降是缓缓的盘旋而下。从山口下降一千米左右，然后，草原与河谷两边的浑圆山丘幅面宽阔地铺展开去，仿佛一声浩叹，深沉又辽远。

这就是阿须草原，史诗中主人公的生身之地。

从生的红柳和沙棘林，掩映着东南向的浩荡雅砻江水。每次来到这里，都是这个月份，草原上正是蓝色花的季节：翠雀、乌头、勿忘草。但纯粹是“拈花惹草”，并不需要如此深入康巴的腹地。高原边缘那些正迎着东南季风的地带，多种多样的植物往往带来更多的变化与惊喜。

我三到阿须，都是为了追寻英雄故事的遗迹。

第一次到阿须是一个下午，岔岔寺的巴伽活佛在格萨尔庙前搭了迎客的帐房，僧人们脱去袈裟，换上色彩强烈的戏服，为我们搬演格萨尔降魔的戏剧。那次我没有主动去与活佛认识，而急于央人带我去寻找格萨尔降生时在这片草原上留下的种种神迹。

牧区的妇女都不在家中分娩，看来是古风遗传。在阿须，格萨尔作为神子下界投胎时，其落地处就在阿须草原一块青蛙状的岩石下面。这个地方，在千年之后还在享受百姓的香火。

还有一个遗迹，当地百姓也深信不疑。草原上一块岩石上有一个光滑的坑洼，正好能容下一个小孩的身躯。人们说，那是格萨尔刚刚出生不久，其叔父晁通要置将来的国王于死地，把那孩子在岩石上死命摔打，结果，格萨尔有神灵护佑，毫发无伤，倒是柔软的身躯在岩石上留下了等身的印痕。直到今天，这还是格萨尔具有神力的一个明证。

如此长存于岩石上的还有一个格萨尔屁股的印痕。他刚刚出生三天，有巨大的魔鸟来此作恶，神变小子背倚岩石，弯弓搭箭，射死了魔鸟，也许是用力过度，将此印痕长留人间。

英雄故事的悠长余韵留给后人不断回味，功业却不能持久保留。所谓霸业江山，比之于地理，要经历更多的沧海桑田。

学者们差不多一致推断，格萨尔生活在一千多年前。到了清道光年间，将格萨尔奉为祖先的林葱家族，只是清朝册封的一介小土司了。作为英雄之后，回味一下祖先的荣光也是一种合理的精神需求。土司家族便在有上述遗迹的河滩草地上建起了一座家庙，供奉祖先和手下诸多英雄的塑像。据说庙中曾珍藏有格萨尔的象牙印章，以及格萨尔与手下英雄使过的宝剑和铠甲等一应兵器。老庙毁于“文化大革命”，林葱家族也更加衰败。直到一九九九年，由附近的岔岔寺巴伽活佛主其事，得政府和社会资助，这座土司家族的家庙才以格萨尔纪念堂的名义恢复重建，加上纪念堂前格萨尔身跨战马的高大塑像，成为当地政府力推的一个重要景点。前不久，我还在成都见了巴伽活佛，在一家名叫祖母厨房的西餐馆里，就着牛排感慨了一番那个后继乏人的英雄家族。

还曾在那座塑像前听说唱艺人演唱格萨尔故事的片段。

第三次去阿须，小说《格萨尔王》即将出版。我第一次走进了那座安静的小庙。在院中柳树荫下，安卧着一只藏羚羊，它面对快门咔嚓作响的相机不惊不诧。护院人说，这野物受了伤，被人送到庙里，现在伤好得差不多了，该放其归山了。但看样子，它倒不大想离开了。

这是我第一次走进这座小庙，在格萨尔塑像前献了一条哈达。我没有祈祷，我只是默念：王啊，今天我要把你的故事还给你，我要走出你的故事了。这是一个小说家的宿命，从一个故事向另一个故事漂泊，完成一个故事，就意味着你要离开了。借用说唱艺人比兴丰沛的唱词吧：

> 雪山老狮要远走，
> 是小狮的爪牙已锋利了。
> 十五的月亮将西沉，
> 是东方的太阳升起来了。

在小说的结尾，我也让回到天上继续为神的格萨尔把说唱人的故事收走了。因为那个说唱人已经很累了。

说唱人把故事还给神，也让我设计在了这个地方。

失去故事的说唱人从此留在了这个地方。他经常去摸索着打扫那个陈列着岭国君臣塑像的大殿，就这样一天天老去。有人参观时，庙里会播放他那最后的唱段。这时，他会仰起脸来凝神倾听，脸上浮现出茫然的笑颜。没人的时候，他会抚摸那支箭，那真是一支铁箭，有着铁的冰凉，有着铁粗重的质感。

翻越鹧鸪山口

走到米亚罗时，四周已经是典型的嘉绒地区的风光了。

我是搭乘一辆农民的手扶拖拉机到达米亚罗的。

一直相伴于左右的杂谷脑河因为失去了一条又一条溪流的汇聚，水量日益减少。在米亚罗镇上吃完午饭，我搭乘一辆卡车走了二十多公里，便到了鹧鸪山下。

在阿坝地区，在嘉绒，在过去的古老驿道上，鹧鸪山海拔三千八百米的山口，是一个重要的咽喉。今天连接西南重镇成都和甘肃省会兰州的国道二一三线，也要穿过这个山口，并串联起这条大动脉上众多的支线。

鹧鸪山下的一个叫山脚坝的地方，只有一个小小的道班。柏油公路也在这里中止了。这是为了防滑的需要，因为山上常下大雪，因为一年之中数月之久的封冻期会把冰凌结满路面。所以，为了少出车祸，这山上就一直是坑洼不平的黄土路面。

道班工人在路边的一道溪流上埋设了一些橡皮水管，拿起水管，就有强力的清水喷涌出来，在天空中形成一个美丽的扇面。很多扑满尘土的汽车来到山下，便停了车在溪边冲洗。

这里，杂谷脑河已经变成了一道湍急的溪流，穿行在山谷底部那些沙棘和红柳组成的密实的丛林中间。公路对面的阴坡上，是成林的红桦与冷杉；而我面对着正在攀登的阳坡上，是大片大片的草场。攀缘一阵，我回身下望，公路往山沟更深处延伸而去，最后，会在山沟尾部折回来，在山间画出一个巨大的盘旋。

我的路线是过去的驿道，是从山脚直逼山口的一条直线。而公路最终会在山口那里与我碰面。

这是初秋季节，高山草场上的花期已过，丛丛密密的牧草结出了籽实，一穗穗金色的草穗在微风中轻轻摇晃。草丛中有许多的药材。木香肥大的叶片放射状散开，像只海星一样平摊在草丛中；黄芪结出了豆荚般的果实；贝母的灯笼花也开过了季节，一颗颗籽实像一只只铃铛。还有很多的药材。小叶杜鹃丛和伏地柏旁那巨型植物，是一株株大黄。

小路穿过一片阴湿的小树林时，我突然在林子中看到了一种属于春季的花朵：毛杓兰。

这种袋状的紫色花朵勾起了我一些亲切的童年回忆。童年时代，小孩们在山上放羊的时候，总是四处去采摘这种花朵。然后，把揉好的酥油糌粑一点点灌进花朵的袋子里，放在小火上慢慢烧烤。最后，剥掉已经全然变干烧焦的花皮，花朵的馨香全部浸进了小小的一团糌粑里，那是一种童年游戏中烹制出来的美食。

毛杓兰是它的学名，在植物学书本里是这样描述这种花朵的：

> 兰科，属多年草本，高二十—三十厘米，花单朵顶生，淡紫色或黄绿色，生于海拔二千五百—四千米的云杉、冷杉林下和灌木丛中。

而在嘉绒藏语中，这种花朵名叫“咕嘟”。咕嘟是一个象声词，模仿的是布谷鸟的叫声。每当春天来到嘉绒，深山之中的绿意一天天深重起来的时候，地里麦苗茁长，布谷鸟就开始鸣叫了。老百姓说，是布谷鸟的叫声使一个个白昼变长，也是布谷鸟的叫声使林间的“咕嘟”开放。于是，这种美丽奇特的花朵就叫作这个名字了。

眼下已是秋天，布谷鸟已经停止了歌唱，但我却看见了这种花朵。想必是海拔高度所造成的一种现象吧。我还想在山林中寻一寻，看还有没有在春天开放的花朵在这时仍在开放，但抬头望望天上的太阳，我感觉到要在今天翻过山口，必须抓紧时间。

于是，便加快了步伐。

两个小时后，我已经能看到阴影处积着白雪的山口了。上山的汽车后面扬起大片的尘土，引擎发出吃力的轰鸣，但行驶速度却非常缓慢。

距山口大约还有半个小时路程的时候，我在一大片刺莓丛中坐了下来。紫红色的刺莓已经成熟了，远远地就闻到一股酒酿的味道，只是这种味道比酒酿更加甘甜。于是，我坐在山坡上，挪着屁股，从一丛刺莓转向另一丛刺莓，直到打出的饱嗝都带上了甘甜的酒酿味道，才又继续上路。快爬上公路时，看到陡峭的山坡上四散开一部卡车的残片。

又一次迈开双腿时，我不再抬头，不然的话，最后这段路会显得特别漫长。

攀上山口的时间是下午三点五十分。

很强劲的风吹在背上，公路穿过山的地方，两边土坡上的渗水都在风中结成了薄冰。风吹在耳边，有一种愉快的哨声。快走进阳光的阴影中时，我回望一下所来的方向，比这座山更高的雪峰静静地耸立在蓝天下面，晶莹耀眼。

雪峰在我的四周构成了一个地形上高高耸起的中央部分。

在这个中央部分的东南方向，烟雾迷蒙处，是曲折的逐渐敞开的峡谷，和峡谷两侧苍翠的群山。公路，一条灰白的带子，伴着阳光下亮光闪闪的河流，冲向群山的外面。从这个高度上，我看清了渐次升高的大地的梯级。

我转过身穿过鹧鸪山口，那短短的几十米坑洼不平的路笼罩在群山阴影中，这是公路两边山坡的阴影。走到山口的另一面时，阳光又落在了我的身上。

这道山脊也是一道重要的分水岭。东面，是岷江流域；而展现在我面前的那些森林与草地中流出的众多溪流，却是大渡河纷繁的枝蔓了。

这次，再举目远望时，又是另外一番景象了。

东面的山野雄峻峭拔，而西边的群山，每一座都渐渐变得平缓而低矮，就像我现在登上山口时发出的一声浩然的长叹。东面的山坡上满被森林，而西边这些浑圆平缓的山坡却是大片大片的高山牧场。初秋时节，近处的草还绿着，但远远望去，草梢上那一点点黄色便越来越浓重，在云烟将起处变成了一片夺目的金黄。这时，我已经踩着群山的阶梯，真正登上了青藏高原。

我离开山口，离开从山腰上盘曲而下的公路，直接切入了一条俯冲而下的峡谷。

从山口望去，还可以看见一条隐约的道路，这是荒废了几十年的驿道留下的隐约痕迹。我循着这条荒芜的古驿道走下峡谷，却在峡谷底下一道清浅的溪流边失去了这条道路。

我想，这都是因为那些荒草与丛生的灌木的缘故。

剩下的时间，我都在为突破灌木丛的包围而奋力拼搏。最后，一个猎人出现在我的面前。我想，他看见我出现在这个地方，应该感到有些吃惊，但他只是浅浅地笑笑，说：“怎么陷到这里头去了？”

我有些气急败坏：“路荒了。”

他伸出手，把我从一团纠缠不清的小树中拉出来。这时，已经是夕阳衔山的黄昏时分了，四周森林响起了滚滚的林涛声。好在，这时我已经在猎人的带领下回到了路上。他从一个树洞里掏出了两只野鸡。这是他预先放在这里的猎获物，我看两枪都打在头上。他看着我笑了，说：“我看见树林里有东西，还以为是一头熊呢。因为熊才这么不管不顾地四处乱钻。”说完，他还拍了拍手里的枪，并顺手把枪背在了背上。

我说："幸好你没有开枪。"

他说："我是一个好猎人，好猎人要把猎物看得清清楚楚，才会开枪。"

我笑了。

他说："你还不错，好多人进了城，胆子就变小了。"

转过两个山弯，山路变得平缓起来，路边那些小小的沼泽中浸润出来的泉水，也慢慢汇聚成了一线潺潺的流水。

听着这泉水，看着满天烧得通红的晚霞，我的脚步竟然变得轻快起来了。

溪水两岸开始出现一块一块的平整的草地，草地上结出一穗穗紫色果实的野高粱在风中摇摆。对我的双眼来说，这已经是一个阔别已久的景象了。我贪婪地呼吸着扑入鼻腔的清冷冷的新鲜空气，空气中充满了秋草的芬芳。天黑以前，山谷突然闪开一个巨大的空间，黑压压的杉树林也退行到很远的地方，一块几百亩大的草地出现在眼前。风在草梢上滚动，一波波地在身子的四周回旋。我再也不想走了，我感觉到双脚与内心都在渴望着休息，于是一屁股坐了下来。风摇动着丛丛密密的草，轻轻地拍打在我的脸上。

猎人说："不想走了？"

我说："走不动了，也不想走了。"

他在我身边坐了一阵，看看天色，说："那你在这里等我，我过一会儿叫你。"

于是，他从我身边走开了。我也没有想他会不会再来叫我，就顺势在草地上躺了下来。这下，秋草从四面八方把我整个包围起来，草的波浪不断拂动，我就像是睡在了大片的海浪中间。

我的脸贴在地上，肥沃的泥土正散发着太阳留下的淡淡的温暖。然后，我感到泪水无声地流了出来。泪水过后，我的全身感到了一种从内到外的畅快。我就那样睡在草地上，看着黑夜降临到这片草地之上，看到星星一颗颗跳上青灰色的天幕。这时，整个世界就是这片草地，每一颗星星都挑在草梢之上。

黑夜降临之后，风便止息下来了，叹息着歌唱的森林也安静下来，舞蹈的草们也安静下来。一种没有来由的幸福之感降临到我的心房，泪水差点又一次涌出了眼眶。

这时，远处响起了那个猎人的喊声。他没有叫我的名字，也不知道我的名字。他的喊声只是一声长长的呼吼。呼吼在山间引起了一串回声。

我站起身来，看到森林边的小木屋里闪出明亮的火光。

木屋在溪流的那一边。溪流上有一道小小的木桥，为了防滑，桥面上铺了一层柔软的草皮。看得出来，这是一个冬季牧场。冬天到来，大雪封山的时候，牧人就会把牛群赶到这里。这一大块草质优良的草地，将提供一个冬天的饲草。而这个猎人就是在这里割草。打下的草晒干了，堆放在木屋后面的大树底下，于是，这个夜晚里秋草的芬芳便更加浓烈了。

他摆开了晚餐，主菜就是两只野鸡中的一只，与土豆烧在一起，野葱与野茴香的气味在热气中氤氲开来。把土豆与野鸡肉从锅里盛出来以后，他又在汤里煮了一些新鲜的蘑菇。

我正后悔出发时没在背包里放一两瓶白酒，他已经从身后摸了一瓶酒在手里，给我倒了一个满碗。

火塘里的火苗呼呼抖动，木柴上散发着松脂的香味。那天晚上，我大醉了一场。

早上醒来的时候，猎人已经出门干活了。我扶着门框，看见他在草丛深处用力地挥舞着刀。回身，我看见地板上躺着三个酒瓶。

我在清冷冷的溪水中洗脸的时候，他回来了，在火上把蘑菇汤煨好。喝完汤，临别的时候到了，我在背包里摸索半天，最后，只有一把瑞士军刀算得上是对他有用的东西。我便把这东西送给他。

我怕他不接受，便说：“留在这里吧，明年我还要来。”

他双眼扫视整个木屋，脸上露出尴尬的神情。他虽然什么话都没有说，但我明白他的意思，是说，没有什么可以送给我。

我走出很远了，他还站在路口。他就那么一动不动地站着，没有挥手，也没有喊再见，直到我转过山弯，再回头时，我们彼此便消失在对方的视线里。

上溯一条河流的源头

早上醒来，我觉得脑袋里在嗡嗡作响，脚步也有些发飘。

我知道，这是海拔高度造成的轻微反应。毕竟，我已经有两三年没有来过这样的地方。打开窗户，冷凛清新的空气一下便涌进了屋子。虽然窗外的马路上尘土飞扬，但停在浑圆山丘上的天空却纤尘不染。

神灵给了我一个好天气。想到这个，我的心情便愉快起来。

当我在楼下的回民饭馆里吃了一大碗热气腾腾的羊杂碎汤，就了两只烧饼，拍拍鼓胀的肚子时，一辆疾驰而来的北京吉普车停在了我的面前。乍眼一看，就知道这已经是一台非常老旧的汽车了。这种车是一些单位淘汰下来的，几千块钱处理给私人。这些偏僻的小镇上，没有什么就业机会，一些无所事事的年轻人，家里掏钱买上这么一辆车，遇上一两个零星的游客，跑一二百公里，赚点租车费，也算是一份正经的职业了。

打开后座门放我的行李包的时候，我看到后座上放着鱼竿和一支猎枪。

当我在司机旁边的座位上落座，引擎发出一声怒吼，车后扬起一阵尘土，我们就上路了。

上路了。

车子驶出镇子不远，另一种风貌的峡谷在我眼前展开。

公路两边的柳树和草地上，都蒙上了一层薄薄的白霜。河流两岸点缀着团团灌木丛的草地越来越宽阔，两边蜿蜒相随的山脉越退越远，而且越来越低矮，越来越浑圆。

河里的水越来越小，越来越平缓，越来越曲折漫漶。

二十世纪八十年代，我在小说里开始描写这个地带的自然风貌。最初的作品是一个短篇，名字就叫《欢乐行程》。在这篇作品里，我把这个地带叫作群山与草原的过渡地带。这个命名漫长了一些，但却相当准确。在没有发现地理学家为这样的过渡地带取出一个简洁而又更为准确的名字之前，我在这里还是只能沿用十年前自己小说里的命名来称呼这个地带。

这个地带，过去是梭磨土司的辖地，是土司家的牧场，现在已经划归坐落在草原上的红原县管辖。

司机减缓了一点车速，把后座的猎枪递到我手上，意思是说窗外的草地上随时可能出现猎物，坐在车里就可以随时开枪。

我问："多少钱一枪？"

"二十。"他随即又突然吐出了舌头，说，"不，那是对游客，不是你，你是朋友介绍的。"

我笑了："打折？"

他没有回答我，一双眼睛紧盯着前面，慢慢停下了车。然后，伸出手。

顺着他的手看过去，视线里出现了两只野鸡。灰扑扑的野鸡在灌丛中用爪子不停地刨着什么，并不时警惕地用长颈把头支出灌丛，倾听着四周的动静。野鸡的头伸出灌丛的时候，那头颈的转动像是潜艇伸出海面窥探的潜望镜，但我总觉得那不是在看，而是在听。当我从车上跳下来，慢慢向它们靠近时，两只野鸡噗噜噜扑扇着翅膀，奋力跑开了。这些野鸡大多都已经失去了飞翔的能力，扑扇一对翅膀，无非是使逃命的双脚负担减轻一点。这些野鸡有时也能展开翅膀在空中摆出一个优美的飞行姿态，但那只是从高处到低处的滑翔。

两只野鸡跑到河边，站住了，又伸出了长长的颈项。我用枪瞄准，准星前已经只有一片虚光，看不见目标了。这些年，视力慢慢下降，野鸡已经在我有把握的射程之外了。

但我还是开了一枪。枪声在宽阔的山谷中，一下就被清冽的空气吸附掉了，没有期待当中的响亮。

我回到路上，再抬眼看去，那对野鸡还站在河边，没有被枪声所惊吓。

我们又上路了。司机按了两声喇叭，这回，野鸡钻进灌木丛，看不见了。

两个小时后，车子已经开到了查真梁子下面。这是从川西平原登上若尔盖草原的最后一级台阶。

登上去，就是海拔四千米的茫茫草原。

我没有选取国道二一三线选取的那条最陡峭但也最为近捷的路线，因为那样的话，我就不能到达这条河流的源头了。而是离开公路，顺着山下的河水，在草地上摇摇晃晃地开出十多公里。在这里，河水已经变成了一条溪流，一道迈出大步就可以跨越的溪流。两岸的草地也越渐松软。再往前开，车子就要陷到沼泽里去了。

司机看着我，意思是不能再往前开了。

车子便在山脚下的草原上停了下来。

耀眼的阳光把草原照亮，也把身上照得暖洋洋的。司机走到河边，用手试试水，说要等太阳把水晒暖和了，鱼才会出来，那时才能下竿。我坐在柔软的草地上，瞭望着不远处一头长得肥肥实实的旱獭。旱獭在一个干燥的小丘上晒太阳。和我一样在阳光下取暖的旱獭，一副老练而沉着的模样。它蹲坐在地上，上半身笔直挺立，双掌合于胸前，在笃信佛教的藏族人看来，这是向神佛祈求的姿态，所以，这种动物在有些草原上能够泛滥成灾。

尽管这样，这种看似笨拙无比的动物，却无比灵活，而且狡猾。它在草原的地下建立起一个复杂的地下通道，当你想对它有所动作的时候，它立即就会返身钻回地下。当你守候在这个洞口，并准备了足够耐心的时候，它又突然从另一个出口探出了肥胖的身子。

这些年旱獭的数量也开始减少，因为这种大多数时候生活在地下的动物，缝成褥子的皮毛和炖好的肉都有追风祛湿的作用。虽然当地人因为宗教原因不对它们下手，但外地人和城里的干部却持有另一种观点。

司机开始在四周寻找干牛粪，准备生火了。看来，他是对还藏在河里的鱼变成一锅好汤有着充分的信心。

我与旱獭对望一阵，抽了一支烟，然后，背起枪，顺着溪流往上游走去。

脚下的草地表面很干燥，一串串的草穗与双脚纠缠着，弄出许多细密的声响。而下面却很松软，每一步下去，都有一次小小的塌陷。又走了一阵，面前再也没有平整的草地，而是多年的枯草与盘曲细密的草根形成的一个又一个的草墩，像一群蘑菇一样浮在沼泽之上。从一个草墩跳到另一个草墩，我的身上很快就出了一身细细的汗水。当这些草墩都不能连续成片时，便被一个又一个淤泥深重的明亮水洼隔离成了一个又一个相距遥远的孤岛。

几对黄鸭在水洼间觅食。这些水禽是这一年里最后的候鸟了，再过几场秋霜，它们就要长途飞行到很远的南方去了，直到来年夏天才会回返。黄鸭被我惊飞起来，在天空中久久盘旋。

最后，我不得不离开河边，走到贴近山边的地方。双脚又踩到了坚实的地面。

回身望去，天上的黄鸭又落了下来，落在那些明亮的水洼中间。

河水在上午倾斜的强烈阳光下，折射出一线闪烁的银光。

我一直远望着河水。一大片沼泽消失了，宽阔的峡谷给两边的山丘收了一次腰，我又回到了河边。这里，河里的水量更少了，透过清浅的河水，可以看到水底下缓缓流动着细细的沙粒。很多干干净净的草根在水里流苏般飘荡。我喜欢我看到的这种景象。

我想，再往上游走短短的一段，就会看到水流最初的起源了。这是梭磨河的最初起源。但这仅仅是我的想象。

峡谷再一次敞开了。溪流闪烁着，隐身于一片更广大的沼泽。这片沼泽再次把我逼向山边。后来，我发现，河流离我越来越远，我隔沼泽中央那条曲折漫漶但仍然有迹可循的溪流足足有好几公里的距离了。这种距离使我后悔没有把车上的背包带上。

足足两个小时，峡谷再一次收缩，细细的一线溪流又回到我的脚边。这时，两边的山丘差不多已经完全消失了。如果说还有山丘的话，也是两脉隐约而长的起伏了。直到这时，我才真正走到了梭磨河的源头——一个平淡无奇的小小水洼。水慢慢地从草皮底下浸润出来，我甚至看不出它在地面上的流淌。于是，我摘下一小片草叶，放在水面上，才看出细细的一线水上，那片草叶慢慢地顺流而下。我的身心没有出现预想过的那种激动的反应。虽然我知道这就是哺育了藏文化中独特的嘉绒文明的一条重要水流的发源，是大渡河，是长江一条支脉的最初的缘起，但我仍然平静得像这荒芜而又壮阔的荒野一样。而在我想象源头的景象，在想象中描画自己到达源头的情景时，曾经写下不止一首激情充沛的诗章。

也许，生命中有了这样的经历，面对人生的坎坷与磨难时就能够从容面对了。

我俯下身去，慢慢地啜饮梭磨河源头的溪水。

清清的水有一种透骨的冰凉。

我登上浅浅的山丘，这是我要攀登的大地阶梯的最后一级。

这是一个地理的制高点，也是我人生经历中的一个制高点。回望身后，河水曲折，越来越宽，一直没入越发崎岖的群山之中。那是长江水系的群山，一列列地向着东南方向。东南风不断顺着峡谷吹送，那是来自大海的气流给这片高地带来雨云的方向。也是我家乡的方向。

我现在也是站在一个地理的分界点上，只要原地转一个圈子，把脸朝向西北方向，像一声浩叹一样，就展开了秋风中金黄的草原。草原上游牧的藏族人们，已经是另外一种语言，另外一种风习，是传统上称为安木多的游牧文化区了。

山丘西北这一面的草原沼泽，也是另外一条水量丰沛的河流的源头，藏语叫作“嘎曲”，意思是白河。白色河流是高原阳光下的银光闪烁之河，是天堂里的牛奶之河。这条河向北流淌，注入了中华大地的另一条重要河流——黄河。

上升的大地

我回到猛固桥头，沿小金川北上，往梦笔山进发。

一路行去，海拔高度明显增加。我不是专门的旅行家，不用带上海拔计来做种种烦琐的记录，我是从植被的变化，感觉到脚下的大地在升高。

这也就是我所说的在大地阶梯上攀登的感觉。

从来都是这样，先是大路两边藏汉合璧式的石头民居上，汉式的影响越来越少，纯粹藏族风味的东西越来越多。窗户与门楣上的花饰越来越鲜艳明亮，整个寨楼越来越高大，越来越气宇轩昂。而且，在路上走动的人们向你问候的时候，你听到越来越多的藏语里那越来越多的敬辞。

总是这样，越来越多的村寨周围出现迎风招展的经幡。

总是这样，清清的溪流被引进整根合抱的杉木挖成的水槽，冲击着磨坊下面的巨大木轮，从而转动了沉沉的石磨。

总是这样，当地势越来越高，天空便越来越蓝。洁白的云朵使这些双脚正在丈量的土地永远都像是世外般遥远。

就是这样，变化总是出现在围绕着村寨的土地里。先是玉米变成了小麦，小麦又变成了青稞。当青稞大片大片出现在眼前时，我才发现，自己已经在一片青山绿水中间了。在阳光下闪烁着灼人光芒的大片岩石消失了，代之而起的是大片大片的树林：枫树、白桦、马尾松、灰白皮的云杉、紫红皮的铁杉。风吹动树林，大片的阳光就像落在湖面上一样，在树叶上闪烁迷人的光芒。

我在林间绒绒的草地上坐下来。

对于这些草地来说，最盛的花期已经过去了。七月，是这些林间草地的野草莓的季节。鲜红的野草莓，一颗一颗，点缀在翠绿洁净的草地上，就像一粒粒红色宝石陈列在绿色的丝绒之上。当我坐下来采摘草莓，一颗颗扔进嘴里的时候，恍然又回到了牧羊的童年，放学后采摘野菜的童年。

抬起头来，会望见某一座高山戴着冰雪的晶莹冠冕。

我庆幸在我故乡的嘉绒土地上，还有着许多如此宽阔的人间净土，但是，对于我的双眼，对于我的双脚，对于我的内心来说，到达这些净土的荒凉的时间与空间都太长太远了。

在这种时候，我不会阻止自己流出感激的泪水。

总是这样，海拔越高，山间的谷地就越宽阔，山谷两边的山坡也越发平缓。

我背起背包，继续往前，在这样的地方，就是走上一生一世，我的双脚与内心都不会感到绝望与疲倦。

当最后一个农耕的村庄消失在身后时，我已经在高山牧场上行走了。

在这些青草翠绿的高山牧场上，往往要走上几个小时，才会看到木头栅栏圈出的牛圈，看到铺着木瓦的牧人小屋静静地冒出一缕缕若有若无的青烟。牧羊犬看到生人接近，警惕地吠叫起来。一个牧人提着猎枪从小屋里钻出来。我用家乡的语言大声问候。牧人便放下了枪，重新钻回屋里。我在一个清幽无比的泉水边俯下身来，畅饮一番。这时，主人已经飞跑到我身边，那只牧羊犬也摇着尾巴紧随其后。

我从泉眼上抬起头，沁凉的水珠滑下了我的下巴。

主人生气了："客人哪，你以为我们家里不会为客人备好滚烫的奶茶吗?"

再次上路时，我的肚子里已经装满了主人能够拿出来的所有好吃的食物。

就是这样，我从山下尘土飞扬的灼热夏天进入了山上明丽的春天。身前身后，草丛中，树林里，鸟儿们歌唱得多么欢快啊！我就是这样，一次又一次，感谢命运让我如此轻易地就体会到了无边的幸福。

雪峰下的高山牧场正是花朵盛开的春天。

在我久居都市的日常生活中，很多时候，我会打开一本又一本青藏高原的植物图谱，识得了许多过去认识却叫不出名来的花朵的名字。今天，我又在这里与它们重逢了。

长着羽状叶片，在一根坚韧的长茎上簇拥出一座宝塔状花蕾，而那个塔状花蕾正季节一样自下而上次第开出一层层紫色花朵的，叫作马先蒿。

丛丛怒放的黄色花朵大多属于野菊的家族，这个家族的有些成员还会变异出一种蓝中带紫的颜色。

在这样的草地上，最最漂亮的当然是蓝色的鸢尾。一朵朵看去，在微风中都是将要带着某种意绪起飞的姿态。这种姿态的花朵连缀成片，抬眼望去，就是一种思绪化成的青烟。

我不能歌唱这些花朵，我只感激命运让我不断看见。

这样的行程是如此愉快。离开沃日土司官寨五天后，我登上梦笔山口，才意识到这些天的日子过得如此短暂。

站在梦笔山口，猎猎的山风变得无比强劲。与山口这边的高山草地形成鲜明对比的是，山口那边，是大片蓊郁的森林。公路穿过森林，一头扎进山下的峡谷。那些峡谷的出口处，就是我的家乡，现在嘉绒藏族聚居区的中心地带马尔康了。

辑四

历史地平线

李家山贮贝器

就来看看古代滇人是如何装饰了那些体形丰满的贮贝器，也就是他们存钱的罐子吧。

至少是那些展示出来的贮贝器顶盖上，无一例外都铸造上了神态生动的各色人等和不同的动物。而且，不是某个单一的存在，而是一组人，一组兽，或一组人与兽，相互之间因为呈现当时人类社会某一种活动或某一个生活场景而构成一种关系。这种关系或者紧张，或者松弛；这些场景或者和谐庄重，或者亲切幽默，都让我们这些总在思考一些文化与历史命题的脑子，产生一些新的感触与想法。当我们在考察一些有别于我们当下存在的过往或异族的生活与历史时，往往会发现——不，不是发现，而是总结出一种相当单一的特征，以致这种特征最后又抽象为隐晦的象征。这种情形，人类学家玛格丽特·米德早就批评过了："他们个体生活的个性的侧面，总是泯灭于对群体的文化生活的系统描述之中。……这种描述是标准化的……像是制定确定的艺术风格的规则，而不是艺术家能够纵情地表达他的美学观念的方法。”

但现在，在这些贮贝器的顶盖上一组组精美的群雕中，你看到的不是这种象征性的符号，而是一种有温度的场景，你感受到的是仍然在呼吸的生活。可惜那些陈列的青铜器没有系统地分类、命名或编号，所以，说到这些器物也就无法准确地指称。但的确有这样一件贮贝器，在直径不到三十厘米的盖子上，中央铸造了一根铜柱，以铜柱为中心，一共铸造了三十五个人物。而且，这些人物都处于行动当中，或头顶束薪，或手持陶罐，或肩扛农具，或提篮挟筐，甚至一个人好像正在展开一块织物。这些行动中的人物站、蹲、坐、行，清晰地呈现出各自不同的装束与神态。就在这小小的一方天地中间，居然还出现了由四人抬行的一具肩舆，舆内一位妇人端坐在一柄宝伞下面。看到一篇考据文章说，这组群雕描画的是春耕前祭祀的场景。但我看这组群雕，却意不在此。当真切地看到一些人身着那时的衣裳，做着那时的事情，一个时代的一角就以原本的面貌呈现了出来，至于他们是去往市集之上进行物物交换，还是正在进行祭祀，倒显得不那么紧要了。

我是凭着记忆写这篇文章的。现在，我又想起了另一只贮贝器上的驯马群雕。一共七个佩剑男子正在驯马，一人一马绕圈而行，正好吻合了圆形顶盖的形状。圆圈的中央，是一个踞坐于高座上的男子，怒目而视，双手舞动，显然是这场驯马的指挥。这其实已经用非常直接的描述告诉我们，当时使用这些青铜器的人们，其畜牧业发展已经达到了怎样的一种水平。还有一组雕塑也相当直接地说明当时畜牧业的状况：一个人头戴长檐帽，身着紧袖长衫，胸前挂着显然是用作容器的葫芦，一手揽着拴牛的绳子，一手正把什么东西送进牛的口中。研究者的解释是，这人是一个兽医（或者一个懂些医学常识的人），正在给牛喂药。

这组雕塑来自李家山青铜器中和贮贝器一样最为特别的一类：扣饰。

某年，我在美国弗吉尼亚的乡间旅行。某日，在一个镇子上进了一个特别的商店，这个商店出售各种马具，比如相当于一部汽车价格的一副马鞍。但真正使我感到兴趣的，是店里出售的各式各样银质的精美扣饰。所有扣饰质地与式样各异，但都有一个共同的表现对象——马。我花八十美元也买了一枚作为此行的纪念。所以，在李家山看到那些青铜扣饰时，不用看文字说明，我立即就明白了这是些什么东西。

隔着玻璃展柜，我久久端详着它们，想象那些无名的工匠如何在完成了这些皮扣的实用功能后，没有草草结束他们的工作，而又沉溺于美的创造，最终使一件件实用的器物变成了精美绝伦的艺术品。

扣饰之一，一个骑士驱驰着骏马猎捕野鹿。那只奔跑中的鹿昂起头来向前飞奔，一对犄角所有向后流动的线条为整个扣饰增加了流畅的动感。我仿佛看到它驱驰在遥远时空中，耳边掠过风的呼喊。

扣饰之二，四只猛虎刚刚把一头身量巨大的牛扑倒在地上……猎食者的凶猛与被猎食者的挣扎都表现得活灵活现。

还有之三、之四……但我毕竟不是为这些青铜撰写解说词，就此打住吧。所以愿意在具体器物描绘上多花一些笔墨，无非也是想让这些非主流的青铜得到更多的关注。

更值得一说的，还有那些青铜的农具。

从中国这块古老的，层层文化互相掩盖的地下，已经发掘出了那么多的青铜器，但哪里会有这么多的农具?

目前，李家山出土的器物并没有完备的陈列与展示。据发掘资料介绍，光是生产工具就多达十余种。除了至今还以铁器的面目在乡间被广泛使用的那些工具之外，我特别注意到有一类有较大面积的工具，上面都有整齐的镂孔，这显然是为了适应湿地作业而产生的发明创造。这其中，还有一件研究者们至今也没有弄清楚其用途的带把的镂空的勺形器具，器具前端还有一个造型生动的蛇头。如此直接的一个用具，却给今人留下了一个难解的谜团。

看到这些精雕细琢的农具，使人敢于相信古代的农耕生活肯定具有比今天更多的诗意。而在今天中国广大的乡野之间，焦灼的田垄与村庄中间，那些温润如玉的东西却日渐枯萎了。

遂想起《诗经·郑风》中的诗句："女曰鸡鸣，士曰昧旦。子兴视夜，明星有烂。将翱将翔，弋凫与雁。"

慈溪记：越窑遗址记

很寻常的一个下午。

天阴着，雨水随时会从不胜重荷的云层中滴落下来。这片叫作上林湖的水面很平静，环湖的低山有松，有竹，杨梅正在结果，合欢正在开花。载我们划过水面的狭长的船很漂亮，只是驱动船的柴油机嗓门对这片山水来说，是有点唐突了。

想想那个下午，去到这片水面时还有什么？是的，还有一对新人在湖边拍婚纱照。准新娘的肩与胸、颈与背因为洋装的需要而裸露在清冷的空气中。其实，如此天气是不适合这样裸露的，中国人的肌肤也不太适应这样的裸露。但是越来越多的人愿意一辈子至少有这么一回，虽然天气有些冷，但还是带着某种不很强烈的欢欣感而这么裸露着了。人生即便再庸常，也希望能建立并拥有一段美丽的回忆。

就是在这样的一种情境下，来到这里，看一个越窑旧址。更准确地说，是来怀念，来凭吊一种非常中国的物质：瓷。青瓷。青瓷的老窑址。来追怀一种遥远的美丽。

窑，一个非常中国的词。

不仅是一部分中国人栖止其中的地方，更是中国人把软和的泥土塑型、火焙而使之坚硬，并各派用场。这是中国人在世界上最早利用火的力量，发现土这种最普通的物质的物理性质，并使之产生奇妙转换的场所，给最普通的物质塑胎炼骨的伟大所在。那时候，中国人探求物理世界的秘密是多么持续专注，多么愿意在技艺精进后使技艺更加精进啊！我不搞收藏，也没有想过要一夜暴富。但是，只要是到博物馆一类的地方，我总是首先奔向有陶与瓷的地方。所以，主人说，在这个叫作上林的湖边可以看到一个千年前的旧窑址时，这种吸引力是不可抗拒的。中国，曾经在不同的窑口里出来那么多东西：砖、瓦、俑……缸、瓶、瓮、罐……都是与日常生活关涉紧密的器物，却总能在某个不知名的匠人的手下，灵光一闪之时，上升为艺术，培养了中国人基本的日常的美感。

最奇妙的是，中国人还用烧瓷的方法从窑中炼出了用于活字印刷的字。

但就在某一天，某一个时代，一口一口的窑莫名地开始坍缩了，那些神奇的火焰也慢慢熄灭了。

这些窑，其中的火熄灭后，终于没有再点燃，在渐行渐远的时间深处被遗忘，被荒草杂树淹没。那被拍岸的湖水冲刷出来，层层堆积在岸边的碎瓷片是多么寂寞啊！

在窑火熄灭后的好多好多年里，应该也有很多的人经过了窑群的废墟和窑场四周瓷器的碎片，却是毫无知觉的吧。文明的进程常常是这样，一个地方，一种文化，曾经是创造力勃发的，曾经让各种生产技艺日益精进，曾经是把美当作内在的蕴含与外在的形态来追求的。可到了某一天，这样的东西起身离开了，连留下的遗迹人们都会熟视无睹。这样的时代，是人们的心灵堕入麻木与粗鄙的时代。这样的时代，众生似乎只是陷于求生与求富的挣扎。又到了某种历史关口，人们又从荒烟蔓草中重新发现它们，好像内心深处又被触动了什么，唤醒了什么，意识到它们闪烁着遥远的，却是中国人努力追求生活的质地与美感的那些时代的光。那是自己的祖先曾经创造出来的一段辉煌。

人们开始怀着一点惭愧的心情站在这样的遗址面前。

一口冷窑。

一只其实只剩下一个窑底的，冷了一千多年的窑。

多么安静啊。水还是像当年搅拌过细密的瓷土，像拉坯匠人的手润湿的那些水一样，被云彩从海上带过来，落在地上，又渗入地下，然后，从那些浅山间的某一处缝隙中涌现，成溪，成河，并汇集成湖。

湖边还站着许多松树。它们和当年那些燃起熊熊窑火的松树应该是祖先与子孙的关系。因为安静，因为有小风，所以能嗅到空气中松树特有的那种香气，针叶的香气，松脂的香气。当年，这些香气进入窑口时就被高温焚化了。但我还是在此时假想：这些香气，在窑中也参与了神奇的窑变，变成了青瓷上最神秘最美最不容易捕捉与名状的那种光，是青瓷中的极品秘色瓷上那个变幻莫测的“秘”。如果松树的命运一定是被伐倒、被焚烧的话，那进入某一窑口就是一种最好的选择了。虽然自己化烟化灰，却让焙烧的对象得到了升华，而不是另外的火，使所遇到的东西一起同归于尽，一起化灰化烟。

脑子里烟一样萦回着这些想法时，面前其实只是一个只剩个底子的冷窑，在被掩埋和遗忘很多很多年后，重新被发现，被发掘，被考证，被保护，被展示。这让我们记起史书里记载的开疆拓土的时代，四方来朝的时代，日常生活中常常有美流光溢彩的时代。那样的时代不只是精神强健，气质也更为典雅雍容。今天的中国人来到这里，就是被唤醒，被引导。那么，至少我们是生活在一个愿意被美所唤醒的时代了。

窑里有火的时候，这地方该是多么喧闹，多么生机勃勃啊！山路上，运送瓷土的人络绎而来。窑前，一定整出了大片的平地，土和上水，被搅，被拌，被捣，被搓，被揉，被塑造成种种坯子。起先没有釉，后来有了釉。制釉与施釉，给生产流程增加了更多的技术含量，更多的美感。坯入窑了，点火那一刻应该是越来越有仪式感的吧。仪式也给劳动过程增加了美感。火点燃了，热力顺着依山坡而建的窑壁自低而高向上升腾，加上瓷土中的金属性矿物元素，这一下，真是金、木、水、火、土共舞一炉了，互相渗透，互相催发，互相转化，在当时的世界能够达到的最高的人工温度中，以最炽烈的方式升华。如此这般，打开窑上的封泥，让曾经的炽烈慢慢冷却下来，这个世界就得到漂亮的青瓷了。大多的青瓷的质地都是可以预期的，最激动人心的是，每一窑口中不可见的物质间的相互转化，都可能产生出绝世精品。那么，瓷器出窑时又是怎样的情景？尤其是批量的定制中神奇的窑变奉献了难以预期的瓷中极品的时刻。在人类的全部劳动中，像这种生产流程中就充满了出现神来之笔的可能，时刻都有着创造惊世之美的可能的劳动，真是不多。人类利用工具来劳动是了不起的，更了不起的是，让劳动过程和劳动的结果具备美感。这是一种关于劳动的崇高伦理。美的劳动与劳动的美使得日常生活具有了一些神性的光彩。

站在上林的越窑旧址旁，在一片冷寂的情境中，我追怀那个炽烈而美艳的过程。同时依稀看到，橹声咿呀中，出窑的瓷器上船了，从水路去往四面八方，去往中国大陆更深广的内部，也去往海上，甚至到了海上也不知真要去往何方。那是贸易了，海上吹起的风鼓起满帆时，就是催动贸易的风了。今天，贸易的进行是越来越频繁与密集了。正是种种的贸易，让这片土地正在重现甚至超越昔日曾经有过的物质的繁华，甚至使我们有能力用以千万以亿计数的资金，拍卖与收藏穿过时代种种剧烈跌宕而依然幸存于世的瓷中珍品。我愿意将其理解为这是对过去时代的伟大之处的一种追怀，一种对美器，对美器所传达出来的生活中美的质地的尊崇与追求。所以，我期望这些幸存的美器在博物馆中对公众展示，对我们施以无声的美的教育，而不是神秘上拍，然后秘藏，升值，再拍卖。

窑旁，有许多菊花样开着的淡青花朵。

要知道，在这座窑口中有火熊熊燃烧，有无数种瓷器被打捆包扎好了，顺着水路去向四面八方的时候，中国的土地上还没有这种野草。那时候它们还只生长在美洲的荒野。我愿意相信，这些植物的种子是从那些把这个窑口的瓷器运往海外的船只带回来的。其实，这种看起来很本土的植物很晚才来到这片土地。据植物学家考察，最初在中国的发现，是一八八六年，在上海。但现在，它们全然是本土的样子了。因为植物之美与周遭的自然环境那么容易协调起来。这是美的一个巨大的功能，不仅本身能和环境协调，而且能把我们周遭很多不美的不和谐的东西协调起来。所以，我这时想到瓷器，就不只是想到它们在重重保安措施下安放在博物架上的样子，而是想到它们怎样一天天深入到中国人的日常生活中，使大多数时候都黯淡无光的日子变得有了稍许的光亮。

美的光亮。

那真是一种遥远绵长的光亮。可是怎么形容这种光亮呢？特别是在湖水拍击下永远晶莹的碎瓷片上的光亮呢？突然想到杜甫曾用过一个词：哀玉。他就是用这么一个词来形容一种瓷。这个词很好，移用到眼前的情景，那些一天天任湖水与时光淘洗的碎瓷的质感有了，而我们这些凭吊者的心情也在其中了。

春日游梓潼七曲山大庙记

春二月末梢，去梓潼。

车出成都，一路艳黄的油菜花田，开在平原，开在丘陵脚下和腰间。溪边或村前，一树树李花开放，辉映着春日的淡淡阳光。心旷神怡时，时间过得飞快。佛经中形容时间短暂，常用“刹那”这个概念。唐玄奘在印度取经时向长老讨教，一刹那到底有多长，如何度量？长老的回答是，一个念头初起的时间，就是刹那。看来，这不是个确切的物理时间，而是可长可短的心理时间。那我坐在车中前往梓潼的两个多小时，满眼的黄花和间或的一树白花在阳光下熠熠发光，陶醉春光，心中念不起，这时间就连一刹那都算不上了。反正，一路的色照眼、香沁心，色流香溢中，梓潼就到了。

过潼江，眼前景色一换，并不峻急的山在前方隆起，山上林木茂密，在夕阳的光照中更显深远。那些浅山后，是更远更高大的山，隐约竖在后面，如画屏一般。画屏中满是中国山水画的浓墨淡烟。以前没有到过梓潼，所以来前要做点书上的功课，预习一下当地的地理人文。虽然不能确认，但知道眼前这些山有叫长卿的，是出川北上长安的司马相如盘桓流连过的。还有座叫兜鍪的，因为山峰的形状像顶头盔，自然就有了中国人都明了的某种象征性。主人明白指出了七曲山。这是明天将去访问的地方。路蜿蜒上升，已经望得见七曲山上蓊郁密闭的柏树林，在暮色中更显得凝重深沉。晚上，和主人饮酒说话，听他们介绍梓潼，听得最多的一句话，是“平来坡往”。这话也可倒着说，“坡来平往”。说的是梓潼的地理，处于四川盆地和秦岭山区的过渡带上，北上的人是从平地来，往山上去；反之，北来入川的人，则从坡上来，往平地去。一百多年前，德国地理学家李希霍芬就把秦岭定为中国南北的分界线，那现在我们所在的平地将尽、群山伸出山脉的长臂之处，就正是南方将尽、北地方始的古道之一金牛道的起点了。

第二天上山，柏油公路依着山势蜿蜒，我没有问主人这路是不是沿了金牛道的路线。但每一次停车驻足，遭逢的都是历史遗迹。从书上读到关于古道的文字，在这里都化成了一个个具体可感的真实存在。

翠云廊，古人就赞美它“三百长程十万树”，正是古蜀道上由参天古木护持的一段。古人修筑或维护古道时，会同时在古道两旁栽下行行树木，“植木表道”。古木全是柏树，每一树都亭亭如盖，树树枝柯相连。从七曲山下开始，一路向北，越过剑门雄关，这条古柏夹峙的道路绵延了三百余里。当年，拓路植柏的人却是从北方开始修筑这条道路，当他们面前出现了四川盆地平坦无垠的千里沃野时，这条古道便到了终点。当地有一个传说，路修到这里，接下来已是一马平川，那些没有用尽的柏树就都栽到了七曲山上，于是这座山就由千棵万棵的柏树荫蔽起来。今天，走在那些古柏的阴凉中，古道上那些铺路石上，还深印着车辙与马蹄印。那些“霜皮溜雨”的古柏的枝柯间传来清丽的鸟鸣，让人仿佛听见了穿越千年时光而来的驿马銮铃声，忽高忽低，似近又远。

然后就来到了上亭驿。

这是一段顶部平坦的山梁，路旁有两户农家，几树樱花，几块油菜花田。道路另一边，临着山涧，旷地上立着一通石碑，上书“唐明皇幸蜀闻铃处”。原先，这里曾有过一座名叫上亭的驿馆。安史之乱爆发，唐明皇仓皇出逃，经历马嵬兵变，穿越幽深险峻的秦岭，到此处，已然不见刀光剑影，兵戈之声也远在秦岭以北，惊慌失措的唐玄宗这才稍稍定下神，安下心来。时在公元七百五十六年农历七月十七日。按阳历算，那时这山里已经有些淡淡的秋意了。那时，天空中一定有一轮明月高悬，正是白居易所写“夜半无人私语时”，风摇动檐前驿铃，在唐明皇这个痴情皇帝听来，都是那位“宛转蛾眉马前死”的杨玉环，一声声急，一声声慢，还在叫着“三郎……三郎”。现在，立在碑前，却只见道旁坡下古柏森森，有蜜蜂在菜花间振翅吟唱。历史太过久远，这样的故事已经激不起情感波澜，上亭驿也不存片瓦块砖。古道上来来去去过那么多人，都比路更快地掩入了荒烟蔓草，消失不见，只有少数人留下的真伪难辨的故事还在流传。更多最终会在路上消失不见的人，会传说那些故事，为发一点幽微诗情，为得一些道德教训。而唐明皇的这个故事，显然是两者都兼备了。至于人们是否真能从这样的故事中得到真正的教训，那又是另一回事情了。

但我们都还愿意做那个传递故事的人，同时也就处在故事的氛围中了。

这是七曲山为游人进入它的主题故事准备的一个序篇。

离开上亭驿，再上路，古柏苍翠的七曲山就在眼前了。一路上，香客络绎于途，进入古柏林中不多时，就已经看见密林深处现出了重阁飞檐，听见了笙箫之声。庙旁广场上有一座戏台，一些穿了旧时衣裳的人，正在合奏七曲山篇幅浩繁的道教音乐《文昌大洞仙经》。高亢时是在赞颂神仙，低吟时是在劝谕众生。进入庙中，一重重殿，一座座阁，供奉着多神信仰中不同的神，也是中国古庙的气派与格局。但占着最重要地位的，就是那位主管人间文运的文昌帝君。香花，炷香，红烛，大都奉献在这位也叫奎星或魁星的文昌帝君神位之前。看那些签上之辞，看那些还愿供物上的文字，无一例外，都是为在各种升学考试中得到好的成绩。未考之前，来乞求好运；还有考好了，前来还愿。学生，家长，熙熙攘攘。中国人兴文重教的传统，延续了几千年。崇拜孔子之外，一地方，冀文运昌盛；一个人，一个家庭，望科考顺畅。既崇孔子，也拜文昌。现在，裹入人流，自己的心情也变得虔敬庄重了。这些都是题中应有之义。

在重视教育的中国，孔庙之外，文昌宫也是到处都有的。但现在，我们来到的七曲山大庙，叫作文昌祖庭。也就是说，遍布海内外华人世界的文昌崇拜，都是从此地起源。出得庙来，庙侧的广场上，洞经音乐还在继续。音乐声中，人们正在置高案，铺红毯。明天，这里将举行两岸同胞共同参加的文昌祭祀大典。

也许是文昌帝君要让我多知道些他的故事，才让我在这里遇到一位熟识的老作家。他是专程来为这次大典撰写祭文的。眼下，祭文已成，他又到这重阁柏影中来走走看看。找了间茶室，窗前柏影森森，杯中绿茶青碧，我们谈论着从梓潼七曲山肇端，最后广布华人世界的文昌信仰。

文昌，是中国古人智慧天空中的星宿，封为道教神灵后，便主司人间文运。

可是，在荒蛮的古代，道教还没有产生，天上的某个星座还未有文昌的命名，这里就有了原始的神灵崇拜。那时梓潼当地有一个从狩猎转为农耕的强大部落，首领名叫亚子。那似乎是连文字都还没有产生的时代，亚子却已经用善恶观来统领他的部落，一个今人称之为“祠”的宗教建筑在现今的大庙所在地出现了。祠中没有神像，而是陈放着一些画上符号的木板。一个人做了善事、好事，刻一个符号在上面；一个人做了坏事，也有一个相应的符号。这个板叫“善板”。亚子让部落民众相信，做善事多者，得善报；作恶多者，将被一种叫“雷”的神秘力量惩罚。后来，梓潼部落灭于更强大的蜀国，亚子死难，他被部落民刻木成像，穿上他在世时的衣服，供奉进“善板祠”，化身成了梓潼神。人们相信他有神力保佑一方土地没有瘟疫，风调雨顺，五谷丰登。再后来，就接续上了唐明皇避乱入川的故事。唐玄宗夜宿驿馆时，也没有一味陷入思念杨贵妃的悲情中间，他终于还是睡着了，梦见了叛乱的平定，虽说是别人的浴血奋战平定了叛乱。他在北回长安路上，再次经过七曲山，想起那个当时曾给他些许抚慰的梦境，认为他得以北返长安应是亚子显灵的结果，便封这位梓潼神做了“左丞相”。唐朝是中国史上强盛的帝国，梓潼神亚子受封却是在唐朝皇帝最为凄惶之时。而被更凄惶的人赐封号的故事还会发生。也是唐朝故事。那是最后一位唐朝皇帝了，他被黄巢起义军逼入四川避乱。逃亡在古蜀道上的唐僖宗夜梦亚子请缨平乱，于是，在七曲山将亚子封为“济顺王”。这两位唐朝皇帝，仓皇辞庙之时，众叛亲离，最缺的是忠勇的武将保护，亚子便应势而成为一个护佑皇家的武神。

等改朝换代完成，天下稍安，便要偃武修文，于是，亚子便应了这样的政治需要开始向着文神转化。先是南宋高宗皇帝封他为“神文圣武孝德忠仁王”，再是元朝皇帝仁宗封其为“辅元开化文昌司禄宏仁帝君”，从此被正式纳入道教的多神系统，终于完成了一个地方神向道教神的转化，也完成了一位武神向文神的转化。从此，一个蛮荒时代的部落首领终于演化成了主宰地方文运与学子前程的文昌帝君。

追踪这个变化过程，我们看到的其实是一条文明演进轨迹。也可以看到人在什么样的情境下，会转而寄望于超自然的神力。中国有几千年兴文重教的传统，也为读书求知定下了不同的目标，有“格物致知”，有“明心见性”，最终还是“修身齐家治国平天下”这样的倡导，与科举制度高度合拍，人文理想的实现先得在自下而上的考试系统中出人头地，取得功名。这也是梓潼的亚子由人而神，并得到越来越广泛崇拜的过程。文昌帝君对应的那个星宿本名为“奎”，在七曲山大庙也就大书为魁首之“魁”了。

文昌崇拜只用数百年时间就广布天下，这期间，文昌神的形象也在不断重新塑造。在七曲山大庙看到用文昌帝君口吻所写的《阴骘文》一通。文章开篇就点明梓潼神亚子曾不断重返世间：“吾一十七世为士大夫身”，从部落首领变成了士大夫了。其自述的功德是“救人之难，济人之急，悯人之孤，容人之过”。这是一个复杂的形象，有道家的影响，有佛家的情怀，也有儒家的修为。由此可见，这位道教之神的形象塑造中有诸多对儒家与佛家道德观的吸纳。《阴骘文》其实是一篇劝世文章，“于是训于人曰”种种行善积福的事例。有“救蚁，中状元之选”，有“埋蛇，享宰相之荣”，更直接提倡广行三教，“或奉真朝斗，或拜佛念经”，在道德层面求善，并没有一门一教的门户之见。而提倡“诸恶莫做，众善奉行”倒是又与亚子所创“善板祠”的动机一脉相承了。文昌帝君是皇家诰封的尊崇身份，信仰的内涵却是民间色彩浓重的道德教化。看起来无非是劝教向善，真做起来却也是知易而行难。所以，信众也需要一个切实的酬答，不是道教许诺的长生成仙，也不是佛教报以往生西天极乐世界，而是现世的报答。按《阴骘文》所说，是报应于现世的“驷马之门”“五枝之桂”。这是一条寒窗十年后，一举成名天下知的光荣路径，既适应国家体制，更符合国民心性。今天，科举制度虽已废除一百多年，但普通人最主要还是通过教育改变命运。更普及的教育带来更多的考试，考试的成功意味着更多有关前程的选择。对于一个人、一个家庭，考试的重要性显而易见。于是，相比于道教众神殿中其他神灵，主管文运的文昌帝君自然就得到更多的信仰。拜这个神可以白日飞升，拜那个神可得长生不老之术，在面对着更多迫切现实焦虑的老百姓看来，非但结果难以验证，实行起来也有重重困难。倒是文昌帝君所司所管，是中国每个家庭的心心念念。这一点，非关制度，而是一种文化的定命。所以，明天就要举行的一年一度的文昌帝君的祭典，才有来自海峡两岸的那么多人前来参加。我和一群作家同行也接到参加这个盛典的邀请。明天，我也将排列在奉祭的行列中，向文昌帝君献上一束鲜花。

夕阳余晖中，和朋友在七曲山古柏林中散步，离热闹的大庙越来越远。听着掠过树梢的风声，看着春日里道旁已经开放的密蒙花和照眼的千里光，心里想着明天献花时该对文昌帝君说句什么样的话。

藏王墓

接我出游的车来了，司机问我是不是先去那个山洞。

我摇摇头，说，藏王墓。

藏王墓？

司机一脸茫然。我想这是因为语言的原因。我用的汉语。于是，我换了一种语言。司机还是一脸茫然。我说的是对西藏人来说一个遥远地方的方言——这是一些自认正宗的藏族人不承认为藏语的方言。这种语言叫作嘉绒语。以西藏中心的观点来看，我来自一个偏远的地方。对山南这个中心的中心来讲，更是如此了。当然，这位朴实到有些木讷的司机没有这样的故意。他就是听不懂。对他，对我，这只是一种简单的语言现实。他和我都不会故意把这个问题抬升到某种高度。这个高度，是那些因为失落而总要发泄不满与愤怒的人的道德支持——有了这个支撑点，任是什么样的怨毒都会具有某种崇高感。

我对司机说，问问吧。问到第三个人，就知道这个地方的所在了。我们刚好走错了方向。那个刚从某个单位的铁栅门后走出来的人很和气，说，掉头，看见去琼结县的路牌一直往前，藏王墓就在县城旁边。

司机也明白过来了。他用西藏藏语念出了那个名字。汽车向着目的地飞奔而去。

我问他是本地人吗？他摇头，他来自拉萨市下面的一个县。再问车是他自己的吗？老板的，他用汉语说了一个词，打工仔。他的老板是一个干部，买了车，雇了他，出来挣钱。这回，他在电影剧组里已经待了三个月了。他问我，你是拍电影的老板的朋友吗？我在想，要不要告诉他说我是这部电影的编剧？这时，一个哨卡出现在公路上。昨天从拉萨到山南，就遇到了两个哨卡。警察看看身份证，再看看我，就挥手放行了。也许是因为车窗上放着剧组的牌子吧？我不知道。

如此这般，琼结县城就到了。醒目的棕色路牌出现了。上面标识了去往藏王墓的方向。

拐出县城，上了一条不那么平顺的公路，也就一公里多。田野中，村庄和县城之间，那些巨大的土丘出现了。我知道，这就是藏王墓了。那位有些木讷的司机因为内心里的某种东西，脸上有了表情。停车的时候，他低声说，自己从来没有到过这里。

这里的冷清让我感到惊异。

没有游客。也没有喜欢朝圣的藏族人。

这里没有遍布西藏的圣地景象，除了靠近路边的土丘上有个小小的寺庙式建筑。我惊异，这里才是真正的历史，躺在这些巨大土丘下的那些人，才是真正使一个民族一个文化得以成立的人。但他们显然不被看见，或者已被遗忘，以至于我都怀疑自己是不是真的来到了埋藏着吐蕃王朝最为强盛时的那些伟大国王的地方。但就在路边，一个牌子上出现了文字：藏王墓，某某级别的文物保护单位等等。我的确没有走错地方。但是，没有任何标志说明哪一座陵墓属于哪一个国王。

来前做过功课，知道路的右边，顶上有一座小寺庙的大土丘，大约是松赞干布墓。我没有顺着新修不久的水泥阶梯去看那座小寺院，而是围着这个吐蕃最伟大国王的陵转了一圈。陵墓封土堆的背面，向着田野和一条小河，那些夯土经过一千多年的风吹雨刷，有许多已经崩塌到下面的河沟，又被水流冲刷到下游。再远处，是雅砻河更宽阔的河床。那些被雨水冲刷的沟槽中长出了蒿草和忍冬灌丛。而我脚下的碎石与干硬的土路，也是从封土堆上崩塌下来的。一圈转过，我又回到了原点。

在公路的左边，是另一座巨大的封土堆。我越过公路，同时在犹豫，要不要登上这一个光秃秃的丘顶。这时我看见，就在那座土丘顶上坐着一个牧羊人，周围四散着他放牧的羊只。羊群不大，也就三十只左右吧。于是，我也登上了那座土丘。那个牧羊人表情木讷，看了我一眼，没有说话。在我脚下，更像是一座寻常的土丘，而不是一座王陵庞大的封土堆。这些泥土混合着细碎的沙石，质地灰白，和附近山坡上的土质几乎一模一样，一样的坚硬，一样的瘠薄，一样的干枯。我都不明白，这些羊在这里可以寻到什么可以果腹的东西。这个平坦的土丘顶上，稀疏生长着的，都是标志生态环境恶化的植物——多刺的锦鸡儿和沙生槐。那些羊伸长舌头，试探着在那些灌丛枝上把尖刺与绿叶分开。除了这些多刺的灌丛，就是这里一丛那里一丛的草麻黄了。这种植物，茎就是叶，叶就是茎，我想羊很难咀嚼与吞咽。这些羊，在这样的环境中，成了一种悲哀的动物。看看它们灰色的眼睛，其中的悲哀真是无从言说。丘顶上有强劲的风。我在这丘顶上环绕两三圈后，也坐了下来，望向远处。隔着一片收割后还没有翻耕的青稞地，我望见了另一座王陵。那是一座同样的土丘，突兀在田野之上。倒是那些竖立着的麦茬，在强烈日光的照耀下，闪烁着光芒。麦茬间有觅食的鸟群起起落落，给这片沉寂的风景增添了些许生气。越过那座土丘，又是一片田野，然后，就到了灰色沉重的山体跟前了，那里有更多的陵墓。但是年深日久，那些封土堆已经和山陵混为一体，难以区分了。网上找资料时，有叫了吐蕃之子的人，或者诸如此类网名的人，鬼影一样出没在网络空间里，说着暴戾的语言，说着怎样为吐蕃的业绩而骄傲的胡话。其实，从那些谈吐里，你就知道，或许他们真是吐蕃人的后裔，但他们并不明白吐蕃是怎么一回事情。这样的人应该来到这里。只有在这样的情景中，他们或许才会明白，一个民族在历史的长河中失去了什么，又遗忘了什么。我说的不只是史实，而是使那些伟大史实得以成立的精神。简单的人种学与民族学的常识告诉我，从血统的意义上讲，我不是吐蕃人的真正后裔。但在这样一个地方，此情此景，即便是与我完全无关的一个族群，我也会深感悲伤。比如，在埃及，那些仿佛精华耗尽的沙漠上，看见那些雄伟的正在倾圮的金字塔时，我心里涌起过同样的悲伤。

不，不是悲伤，而是一种宽阔无边的荒芜之感。

我不想感叹古人的伟大，因为这种伟大如果没有得以延续，而是走向衰败，那只能激起比悲伤还要强烈的荒芜之感。

当我觉得自己不想再受这种悲伤折磨的时候，我对帮我背着摄影包的司机说，我们回去吧。

他问我，不要再看看另外的那一些吗？我摇头。

他又指着上面有一个小庙的那一座，要不要上去看看？我仍然摇头。下了土丘，我和他一起，又围着据说是松赞干布墓的这座土丘绕行一周。我以为心里会有些什么想法，我以为心里会涌起来一些话，但我木然着，没有想法。从下往上仰望，风吹过的时候，雨水在土丘边缘冲刷出的深深浅浅的沟里，有泥土沙沙落下。

我离开了。再回头时，视野里只是琼结县城高低不一的楼房，那些曾是雄伟陵墓的残存的土丘已不可见。

回到山南，查阅资料，知道藏王墓靠着的山叫丕惹山，意为增长之山。真是如此意思的话，那真是一个巨大的讽刺。一千多年，青藏高原除了神秘威严的教法流布，其他方面真的未见增长。资料上还说，这里是吐蕃王朝时期第二十九代赞普至第四十代（末代）赞普、大臣及王妃的墓葬群。

也是资料上说，藏王墓究竟有多少座，众说不一。由于长年水土流失及流沙的堆积，位于山坡的几座陵墓已与丘陵相混，不易辨认，现在可以清晰辨认的封土堆一共九座。

据藏文史料记载，“君死，赞普之乘马、甲胄、珍玩皆入墓”，“墓内九格，中央置赞普尸，涂以金”，“墓内设有经堂五座，藏各种珍宝”，等等。

据更敦群培未完成的史学著作《白史》记载，藏王墓群中也不全是吐蕃国王的陵墓，也有藏王妃葬于其中：“薨时，将骨肉和金粉，盛铁瓶中，埋藏地下。”

九世纪中叶后，吐蕃王朝因宗教之争而分裂，而崩溃，雅鲁藏布江河谷的这一带发生大规模的奴隶起义，赞普陵墓全被捣毁，财宝被掘，藏王们的尸身被弃被扬灰。有文字说，现在的藏王墓只是衣冠冢而已。如此说来，这些陵墓都早被起义者掘开，里面的尸身与珍宝都被挖掘殆尽了。想在网上搜寻更进一步的资料，再不可得。输入不同的关键词，打开几十个不同的网页，所说都大同小异。这就是西藏，这就是西藏史，这就是西藏文化。真正的问题，总是很难得到详确的答案。对于后世在青藏高原占了主导地位的宗教，这些都是不重要的问题。他们认为不重要的问题，自然不会留下答案。他们认为重要的问题，却又不是事实的呈现，而是以种种神话代替史实。

但是，历史并不总是被自欺也欺人的神话所遮蔽。不论是哪个民族，总有对历史怀有真正敬意的人们，把严重神异化的史料去伪存真，一点点用科学的方法还原着历史。吐蕃强盛的时代，曾在河西走廊建政近百年，以至后来发掘出的敦煌文书中，还幸存了数千卷藏文文书，还有外国人在同样被吐蕃帝国占领过的西域流沙中发现了一些藏文残简。这些发现，都为那个时代的社会面貌提供了一些生动的细节，更重要的是，为外向扩张时的吐蕃留下了某种精神写照。于是，由藏王墓那些封土下的国王建立的功业，才重新进入我们的视线。

雍布拉康

离开藏王墓，在一个藏餐馆里就一碗汤吃了几个包子，算是午餐。

继续上路，汽车沿着宽阔的雅砻河谷行驶。

说说地理，雅砻河是雅鲁藏布江南边的一条支流。这条河和它的那些支流大多都来自高耸在更南边的喜马拉雅山间。

山南首府泽当，最早出现藏族人，出现最早农业文明的地方，都傍着雅砻河岸，都因为雅砻河水的滋养。

车开了一阵，司机又问，再去什么地方？

正好，一座城堡出现在前方的山梁上。这是从照片与电视图像里早已稔熟的建筑。

雍布拉康？我问。

是的，雍布拉康，藏人史上的第一座宫殿。这座建筑连接着一个遥远的传说。早前，古代的牧羊人们在山上放羊，遇到了一个人。人们问他从哪里来。这人不说话，用手指指天。信神的人们便认为他是从天上下来，是神要顾佑他们的意思，于是把这个不知来自何方的人扛上肩头——也就是典籍记载中的“以肩为舆”——抬回村庄，拥立为雅砻河流域的黑头黎民的王。这个人遂被后来从雅砻部落兴起的吐蕃王朝追溯为第一个国王。这段历史传说，在敦煌吐蕃文书中也有记载：“大蕃圣神赞普自天而降，入主人间，成为黔首的君主。”后来，又有人增加了国王家族的神间谱系，“在广阔苍穹之上，住着天神父六主之子，三兄三弟加上墀益顿次共七人”，而那位从天而降的聂墀赞普，他是墀益顿次之子，“作为泽被大地之人主，滋润土地之甘霖降临大地。天神之子，先为人间之主”。

那时，雅砻河谷地带的农业耕作应该已经有了相当的水准，雅砻河两岸那些山冈定然也没有如此荒凉，一定还牧草青碧，适合放牧牛羊，所以，他们才有财力与技术为他们拥立的王建造一座宏伟的宫殿。从此开始，那些为王建造宫殿的人，那些最早种植青稞的雅砻人的身影便清晰地出现在历史的地平线上。

但是，这座宫殿的地址是谁选下的？

是那位叫作聂墀赞普的王？他要选一个高处，从那个地方登上楼顶，就可以俯瞰他小小的王国，那些田畴与村落；稍稍抬头，就可以看见山间的牧场与牛羊。当然，要是有人意图谋反，王就在一个居高临下的地方。

也许，建造这个宫殿的时候，王没有说话。因为他还不知道怎么样做才是一个真正的王，是服从百姓的意愿，还是把自己的意志强加于他们？也许，有百姓中的智者出来说，王的宫殿要建在高处，可以供我们仰望。这样的高处，国王想看见我们的时候，就不用劳烦他老人家亲自来到我们这些低贱者的身边。而且，在那样的高处，楼顶紧贴着星空，晚上，国王可以和天上的神悄悄说话。总之，无论是出于百姓还是国王的意愿，虽然大部分人喜欢住在平地，国王的宫殿就建在了险要的高冈之上。从此，有些人就要高高在上。从此，这似乎便成了西藏建筑的定制：重要的建筑——王宫、寺院、叫作“宗山”的权力机构都要建在高峻的山上，居高临下，俯视众生与尘寰。

据说，吐蕃王位传递到二十八代，天上有佛教的经卷与法物下降到雍布拉康宫顶。同时，天上发出声音说：王位还要再传五代，那时的人们才会懂得这些经卷的意义。再传五代，就是吐蕃历史上最伟大的国王松赞干布。那时候，吐蕃已经走上了对外征服之路。先是统一了雅砻河流域各部落。然后，从雅砻河谷前出，征服并统一了更加广阔的雅鲁藏布江中游的富庶的农耕河谷。再北上，侵入拉萨河谷的农耕流域。那时，相对四周环伺的地理位置更高的游牧之国们，农耕为主的吐蕃是一种更先进的文明。这个富于活力的文明，在与周围那些游牧为主的国家的战争中均取得了胜利。最先被征服的是今天西藏阿里为中心的羊同，和藏北草原为中心的苏毗。斗争也是激烈而残酷的。敦煌吐蕃历史文书中对此有简略记载。松赞干布父亲在位时，这些新征服的地区全面叛乱，国王自己也被毒杀。“王子松赞年幼亲政，对进毒为首者诸人等断然尽行斩灭……”并依靠一个叫作芒布杰尚囊的能臣，“对苏毗一切部落不用发兵征讨，以舌剑唇枪征服之”。也是这个时候，松赞干布把吐蕃的都城从雅砻河谷迁往更靠近北方新征服之地的拉萨，并把吐蕃的新旧疆域分为五个叫“茹”的行政区，进行管辖。

松赞干布也是引佛教到西藏的第一位国王。

据说，文成公主入藏后的第一个夏天，就在雍布拉康宫殿中度过。还是据说，更多时候，住在拉萨王宫的松赞干布对雍布拉康进行了改建。具体说来，就是增建了两层楼的殿堂。殿堂底层为佛殿，二层为法王殿。至此，雍布拉康由王宫改作了寺庙。有了庙，就有了僧，于是后来的人们又陆续新建了僧舍。后来，建筑前的小台地上又有了佛塔。再后来，已经是清康熙年间了，五世达赖又为雍布拉康高大的碉楼式建筑增建了闪闪发光的金顶。

所有这些建筑都毁于二十世纪六十年代。眼前的建筑，是二十世纪八十年代恢复重建的。

现在，我来到雍布拉康跟前。山下，正在大兴土木，盖房子，用水泥铺路，铺停车场，原来农耕的村庄正在演变为一个初具规模的旅游小镇。小镇周围是农庄和麦田，镇子外面是公路，再外面是流向雅鲁藏布江的雅砻河。出了镇子，高耸的白色建筑就在上方的山梁。山不太高，但这里的平地的海拔就在三千七八百米，对来自内地的游客来说，要攀爬上去实在有些艰难。这种艰难创造了商机，上山的路口有村民牵着马等待游客的雇用。也有人沿着曲折的山路攀爬上山。少言的司机帮我背上了沉重的摄影包。我只拿着相机，加入了攀爬者的行列。

两千多年前就有人不断上下的山路两边，肥沃的土壤已被冲刷殆尽。干燥的碎石与风化严重的岩石缝中，还是有顽强的植物在生长，荨麻、蒿草，还有枝条干瘦的灌丛，或某种丁香，在灼人的高原骄阳下开放着细碎的小花。在照相机的镜头里，这些坚韧顽强的花朵有着别样的美丽。这些年，我一直在拍摄这样的花朵，将其视为高原生命富于活力与美感的一种象征与替代。

二十多分钟吧，我就站在了那座依山而建的高耸但有些逼狭的建筑跟前。有一块小平地，平地边有熏烟的香炉，有人出售熏烟的材料。那是由高山杜鹃的枝叶与伏地柏的枝叶混合而成的碎屑，投进炉中，就会升起香气浓烈的青烟。无风的天气里，这些烟柱就会升腾而起，上接云天。这些熏烟的材料分装成小包，三元一包。本来打算买两包来投进香炉，可一个心情复杂的人，说不出简单的祝颂与祷词，于是作罢。于是，登上特别陡峭狭窄的石头阶梯，来到了雍布拉康的主体建筑跟前。先是一个光线昏暗的前室，里间佛殿里的灯油味和香火味飘出来，充满了房间。门口左手边有一张桌子，两个干部模样的人坐在桌子后面，一个人在诵念佛经，一个人出售门票。我掏钱的时候，已经走到佛殿门口的司机转身对我说，藏族人不用买票。

我也准备享受一下这个特别的福利。

那个干部模样的卖票人正色问："你是藏族吗?"

面对这个问题，我有些犹豫。过去我肯定会回答说，是。因为身份证上这么写着的。但现在，我的确犹豫。因为有人说，用汉语写作的人不算是藏族人。还有人举证我的血统，我只是母亲是藏族人。近来，更听到进一步的说法，我所在的那个叫作嘉绒的部族，不算是真正的藏族人。的确，那个四川西北部群山深峡中的部族，只是在吐蕃最为强盛的时期被短暂统治，并在那个时期接受了藏传佛教。最近看到《凤凰周刊》上披露二十世纪五十年代国家识别并划定少数民族成分的材料，才知道，我们这个自称“古鲁”的部族，原来定为未识别民族。最后又不知为何划入了藏族。我们也一直以藏族身份示人，并以为自己就是真正的藏族人。但这些年，这个问题对我越来越成为一个问题。所以，面对这样的诘问，我几乎无从回答。是，有冒充的嫌疑；不是，有更严重的词在伺候着，这个词叫作“叛徒”。

好在对方递话过来了：“身份证，我要看你的身份证!”

我都没有想这个景区卖门票的工作人员有没有看我身份证的权利，手就已经从包里掏出身份证递了上去。

对方看了身份证，说：“不像。所以要看你的身份证。”

我想问他谁像，但没有问出口。

收回身份证，走向佛殿。还没走向门口，身后又响起了那个人的声音：“你!”

我转身：“我?”

“对，你！你不是藏族人吗？我们藏族人进佛殿都要脱帽!”

我知道进佛殿要脱帽，问题是我还没有走进佛殿。再说，脱帽如果是基于一种自由的信仰，那我也可以不脱帽。是谁在规定藏族人必须是一个佛教徒。而且，脱帽也只表示这个人保持了形式上的顺从与虔敬，内心呢？至此，我已经游兴索然，但还是把那些脸上贴金的塑像瞻礼了一圈。殿里明亮一些，因为有天光从楼上漏下。我上到二楼，去到外面的天台。从这里，可以俯瞰下面的雅砻河谷，金黄的青稞地、碧绿的流水，但四周的山野光秃秃的。我在一篇去河南周口的文章里写过，我怕去那些说是文明发源的地方，因为那种辉煌耀目的历史与今天的现实恰成一种强烈的对照。我说过，那样的地方，总给我一种精华耗尽的感觉。越是那样的地方，越会遭逢愚蠢与狭隘。望着人烟稠密的河谷四周的濯濯童山，想想藏族人自己，两千多年了，仅就建筑而言，再也没有过能超越这旧王宫的形制与范式，我不禁悲从中来。

高处，风呼呼有声，再不下去，会吹出人的眼泪来。

下了楼，再经过佛殿前卖票的前室，那个卖票人看我时，有揭穿了骗局的胜利者的目光。

下了山，时间是下午三点。

司机说，距此不远，就是桑耶寺，要不要去看看？我想，也许又会经历令人尴尬的身份盘查。而且，我不想那里的热闹反衬了藏王墓的冷清。算了，回酒店休息吧。小睡一会儿，起来查阅网上资料，说雍布拉康建立的那个藏历木虎年，据推算是公元前一百二十七年。我有些惊讶。再查山南地区的政府官方网站，上面也说，该建筑建于公元前二世纪。修建它的是，从天上下来的第一位国王。但我想，这个时间无论如何可能都太早了一些。网上的东西不可靠，便翻阅自己带来的随身书籍。上面推论，建立雍布拉康的时代大概相当于西汉。这看起来较为可信。吐蕃从第一个国王传承二十八代到松赞干布。松赞干布在位的年代有信史可考，即公元七世纪。那么，二十八位国王在位不可能有七八百年时间。如果这样，每位国王平均在位有三四十年。考吐蕃王位传承，多是王子到了亲政的年纪，老国王便要让位，这样长的国王在位的平均数似乎并不可靠。这让我想起意大利藏学家杜齐在《西藏中世纪史》中说过的话。

他说："在拉萨和雅砻的城堡里，古代国王的光荣业绩说起来还是很动人的。时世越发艰难，古代光荣业绩越成为陈迹，各式各样的传奇就越发赋予它们以各自的解释，用缤纷的色彩涂饰过去的幽灵。几乎所有贵族家庭都自夸是古代赞普、大臣、将军、幕僚的后代。"但现今，大多数世袭的贵族失去权力与尊贵的地位半个多世纪了。原因可能是在历史的重要转折关头，高原上的人们做出了一个错误的选择，把希望的实现完全委托于出世的佛法。于是僧侣集团成为权力的中心，形而上的信仰变成了现实的约法。于是，民族与国家如何强健这种现实考量，却依凭了虚无的祈禳。比如说，轮子在所有文化中的出现，都是制造去到远方的车，更进一步，是造成种种机械。但在青藏高原上，除了水磨坊，所有该出现的都没有出现。出现的是经轮。具象者是手摇的、手推的、水冲的种种经轮；抽象的，金光灿然，在寺院的高顶之上。

晚餐时，我四周还是坐满了开统计会的干部。这是一个与雍布拉康截然不同的世界。我知道，他们统计出来鼓舞人心的数据，我会从电视里，从报纸上得以看见。但是，还有另一个世界深潜在这些数据的下面，那不是统计学意义上的，那里永远有人在发问，你是什么人？那里永远有人在宣判，你不是什么人。世界在统计数据里大步前行。但在这些表格与数据之外，还有另一种晦暗而尖锐的生活，让人觉得，这个世界也许没有未来。

鸠摩罗什，或鸠摩罗什塔

武威，这座要以武扬威于异域而得名的城市里，有一座幸存的文庙。这样的文庙，我在云南建水也见过一座。但当地朋友说，那个不算，不如武威城中这一座，是中国现存四大文庙之一。

在这里，我没有什么感动。因为只是建筑的幸存，里面却空了。像当下中国的各种庙，无论外面如何整旧如新，还是如何整新如旧，里面却空洞了，精气神都不在了。眼下这座文庙也是一样，里面固然还陈列了孔子像，还有照片与文物，但我还是感觉里面是空的。所以，人们在一间一间的房子里进出参观时，我坐在院子中间的太平缸旁，仰看几株苍劲的国槐。这几株国槐，树干在院子里，硕大的树冠却高张在房顶之上，它们的阴凉甚至溢出到了院墙之外。我想，如果将此视为一种象征，那么，这才是文化传承该是的状态。枝干苍老，但新的分枝却在阳光下生气勃勃，开花传种的同时，还在我们身上投下使人心境熨帖的清凉。我在另一篇文章中说过，在国内旅行，我不太愿意看人文古迹，从文化意义上讲，过往的兴盛总反衬出眼下的衰败，让人心生悲凉。在大西北这自然环境严重恶化的地方，在烈日当顶，炙烤焦渴的大地之时，我倒愿意坐在这几株老槐树下，享受这难得的清凉。

我还想起了一位西方传教士的话："今中国人多拜孔子而不行其言。"那是这位西方人在十九世纪的观察。那还是遍地文庙的时候啊！今天，人们不信之外，连拜也免了。

城里还有一座钟楼，悬着一口唐代的钟。轻叩一下，谛听，钟内有风拂过荒漠的余响。

是时间让原野成了荒漠，还是时间自己就是荒漠？

有一通西夏碑。很珍贵。因为靠这通有西夏文也有汉文的碑，专家们找到了破译西夏文的路径。有人拿来新写的西夏文的条幅，指着一个字说，这是风。风很干燥。又指着一个字，云。云很寡淡，没有雨意。我讨得一篇碑记的原文，标题叫《重修护国寺感应塔碑》。碑文中说："前年冬，凉州大地震，因又欹仄……诏命营治，鸠工未集，还复自正。"这塔了不得，被大地震弄得倾斜了，西夏皇帝诏命修复，但召集的工匠都未聚齐，它自己就站立端正了。宗教一变为神通的显现，就有些荒诞了。我不止一次听藏传佛教的喇嘛活佛说过，如今是佛教的末法时代，学问不精进，戒律难遵行，信众不虔敬。他们敬奉三宝，不是相信禅院丛林中，严谨戒律下精进佛理的僧人与他们的学问，他们只是相信奇迹与神通。我原以为，这是现在时代的情形，原来，在古代，对佛教的信仰中就包含了这样的对于离奇神通的传说与信从。

当然，还要去看“马踏飞燕”。几年前，去兰州参加《读者》的一个会，得到过一尊“马踏飞燕”的仿制品。后来钟点工做清洁，擦拭那匹马时，把黏结在马掌上的燕子给弄掉了。那匹马，现在是中国旅游城市的标志，放大了，做了铜绿，站在那些城市的迎宾大道旁。在那些实至名归的地方，我看那“马踏飞燕”就很生动，但在一些努力打造着四个A五个A人造景区的地方，我就想，这匹马掌下的燕子有一天怕是也要从马蹄下挣出来，自己已飞走了。现在，我是在“马踏飞燕”的出土地了。这个地方叫雷台，原是一座大墓。中国的墓都是深挖洞筑成的。挖洞，当然是因为墓主怕被扬灰挫骨，为了不失去陪葬的宝物。在这个电视里常常直播挖坟的时代，再深再曲折的洞也难避免被“考古”的命运。倒是雷台的墓主爽快，墓几乎就建在地上，墓道浅浅的，墓室上面垒起高高的封土。所谓“台”，指的就是这堆封土。因此之故，在考古发掘还不盛行的年代就被发现。现在，雷台上就露天陈列着一个青铜的兵马方阵，都是墓中出土陪葬物的仿制品。天真蓝，铜真绿。一道大门，把喧闹的世界挡在外面。院子中，柏树挺立，芍药盛开。

最吸引我的是城中的鸠摩罗什塔。

佛教徒们传说，鸠摩罗什火化后，舌头不烂，葬在这座塔中。

鸠摩罗什，一个佛教徒。早远时代的佛教徒都是些真正的国际主义者，不像今天的教宗们，崇高的神职之外，往往还要扮演母族母国的政治领袖，是民族主义者。鸠摩罗什父母是印度人，出生在西域龟兹国，回印度深研了佛法后，不为护佑母国修法讽经，而是又回到龟兹。那个龟兹国早已湮灭于黄沙之中，地方是今天新疆库车县。传说鸠摩罗什也广有神通，所以，他的名字才沿着丝绸之路一直传到长安城，传到前秦皇帝苻坚的耳边。那是汉文史书所说的五胡乱华的时代。前秦皇帝派手下大将吕光远征西域，唯一的目的，就是把这位高僧迎到自己的都城。吕光带几万大军西征得胜，在龟兹国俘获了鸠摩罗什，带了他随大军东归，行到武威，却传来苻坚南征兵败淝水的消息。吕光遂在武威停下，自立一国，叫作后凉。吕光不信佛，自然也就不信鸠摩罗什有什么异乎寻常的神通，敢于对他百般戏弄。最严重的一条，就是强破僧人戒律，叫他娶了龟兹公主为妻。"光既获什，未测其智量。见年齿尚少，乃以凡人戏之，强妻以龟兹王女。什拒而不受，辞甚苦到。光曰：道士之操，不逾先父，何可固辞。乃饮以醇酒，同闭密室。什被逼既至，遂亏其节。"史料上不见说鸠氏有没有显现过神通，但说他娶了老婆，在吕光建于武威的后凉朝中一待就是十好几年，过着俗人生活之外，还在皇帝身边做点出谋划策之类的事情。后凉政权也是短命王国，很快就被取代前秦的后秦国攻破。后秦皇帝姚兴来灭后凉，居然也是为了获得鸠摩罗什这位异国高僧。灭了后凉国，便将鸠摩罗什迎到长安讲经说法，皇帝还为他组织了三千多人的佛经译场。

鸠摩罗什五十六岁上，重操僧人旧业，空虚我见，译经说法，终日不倦。

姚兴还让鸠摩罗什搬出僧房，别立精舍，其中有美女侍候。

“什为人神情朗澈，傲岸出群，应机领会，鲜有论匹者。笃性仁厚，泛爱为心，虚己善诱，终日无倦。姚主常谓什曰：大师聪明超悟，天下莫二，若一旦后世，何可使法种无嗣。遂以伎女十人逼令受之。自尔以来，不住僧坊，别立廨舍，供给丰盈。”

鸠摩罗什“一媾而生二子”。

当时众人对此议论纷纷，毁誉渐起。每到讲学时，鸠摩罗什总先对弟子们申明：“好比臭泥中开莲花，只采莲花，莫取臭泥。”依然译经不止。从后秦弘始三年——公元四百〇一年到长安，至公元四百一十三年圆寂，十一年中，他在弟子的协助下译经三十五部二百九十四卷。他的译笔忠于原文，圆通流畅，典雅质朴，订正了他人译经之误，成为后世流传最广的佛教经典。

公元四百一十三年，感知大限即近的鸠摩罗什，对众人起誓：假如我所传的经典没有错误，在我焚身之后，就让这个舌头不要烧坏，不要烂掉！不久，鸠摩罗什圆寂，依佛制焚身，火灭身碎后，唯有舌头完好无损。

这条舌头最后就葬在武威城中这座高塔之下。我不是佛教徒，连假的佛教徒都不是，但我还是对这个异国僧人心怀敬意，因为他为丰富汉语所做的杰出贡献。魏晋南北朝时期，汉语有了更多的词汇，更丰富的表达，其中，鸠摩罗什们从异族文字翻译佛经为汉语时的创造是很重要的原因，这也为母语为别种语言的异族人加入这种语言，操持这种语言进行自我表达提供了最早的成功经验。

站在这座塔下向上仰望，不脱帽是不行的，头后仰的角度太大，帽子自己也会掉在地上。我脱了帽，向上仰望，正是夕阳西斜的时候，阳光在塔顶的后方形成一片明亮的光晕，那塔顶几乎就化入那片光晕之中了。喜欢奇迹与神通的佛教徒，或许会把此景视为又一奇迹显现，但我知道，这只是在一个恰当的时间，在恰当条件下一定出现的物理现象。

前面说过，鸠摩罗什的时代，佛教僧侣们仿佛最早的国际主义者，佛法可能弘传的地方都是他们的祖国。鸠摩罗什从西方的丝绸之路而来。差不多同时，禅宗的始祖，也是印度和尚的菩提达摩从南方而来，一苇渡江，来到了中原的山中面壁求悟，成为佛教中最中国化的一派禅宗的始祖。到了唐代，一面有玄奘西去天竺取经，还有鉴真东渡扶桑传布教法。其时，邬仗那国的法师莲花生也正在西藏传播佛教密法。那时，佛教不像别的宗教，并不发动针对异教徒的战争，只有一个个佛教徒凭着自己的坚执，那样任意地穿越着族与国的界限，传播他们对于世界的解释和对人与人生的看法。但是，这种精神终究还是在其大规模传播的同时萎靡了。有一个鸠摩罗什的故事。说他少年时，当庭举起了巨大的石头。看见的人惊呼，说一个孩子怎么可能举起那么重的东西啊！于是，不知轻重，也就没有佛教所说“分别心”的鸠摩罗什心中立即有了轻重之分，立即就让那块石头的重量压垮了。早期佛教确乎是没有今天成就着这个世界也深深困扰着这个世界的“族”与“国”的分别心的。

我站在鸠摩罗什塔下，心中发此疑问。那塔只是直刺蓝天深入，那根自信向世界传达了世界真谛的舌头却没有回答。

辑五
人客居于此

醉卧泸定桥

大渡河为大多数中国人所熟知，是因为中国工农红军的长征。也是因为这个，很多对历史并没有太多兴趣的中国人，还从政治教育课程，从各种影视作品中听熟了另一个名字：石达开。

大渡河在中国人民解放军军史中，增添了一系列英雄的名字和两个中国人耳熟能详的故事：安顺场强渡大渡河与十八勇士飞夺泸定桥。就在前些天，四川成都的报纸配合中华人民共和国国庆五十周年，还在轰轰烈烈炒作一件事：征集有探险精神的勇士，再次从全部撤掉桥板的泸定桥铁索上攀越大渡河天险。我不知道活动组织者的本意是什么，但善于发掘各种意义的记者在报道中说，这样，在国庆大典即将到来之际，这个活动可以再现当年红军飞夺天险的雄姿，借此可以进行革命传统教育云云。

如此一来，一次很有挑战性的历险活动，立即就没有多大意思了。

后来，我没有再关注这次活动举行的结果，只记得从新闻配发的照片上看到一些人正在抽撤桥上的桥板。看到那些桥板，我想起一九八八年夏天，我们第一次来到二郎山下的泸定。一天黄昏时分，大家喝多了一点酒，由当时还在泸定县工作的作家朋友高旭帆陪着到桥上散步。

黄昏的光线里，大家的面目渐渐模糊不清，而西边的天空，最后的阳光把血红的晚霞照得分外明亮。河风很劲，吹得酒后的大家都有些踉跄。大渡河正在洪水期，汹涌的波涛声在山谷里激起巨大的回响。大家迎着河风趴在作为护栏的铁链上，看着西边那血红的晚霞一点点黯淡，最后完全消散。这时，我感觉到手下的铁链，蛇一样的冰凉。现在，已经想不起来是谁带的头了，反正，在满天星光的照耀下，大家都躺倒在木头桥板上了。

跟冰凉的铁链大不相同的是，木头正在把白天蕴蓄起来的太阳光热慢慢发散。于是，被河风吹冷的身体感觉到了一种粗粝然而实在的温暖。

桥头上的泸定县城正渐渐安静下去，河水奔泻的声音却越发响亮。有人在扯着嗓子唱红军长征的歌，唱关于大渡河的歌，即便使尽了全身力气，也盖不过大渡河波涛的歌唱。

我的头有些晕，便悄没声地把脸贴在了桥板上，因为木头上那粗粝温暖的冲击，也许还因为醉了酒，也许还因为别的什么，眼眶一热，泪水悄然沁出，无声而痛快地涌流，慢慢地洇开在杉木桥板上。在我心中，像画地图一样，一条红线蜿蜒而行，向西，向北。我知道，这是这条大河所来的方向。这条蜿蜒的情感红线，正是这条大河的千折百回。向西，向北，那些茫茫群山哺育了这条河流，也哺育了我的身体与心灵。

就在这天晚上，我突然打定了主意，走通大渡河。顺着大河溯流而上，我就可以循着一条人们不常走的线路回家。

我发现，自己经常会给定一个自己的地理概念。如果我从泸定开始沿大渡河上溯，其实没有包含大渡河的下游地区。泸定以东以南，大渡河还穿过了好多个县，最后才在四川乐山市举世闻名的大佛脚下与青衣江和岷江汇合，再一起浩浩荡荡奔流向长江。也就是说，要真正走通大渡河，必须从乐山大佛脚下开始。但在我看来，这段大渡河在我的心目中除了是一种地理，没有感情上的意义。属于藏族聚居区的大渡河，属于嘉绒藏族聚居区的大渡河，应该从泸定开始。泸定是汉藏两个文化区结束和开始的地方。从地理上标识，河是大渡河，山是二郎山。

二郎山的名字，许多中国人都从一首歌里听熟了："二呀么二郎山，高呀高万丈，古树荒草遍山野，巨石满山冈……解放军，铁打的汉……要把那公路修到那西藏。"

如果不着眼于行政区划，只从文化分布来看，泸定就是西藏开始的地方。

不管是关于大渡河、大渡河上的泸定桥，还是大渡河北岸高耸于四川盆地边缘的二郎山，在革命史歌唱性的乐观主义叙事中，都在不太具有空间感的中国人中间普及了一种地理概念。

在今天，使泸定广为人知的，还有蜀山之王贡嘎山怀抱里的海螺沟风景区。这个风景区以温泉和雄伟的低海拔冰川知名于世。在这个地方，在从亚热带到终年积雪的雪线，一两天之内经历数千米海拔高度，从中可以学习到真正的地理。当然，还可以学习植物学与动物学。我在山上就曾经被三条银环蛇上过一堂生动的生物课。旅行结束之后，还因此写过唯一一篇以动物（银环蛇）来推动情节发展的短篇小说，名字就叫《银环蛇》。

在海螺沟的冰川与温泉盘桓几天后，同行的大队人马返回成都。我在泸定与大家分手，在高旭帆家里养精蓄锐几天，又去了一次康定。然后，于一个蕴雨的早上，在康定车站乘上去丹巴县的班车上路了。

流经康定的折多河是大渡河的一条支流，水量不大，但在海拔急剧降低的山谷里，显得特别汹涌澎湃。公路沿着狭窄的折多河谷一路向下几十公里后，众山之中的山谷豁然开阔，道路也显得平缓一些，浩浩荡荡的大渡河重又出现在眼前。

宽大的河谷欲晴又雨，一些地方，被自天而降的灰蒙蒙的雨脚所笼罩；一些地方，被雨后的阳光照耀得格外明亮。这些都是我所熟悉的景象。我甚至有一种冲动，想下车行走。也许是上天的特别看顾吧，没过多少时间，班车就停下来。这次，是因为昨天晚上爆发泥石流，公路被阻断了。

这是班车第三次停下。

第一次，车开出康定不远，一个旅客大叫起来，原来是车顶的货物颠下去了。

第二次，是全副武装的公安与武警设了路障检查。他们持着冲锋枪上车来，打量每一个人的脸，打量每一个人的行李，然后，下车挥动绿旗放行。我放在行李架上的红色尼龙旅行包被打量了很长一段时间，但里面除了一些干粮、一架笨重的珠江相机、几本书之外，就什么都没有了。但他们也仅仅是注视而已，并没有要求我将其打开检查。

现在是第三次了。不需要人告诉，只要看看公路上排开的汽车长龙，就知道对汽车轮子来说，此路不通了。泥石流从毫无植被遮掩的陡峭山坡上流泻下来，黏稠的泥浆还在从上面破碎的山体上源源不绝地向下流淌，淹没了上百米的一段公路。泥浆还从山上带下来一块块巨大的石头，这些石头把公路路面全部挤占住了。

要是有人，有炸药，有推土机，清理这些障碍也不是什么大不了的事情。但没有人知道修路的人、炸药和推土机什么时候会来，也许在一分钟以后，也许要等上一天两天。我不是第一次遇到这样的情况了。于是，从车上取下背包，脱了鞋，挽起裤腿，蹚过齐膝深的泥浆上路了。对面公路上，也是长长的一列车队。这一段路肩上只有很少的树木，所以，许多人只能蹲在卡车的阴影里，躲开雨后初晴毒辣的阳光。当我穿过这长长的车队的时候，不断有人从车厢阴影里站出来，拦住我。

老板要不要松茸？

老板要不要虫草？

老板要不要，要不要？

我说不要，不要。这时，两个男人一前一后，把我堵在了两个卡车中间。他们也不像前面那些人那样，拿出什么东西来，而是定定地看着我。直到看到我心里发毛，其中的一个才笑了：朋友，有点沙金想出手，多少要一点吧。

我说我不是收金子的人。

那你是干什么的？

我不想解释怎么想走通这条河流，更不想向他们解释这条河流对我、对他们都意味着什么。

另一个人逼过来了，你总该要点什么吧。银圆？文物？

我都摇头拒绝了。

那你到底是干什么的？不知何故，他们自己反倒露出了张皇的神色。

这回轮到我笑了：我回家。回马尔康。

马尔康？你就这么走着回去？

我说，也许什么时候又搭上汽车了。

然后，其中挡在我前面那个人努力把身子贴到车厢板上，让我过去了。

大金川上的渡口

读了一夜过去的金川，人却毫无倦意。

白天喧嚣嘈杂的县城，这时却十分安静。下半夜过后，雨停了，一声声鸡啼催我入眠。我才放下书，合了一会儿眼。但是天刚亮，就醒了过来。

我又上路了。

晚上，是从书里读到一个过去时代的故事；今天，我要在路上重温这个传奇。

我上了路，往雍忠拉顶寺走去。清晨清新的河风吹在身上，带着些微的寒意，我稍稍加快一点脚步，身体一发热，那薄薄的寒意就消失了。我要去的地方，是一座在嘉绒地区名声远扬的寺庙，过去叫作雍忠拉顶。此庙位于大金川西岸安宁乡境内的末末扎村附近，距金川县城三十四公里。

上路大概一个小时的样子，有一辆车从身后开来。我招手，车没有停下。车上的人还对我甩了甩手指。第二辆车开来，我继续招手，车停下了。这是一辆东风牌卡车，司机是个当地人。

我问他是汉族还是藏族。这个问题对于有些人总是个忌讳，但我看到这位司机人到中年，面目也还和善，才提出了这个问题。司机把着方向盘，眼睛紧盯着前方的道路，良久才开口说话。他反问我："你看呢？"

我也盯着前方的道路，没有说话。

他叹了口气，说："我们这种人，算什么族呢？虽然在这里生活几辈人了，真正的当地人把我们当成汉人，而到了真正的汉人地方，我们这种人又成了藏族了。真正的藏族和真正的汉族都有点看不起你。人家嘴里不说，对你也客气，但心里是看不起的。"

我有些后悔提起了这个话题，就不再开口说话。好在，很快目的地就到了。

开到一道铁索桥头，司机停下了车，从这里过桥，到河东岸，再顺流而下走一公里多路，就是雍忠拉顶寺了。几年前的一个秋天，我在金川县委统战部干部的陪同下，走过那条道路。那次，统战部的人还带了蔬菜与肉，请庙里的喇嘛为我们做了一顿藏式的饭菜。具体做了些什么菜式，却记不太清楚了。我甚至把那庙的样子也记不很清楚了，倒是院子里一株挂了稀稀落落两三个青皮果子的橘子树，一直让我难以忘怀。我见过很多的橘子树，但都是在内地，在嘉绒我曾行经的数百上千里的地面上，那株橘子树是我看见的唯一的一株。我觉得，那株橘子树有点像早先马尔康寺庙遗址上的那株榆树，其中可能有些特别的故事，一些再也难以恢复其本来面目的故事。

我一直记着那株橘子树。

司机见我不动，说："你不是要到庙子上去吗？"

我说："我想从渡口过去。"

司机又发动了车子，说："你原先来过呀，还晓得渡口。"

很快，汽车转过一道山弯，顺着大河的弯道又折向一个小山场，下了车，渡口就在我面前了。对面河岸的柳树下拴着一只小木船。岸上，是一大片绿色深重的玉米地。玉米地尽头，靠着山脚的地方，就是过去在整个嘉绒都非常有名的雍忠拉顶寺了。

当然，那时的寺庙绝不止于眼前这样一座寺庙的规模与气象。

汽车开走了。我站在岸边，看着太阳慢慢升上山冈，阳光慢慢从山上往谷底降临下来。

这时，一个人走到对岸，双手做成喇叭状，向我喊，是不是要船？

我也双手做成喇叭状，运足力气，对着那边喊了一声，要船。

那人便解了缆，将船慢慢地摇过来了。因为水流的力量，船不是径直摇过来的，而是斜着划过河面。靠了岸后，划船的人跳上岸，用绳子挽着船，逆水往上拉了好长一段，才到我的跟前。

我坐上船，问："怎么不是牛皮船呢？什么时候这渡口就不用牛皮船了？"

划船的人只是简单地说："木船比牛皮船保险。"

这并不是对我的问题的回答。

坐到船上，便感觉到看似平缓的大金川河水的力量了。河水从下往上鼓涌，使人透过船体感受到一种力道很深的震颤。船夫奋力划桨，但沉沉的水流却推着船一路往下。很快，我就看到前面翻着白浪的滩口，听到波涛翻涌的声音了。有关雍忠拉顶寺的典籍中说，流经这里的大河在呈现了八宝吉祥的两山之间，岩石激起波浪，是自然吟咏的六字真言。而在此时，那渐渐逼近的滩口的涛声，在我耳里，却像是受了惊疯狂奔跑的马群一般，而没有听出一丝一毫的祥和之感。

船身轻轻一震，船底搁在了岸边，我们渡过了宽阔的大河。我与船夫又挽起船，逆水而上，把船拉到下一次摆渡时出发的地方。当双脚又踩到了坚实的岩岸与岸上的沙滩，再来听那满滩的波浪声，里面确乎就有着某种歌唱性了。

走进那片玉米地之后，河水的声音消失了，眼界里的寺庙建筑也消失了，四周只有吸饱了水分与养料的绿色的叶子与青中有些泛紫的茁长的玉米那生命的呼吸。置身在这些旺盛的绿色生命中间，很多东西，包括历史与人生中一些终极的疑问都没有了任何意义。在这里，包围着你，让你真切面对的只有生命本身。这时，太阳的光芒降临到河谷中间，所有的绿色叶子都在闪闪发光。一颗颗硕大的露珠砸下来，落在泥地里，落在身上，不一会儿，我身上的衣服差不多就湿透了。我是说，要是这玉米地再宽那么一两百米的话，我这一身真的就湿透了。

就在这时，眼前猛然一亮，玉米的包围被突破，我已经站在了温暖的阳光底下。

脚下这条路，已经没有太多的人走动了，所以才铺满了软软的青草。很快，我就走到了这座寺庙跟前。

厄里寨的白马人家

六点半醒来，窗外有敦厚沉重的山影，有月光，使得山梁上的树影参差在灰色的天空下。

这景象提醒我不是在家里。

家里高楼的窗外是灰蒙蒙的城市虚空。

想起来，我现在是在四川省绵阳市平武县一个叫作厄里的山寨。寨子附近的山林里，鸟在鸣叫。穿衣起床时，有寒气袭来，那鸟鸣也就冰晶一般，一粒粒落在耳边。昨夜这里燃了篝火，温了蜂蜜酒，烤了羊与鸡，寨子里青年男女们围着火堆踏歌舞蹈娱客。我开门来到院中，昨夜欢歌饮酒时留下的垃圾都打扫干净了，月亮在水泥地上泛着微光。出了院子，经过寨子的水泥公路也泛着相同的光亮。多半轮月亮挂在半天，靠东的天空中，有几颗寒星缀在天幕之上。这是十一月的头一天。昨夜临睡前就决定要早些起来，我想看着这宁静的村寨慢慢醒来。但在这高海拔的地方，寒气不让人徐徐散步。我系紧鞋带，开始慢跑。

我的右手边，是依然沉睡的村庄；左手边，是过去耕作过，如今已经退耕还草还林的平整荒地。一株株一丛丛大火草布满荒地，裹着细小而繁多种子的白絮被月光照耀，如朦胧的雾气。荒地外面，是闪闪发光的溪流。溪流边星散着一个个明亮的水洼。越过溪流，是山，是沉默幽暗的山林。

我跑过村子。眼前出现一些塑料大棚。然后，栅栏出现。栅栏里边是收割后的庄稼地。两匹马立在寒气中，头倚着栅栏。村子已经在背后了。像山里好多村庄一样，河谷两面的山陡然收窄，河流开始喧哗。经过一道水泥拱桥时，我特意下到溪边，听到了冰层底下传出清脆的水流声。

昨晚看过地图，知道这条河有本地语言的名字——夺补。

昨天白天，上行十几公里，去了这条河发源的雪山之下。现在，一切草木与土地的气息都被冻住了，只有溪流带下来的雪峰间的清冽寒气扑面而来。抬头远望，雪山隐在起伏的山峦后，遥不可见。枯萎的草地上有霜，在脚下发出脆响，闪动微光。回到桥上，回望河谷下方的村寨，那些青瓦覆盖的房顶在晨曦下自有一种动人的暗光。

我徘徊着要看村寨慢慢醒来。

这是一个藏族人的村寨，一个白马藏族人的村寨。

但村寨醒来是什么样的方式呢？鸡鸣狗吠，炊烟升起？

星星隐去，月亮在越来越蓝的天幕上渐渐暗淡时，某户人家门前响起了发动汽车的声音。一辆小货车从院子里拐上公路，向着河流下游的平武县城疾驰而去。又一辆小面包车在某一家人院子里发动了，车灯明亮的光柱刺破黑暗，照亮路边的一些景物，又迅即移动，将光柱中的树、石头、水坑与顶着白絮的成片的大火草留给更深的短暂的黑暗。是的，短暂的黑暗。因为天很快就亮了。我经过新修的村委会的楼房时，两只狗叫起来，这有点像曾经习惯的乡村清晨的感觉。但这两只狗很快就偃旗息鼓，把抬起的头盘回胸腹间，睡它们的回笼觉了。如今的村庄，陌生人来来往往太多，它们已经不会太感到惊诧了。

天大亮了，村子醒来。好几家院子里都停着在此过夜的游客的车辆。有早起的游客在村子里照相。我顺着小路去到溪边，看见一株花楸载着满枝繁密的白色浆果站在溪边。这时，那两匹栅栏边的马打着响鼻，口喷着白烟向我走来。在几乎冻住的冷凛空气中，花楸上满树果子的香气也被冻住了，只有两匹马和一个人，三个活物，因为身体中的热气而散发着某种味道。我闻不见自己的味道，但闻得见马的味道。它们肯定也闻到了我的味道，不然，两匹马不会把不断掀动的鼻翼慢慢凑近我的身体。我伸出手，任它们用鼻尖轻轻触碰，那温热的气息，仿佛细弱的电流走遍了身体。就在这时，村庄醒来，一家一户的屋顶上飘出了淡蓝的轻烟，那是一块块劈柴在炉膛中燃烧了。炉子上的壶中，水咕咕地开了。

村庄醒来，冻不住的生活的气息开始弥漫。那是松木燃烧的味道，是炉子上新煮的热茶的味道。

正是对一杯热茶的向往，让我回到村里，坐在了主人家的火炉边上。

还没坐稳呢，一杯热茶已递到手上。我打量这个房间。墙上没有藏区老百姓家庭中那些宗教意味的装饰，而是有一个健硕的女子与一个年轻男子的婚纱照。男子穿着样式新潮的夹克，女子是洁白的低胸婚纱。我认出来，那年轻女子是昨夜在院中穿了白马人服饰，表演土风歌舞的众多女子中的一个。我以为是主人家的女儿。主人说，是侄女。那张照片很有意思。两个人摆出流行的婚纱照的姿势，而且，还用了婚纱照常用的柔光。但那年轻女子的喜悦却毫不掩饰，笑容野性而奔放。更奇妙的是照片的野性背景。大片的掌叶橐吾，撑开大片大片的叶子，那个提着裙摆的女子，那个伸手环抱着自己女人的男子，就站在一穗穗盛开的亮眼的黄色花朵中间。刚才在河边，我还看见了大片橐吾残荷般的枯叶。我笑了，那女子的表情，还有那大片盛放的黄色花，都还是深山里野性十足的风情呢。

主人说，老年人是想他们按老规矩办喜事，但年轻人越来越有自己的主意了。

我问，请喇嘛念经吗？主人摇头，说，我们这个地方没有喇嘛，喇嘛要到远处去请。这时，男主人插话，人家说藏族人都信喇嘛，我们这里没有喇嘛。男主人又说，老辈人说，以前我们不晓得自己是什么族。解放后，国家说我们是藏族。我们就是白马藏族了。也有人说，我们不是藏族，是氐族。

我查过当地史料，这个地方的白马人在没有被认定为藏族前叫作“番”——“白马番”。“番”不是一个科学的民族称谓，是清代到民国期间对川西北地区少数民族的一个笼统称谓。平武县城以西是白马番。再往西，是松潘。松潘以西是游牧的安多藏族，那时也不被称为或指认为藏族，而称为“西番”。道光年间所修《龙安府志》说，夺补河流域白马人分为六洞、交昔、关坪、仓莺、擦脚、水牛、彭信、蛇入、独目顶、舍那六寨、多籍和额利等寨。昨夜，我们就住在额利寨中，不过以汉字译白马人的话音，如今却写作“厄里”了。当时，这里和四川其他藏区一样，也实行土司制，由长官司一员管辖。长官司，即所谓土司中品级较低之一种。管辖这里的称为阳地隘口长官司。

《龙安府志》“长官司专辖寨落、户口”条下，有关于额利寨的明确记载：“番目一名，番牌二名，番民十七户，男妇大小七十丁口。”这是清朝道光年间这个寨子的户数与人口，现在显然已有明显的增加。

在昨夜住宿的人家，等待早餐时，我围炉烤火，问正准备早餐的主人，那你以为自己是什么族？

不晓得，国家说是什么族就是什么族吧。

我想起昨天晚上主持晚会并兼独唱的那个年轻女子。县里的干部都认识她，叫着她一个汉族名字，并说她出去参加过很多电视选秀节目，得过一些奖项。她如今是平武县的旅游形象大使。歌舞结束时大家围炉向火。她往我电话里输了个本族的名字：嘎泥早。交谈中发现，她知道很多演艺圈中的事情。她不是厄里寨人，只是这里有了游客，便来帮助主持一番。她是水牛寨人。不过，水牛寨已消失在一个水电站的蓄水库中了。嘎泥早说，以前，水牛寨是夺补河沿岸最大的白马寨落，水库蓄水，淹没了原来的村寨，水牛寨的村民迁徙后，已经一分为三。我问她迁移后村民生活如何，这个欢快的女人忧虑起来，她的寨子有一个针对游客而成立的旅游公司，她自己就是那个公司的董事长。不过，这里的旅游还没有真正发展起来，所以公司经营并不景气。她问我，游客真的会越来越多吗？我当然给她肯定的回答。其实，这是一个我并不确切知道的问题。她还说，好些人家不会计划，拿到房屋与土地赔偿，还没有准备好新的生计，钱很快就花光了。

夜深了，她还很热情地和同行的作家们调笑饮酒。我告辞，回屋休息，准备今天的早起。昨天到得晚，从山上的风景区下来，村里已经家家掌灯，村边公路上，太阳能路灯也发出了光亮。我要趁早餐出发前仔细看看这个村庄。

平武当地志书详记过村寨的建筑："番民所居房屋，四围筑土墙，高三丈，上竖小柱，覆以松木板，中分二、三层，下层开一门圈牛羊，中上层住人，伏天则移居顶层。"但那是有清一代的记述了，今天的村寨模样已经完全改变。首先没有人再把牛羊圈在家里，房屋四壁也不再夯土为墙，全用木材构建。结构也由四方的堡垒式变得开敞，或为曲尺形，或为"凹"字形。这样的布局正好在大门前形成一个开敞的院子。院子都用水泥做了硬化处理。昨晚，大家就在这样的院子里踏歌舞蹈。白马人家庭不大。看平武县志中人口材料，自古以来，每户人家平均四五口人，至今变化不大。但现在的每户人家都房屋高大，自用之外，辟出若干接纳游人的客房。昨夜，我们一行四五十人，在一户人家中就安顿了。寨前路边，竖有一块厄里寨旅游接待图，我数过，上面标出可做旅游接待的人家就有二十来户。

离开厄里寨时，再次经过昨天夺补河上那个回水倒灌了十好几里地的水库，和我同座的本县作家阿贝尔指点那一峡碧水，说这下面曾经有一个白马村寨，那里水下也曾有一个白马村寨。其中一个，就是嘎泥早的村子——水牛寨。听说这个电站已经发电，每年给平武贡献的地方税便达上亿元之多。但沿水库的公路还在修筑中，汽车摇摇晃晃，十多里地竟费时一个小时。驶出库区，路边不太开敞的地方有个新村。一幢水泥楼房上写着大大的汉字：冈拉梅朵。这个名字是真正的藏语，不是白马方言的语汇。阿贝尔说，这就是嘎泥早现在的村庄。没看到新村的名字。我想，那该就是嘎泥早的演艺公司演出的地方。这也是一种文化现实。一方面，白马人对于自己的族属充满疑问。但另一方面，既然被规定为藏族，他们也便在某些地方对典型的藏文化特征进行着复制与模仿。昨夜的歌舞也是，既有白马人自己的歌唱与舞蹈，更多的则是对藏族其他地区，如康巴，如安多，如嘉绒歌舞的复制与模仿。

车驶过水库，路也顺畅了，很快便来到了白马藏区的出口。

出口上，有一个新修的山门。山门背后，是一座突起的小山包。当地人说，这是白马藏族信奉的神山。我问山名，说叫“白马老爷”。而在平武地方志办公室曾维益编撰的《白马土司家谱》中，这山还有一个名字“叶西纳摩”，也是有着浓重藏文化意味的名字。叫白马老爷，依照民族学一般规律，是白马人对此山的尊奉，自然崇拜之外，恐怕还包含着隐秘不显的祖先崇拜。叫作叶西纳摩，又显露出藏文化明显的影响。“纳摩”在藏语中，是女性神名。那么，这山神又从父性的老爷而变为母性的神佑了。有几个女人在山门口摆摊，卖些常见的旅游产品。我问看上去年纪最大的女人，叶西纳摩是什么意思？她摇摇头，表情茫然。今天的神山，长满低矮灌木。但据当地史料，二十世纪五十年代，这里还有参天古木，被白马人奉为神木。后来，开进白马地区的国营伐木公司中的劳改犯砍伐时失火，原始林被烧毁，今天布满这个山冈的，只是禁伐林木后长起的次生灌丛。问当地年轻人，他们还记得听老人说过当年焚毁神山的林火。

雪蒿村

该去雪蒿村了

这当然是因为一个人——约瑟夫·洛克。

他于 一九二二年到达，一九四九年最终离开，这二十七年间，雪蒿村是洛克在丽江的根据地。他从这里出发，四处探险。

这个野心勃勃的人，是在二十世纪初探险家们掀起的对中国西南部的探险热潮中来到丽江的。

这些探险者中，有一种叫作植物猎人。在中国人对自己国土上丰富多样的植物资源的价值还毫无意识的时候，这些人到来了。他们深入边僻，上高山，下深谷，疯狂采集植物标本和种子，带回自己的国家，丰富健全植物学体系，驯化中国原野中自开自落的野花，装点他们越来越美丽的花园。

在洛克之前，已经有法国人特拉佛、杜各洛、叔里欧、孟培伊，英国人弗瑞斯特、金顿、爱德华、安德烈，奥地利人韩马吉，美国人喜纳特等相继进入玉龙雪山周围攫取植物资源了。

其中，英国人弗瑞斯特和金顿的考察据点也在雪蒿村。这些西方人，来自那些创立了现代主权国家法律体系的国度，包括洛克在内，却没有任何人想过这样的行为是否侵犯了另外一个国家的主权。

洛克来中国前是夏威夷大学的植物学教授。一九二二年，他被美国农业部聘为农业考察员，来到中国。那时的中国内地，军阀混战，在中央政府力不能及的边疆地带，不同民族的地方豪酋、不同的宗教势力彼此明争暗斗，用洛克的话说："中国唯一永恒的东西是混乱。"

但外国人却依着自己的计划按部就班。

洛克最初的行动，就是花着美国农业部的钱，以雪蒿村为根据地，在玉龙雪山中，以及玉龙雪山以西以北更广大的地区进行植物标本和种子的采集。美国人萨顿为洛克所作的传记中提到，仅一九二八年四月到九月，不到半年时间，他从雪蒿村出发，经泸沽湖到达康巴藏区的四川木里，再由此深入到贡嘎岭腹地，返程时，就带回几千件植物标本，外加各种飞禽标本七百余件。同时，他还测绘了这些地区的地图，并拍摄大量照片。动植物标本到了美国农业部，地图和照片到了美国国家地理协会。

因为地图与照片，他同时被美国国家地理协会聘用，以国家地理探险队员的名义四处探询。他不无得意地说："大多数探险者满足于对特定地区做匆匆忙忙的考察"，"而笔者并非如此。我花了十二年的时间对云南、西康和与此毗连的纳西人居住区域进行了全面考察"。

这个地域相当广大，以今天的区域划分论，云南丽江地区之外，他还到过云南省的中甸藏族自治州、四川省凉山彝族自治州的木里藏族自治县、甘孜藏族自治州和西藏自治区的昌都地区。其实，他的足迹远不止于此，一九二四年至一九二八年间，他还三次到达今甘肃省甘南州的夏河县一带，在那里，洛克以当地著名的卓尼土司客人的面目出现。而且，他还更向西，进入青海，考察了靠近黄河源头的阿尼玛卿山地区。

当洛克相继结束了与美国农业部和美国《国家地理》杂志的聘用关系后，已经失去了经济来源。但他没有返回美国，而是以一个纳西文化研究者的身份继续停留在丽江，停留在雪嵩村。这时，他不再采集植物标本，也不再为《国家地理》杂志写作，而是专心于对纳西文化的研究与写作。对洛克生平深有研究的萨顿说，在这一时期，“他的著作包括了纳西族的历史、对纳西族宗教仪式的描述和对手抄本（东巴经书）的翻译。经历整十年（一九三五——九四五）的工作，他完成了研究纳西族历史的书稿，出版了好几本东巴教仪式的书，并一起编入了他内容丰富的绝世之作《纳西语—英语百科词典》”。

洛克自己也乐于提及这段经历：“当我住在过去纳西王国的首府丽江之时，我获得了所有重要的碑文拓片，拍摄了纳西首领的家谱和珍贵的手稿，以及可以追溯到唐代和宋代的祖传遗物。此外，我还收集了四千多本纳西象形文手稿。其中的许多手稿具有历史价值。其他不少手稿是纳西人的宗教文献，它们与西藏佛教前的苯教有关。”

洛克在一九四四年离开丽江。以前他也曾短暂离开这里回到过美国，但这一次，他好像不会回来了，因为他在丽江搜集的所有学术资料和所写的著作都被尽数运走。美国军方知道他对喜马拉雅东段和横断山脉南端接合部的地理有相当细致的了解，而这一带正是中国抗日战争后期美国援华物资进入中国的驼峰航线飞越的地区，所以，美国军方召他到华盛顿，在美军地图供给部参与驼峰航线的地图绘制。

洛克先期飞往华盛顿，他所有的学术资料装上了军舰，横渡太平洋。非常不幸，这艘军舰被一艘日军潜艇的鱼雷击中，洛克积累了二十多年的关于丽江纳西族以及周围其他民族的地方资料，随军舰一起沉入了太平洋。其中还有他的《纳西语—英语百科词典》的全部手稿。这个打击使洛克曾打算自杀来结束生命。这时，他已经六十岁了，不可能再去从事壮年时代的探险，而且，他后期对纳西文化的研究是没有机构资助的，他已经为此耗尽了全部积蓄。

他的传奇经历在美国本就受人关注，痛失资料与作品手稿的遭遇更激起了一些人的同情。正是在同情者的帮助下，他的《中国西南古纳西王国》一书得以在哈佛大学出版社出版。同时，他的同情者还为他争取到新的资助，使他可以重返丽江去重新撰写《纳西语—英语百科词典》。这使得他在“二战”结束后的一九四六年九月又重返丽江。这一次，他又在雪蒿村工作了三年，直到他的面部神经痛使得他不能吞咽固体食物，才不得不飞回美国接受手术治疗。但他在术后马上返回了丽江。这时，中国的“解放战争”大局已定，最后，他不得不乘美国领事馆派来的飞机离开了雪蒿村。这一离开，就是永远。

一九六二年，一生未婚的洛克死于夏威夷家中。

死后一年，《纳西语—英语百科词典》第一卷在意大利罗马出版。而该书的第二卷，到十年后的一九七二年才正式出版。

以后人们才逐渐认识到，这是一部不朽巨著，“一部涉及纳西族宗教及源于泯灭的古代纳西语言文化的词典”。

其实，洛克的研究工作，很早就受到关心中国西南问题人士的关注。一九二九年，藏汉混血的刘曼卿女士，主动向国民政府请缨，去拉萨向十三世达赖喇嘛和西藏地方政府传达中央政府改善中央与西藏关系的意愿，并借此机会广泛考察了川滇藏接合部的社会情况，归来后写成《康藏轺征》一书。此行中，刘女士也到了丽江，并留下了关于洛克研究纳西古文字的记录：“丽江乃滇省迤西之重镇，在清为府，今则改为县矣。其民族非汉非藏，亦非百子，乃另一民族也……有象形文一种曰东巴文，现不用以纪事，但书于木剑之上，悬之门首，用以禳祷祛邪而已。有美国络约瑟其人者，曾久留是地，研究此文，称为文中最古者。”这位络约瑟就是洛克，刘女士文中是错植文字，还是当地人就这么称呼约瑟夫·洛克的呢？这已经不得而知了。中国从来都是有明白人的，但中国的明白人总是太少，明白人的声音也总是很少被人听得明白。

至今，我没有得到过这部巨著在中国出版的讯息，但我很高兴，在丽江，纳西族朋友们送给我《中国西南古纳西王国》一书的中译本。翻译者名单中，就有我熟悉的纳西族朋友。

所以，我一定要到雪嵩村看看。

洛克自己在书中两处写到过雪嵩村，不是写他在村中的生活，而是简明而客观的关于雪蒿村地理位置的描述。

一处说："雪蒿村位于丽江坝子西北部的尽头，刚好就在雪山山脚，它的海拔是九千四百英尺（二千八百六十五米）。由于它离雪山近，所以当我勘察云南西北部和西康时，它总是我的总部所在地，我就是从这个村子出发去金沙江峡谷和北地的。"

一处又说："该村名叫嗯鲁肯，约有一百户人家。汉语称之为雪蒿村。"

今天的雪蒿村很僻静，少有游客光临。在村中找到洛克客居多年的那所房屋时，院门上挂着锁，但门上也插着一个纸牌，上面说要参观洛克旧居，请打电话，并留有一个手机号码。打通电话才十来分钟，一个清瘦的老人就来替我们打开了这个并不宽敞的院子。院子里栽着些花木，兰草芍药之类，都不在花期。这是一座"凹"字形的建筑，主体是正中间的两层小楼，洛克的卧室兼工作室在二楼，房子里还陈列着当年的木制家具。掌管着这所房子钥匙的老者说，这些家具都是按照洛克的要求，由当时村中最好的工匠打造的。老者是洛克房东家的近亲。他说，真正的房东家人都不在雪蒿村了。从洛克居室的窗户往下看，正是楼下的安静院落。楼下左厢的几间房打通了，成为一个小型陈列室，最主要的展品是洛克拍摄的地理与人物照片，相当部分已经在有关洛克的出版物中看到过了。

晚上，在丽江城中读一些同时代的人关于洛克的文字。

一则文字，见于美国记者埃德加·斯诺的记录。就是那位后来写下《红星照耀中国》的斯诺。那时，他刚刚进入中国不久，从上海出发，经越南到达昆明，再经昆明去缅甸。在昆明，他遇到洛克，并与洛克的马帮同行一段。在大理，两人分手，洛克继续向西北的丽江进发，而斯诺转而向南，去往缅甸。斯诺这一行，不断撰写旅行见闻寄回美国，在纽约《太阳报》发表。这些文字，后来结集成《马帮旅行》一书，在中国出版。

必须指出的是，那时的斯诺也是在中国西南进行探险旅行的西方冒险者中的一员，他在自己的文章中写到了促使他进行这种旅行的动机："当然，我想到马可·波罗沿着他的路线横贯中亚这一古老的诱惑，偷偷地爬上了我的心头。"于是，从云南昆明到缅甸的马帮旅行，"已经成为我的决定，我的雄心壮志"。

进一步刺激他真正踏上这条马帮之路的，是他在上海遇到了一个叫罗斯福上校的人。"西奥多·罗斯福和克米特·罗斯福带领他们的探险队到中国西部去搜捕大熊猫，而结果大熊猫是在云南境内被他们射杀的（笔者注：斯诺所记有误，罗斯福探险队射杀大熊猫是在四川岷山山区）。

"罗斯福上校在上海时我见过，而且做了两次长谈。

"他说他们在急风暴雪的高原上扎营，顺着溜索横越扬子江，用临时扎起来的木筏横渡湄公河。他说有一次差一点碰上土匪……他还谈到在四川捉到金丝猴，在云南捉到羚羊。他生动地描绘了马帮生活，描绘了翻越崇山峻岭、穿过密林的长途跋涉。听起来真够味。他的证词使我感到满足，我所需要的正是这样的旅行。"

当然，斯诺也读到了洛克发表在《国家地理》杂志上的文章。他说："约瑟夫·洛克博士在美国《国家地理》杂志上发表的文章非常有意思，特别是那些照片。"

看来，那时候能往各自的国家带去描绘中国西部的文字，或者带去动植物资源的外国人，生活得都相当不错。斯诺在书中抱怨："我手下除了一名四川厨师外，一个人也没有。"

他之所以这样抱怨，是和洛克博士相比较。

"洛克博士受哈佛植物园和美国农业部的派遣，经费充裕，能够雇用一队马帮里面大部分马匹供他个人使用，他也没有不易与当地人联系的困难。他从西方带来他自己的马夫。他有十名纳西族人同行，他们对山路十分熟悉，而且对他忠心耿耿。

"洛克习惯于野外生活，他的种种巧妙的设备，可以帮助一个孤寂的漫游者忘却自己已经远离家室，远离亲人，远离美味佳肴。他有许多天才的发明，如折叠椅、折叠桌、折叠浴缸、热水瓶等等。无怪乎他所到之处，当地人敬畏之余无不把他看作一位外国的王爷。我本人能厕身于他的侍从人员之中也深感庆幸。

"唯一的不幸就是到了大理府他就要把我扔下，率队北上，只消再花六天工夫，就可以到达丽江。而我却还要折腾一个月左右才到得了缅甸。"

萨顿在她的洛克传中就指出，洛克能如此长时间停留丽江，除了他冒险的天性，以及越来越强烈的对纳西文化的痴迷，其实还有另外的原因。因为唯有在中国丽江，"能过上他异想天开的、有权有势的豪奢的生活。除了置身于遥远的异邦，除了生活在'次等'民族中间，哪里还有他理想的归宿呢？"

也有很多文字描述过这个人的自负与傲慢。记得藏学家任乃强在某本书中也说，他曾在康定见到过正在着手测量四川藏区最高峰贡嘎山高度的洛克。而这位美国佬留给任先生的也不是什么好印象，也是因为他的目空一切，因为他的傲慢。想查查任先生当年的文字，便在家中书房到处翻寻，一时却找不到这本书了。不意间，却翻出另一本小书来，和斯诺那本《马帮旅行》同时编入云南人民出版社的"旧版书系"丛书，叫作《雪山·圣湖·喇嘛庙》，书中所收文章分别发表于一九三九年和一九四〇年。作者李霖灿。李先生那时任职于抗战中迁移到昆明的国立艺专。国立艺专为研究边疆艺术，设立丽江工作站，李先生在那里工作时，周游过玉龙雪山周围，及与丽江相邻的泸沽湖与中甸（如今已更名为香格里拉）藏区。除这本旅行记类的文字外，李先生还有《麽些（今称纳西）象形文字字典》《麽些经典译注九种》和《金沙江情歌》等专著出版存世。

李霖灿在关于泸沽湖（永宁）的文字中写到了洛克与这个地方少数民族总管阿云山的友谊，让我们又得见洛克身上深具人情的另一面。李霖灿去到泸沽湖时，这位深孚众望的阿云山已经去世。但他还是记述下阿云山救助洛克的一个故事。前文说过，洛克曾深入康巴藏区的贡嘎岭地区探险考察。"那年西康稻城县的贡嘎岭匪人作乱，声言要洗劫永宁并且要吃洋人肉。因为洛克博士到贡嘎岭探险后，不幸当地落了大冰雹，打伤了许多人畜，贡嘎岭的强人说这全是洋人来了，冲犯了山神，所以必欲得之而甘心。"那时，洛克正待在永宁的泸沽湖上。阿云山得知这一消息，连夜把洛克送到金沙江边，并动员江边的藏人纳西人中会水的"蛙人"，用羊皮浮囊"革囊渡江"，将其送回丽江。

据说，这是阿云山一生离开泸沽湖两次中的一次。

而李先生刚到泸沽湖第三天，洛克也前后脚来到了泸沽湖上的永宁总管家的寨中。

“原来是那一阵子日本人进攻云南西部，腾冲、保山都有失守的谣言，于是把这位老人家吓得赶快奔来泸沽湖避难。湖山无恙，故人已逝，那两棵他手植的尤加利树苗早已高可参天。洛克博士一进山门便用他那老态龙钟的手一再抚摩树干，手背上的皱纹和尤加利树树干的光滑相映成趣。我忘不了那老头子泫然欲泣的凄怆表情。我更忘不了那天总管夫人盛装盈盈相迎阶前，两人相对无语，好一会儿，老博士含着眼泪强作微笑送上许多礼物，总管夫人依当地风俗褰裙为礼之后即泣不可抑，重返佛堂，传出话来，连嘱尽量招待这位不远千里而来的丈夫生前好友，自己却整日尽在小小佛殿内哭泣诵经。

“洛克博士一两天都不大开口说话，只是终日绕室徘徊，尤其是好到岛尾小阜上亭子间去独自徘徊，因为这是他当日的书房……一天，他得了信，知道滇西的危机已过，就又起程转回丽江去了。”

洛克走后，李霖灿发现他在那小亭子间左壁上留下一段英文文字。李先生将其翻译了，也记在文中。洛克写道：“若说这是我最后一次来看泸沽湖，我说这话时心中实在是十分难过，然而一个人年纪如此，不这么说又怎么说呢？……泸沽湖依然是美丽动人，但由于没有了我的老朋友阿云山，我是在这里住也住不下去了，我只能心有余恨地在这里向泸沽湖山告别。”

在我所见过的洛克留下的照片中，身材高大、神态沉稳的阿云山似乎也是他拍摄最多的一个人物。

在洛克的经历中，除阿云山外，他与木里王子，以及更北到甘肃地界的卓尼土司，都有超乎一般的深厚关系。如果不是如此，只是靠几个雇来的纳西勇士护卫，他能长居各族豪强各自割据称雄一方，兼有兵匪不时为乱的动荡不已的中国边疆，并能在植物学、地理人文考察和纳西文化研究方面均取得巨大成就，似乎就是一个不可思议的奇迹了。

梭磨河谷：真正的嘉绒

吉普车冲出山谷时，我请求司机停下车来。

他很奇怪："你不是要回马尔康吗？"

我告诉他："但是我想在这里休息一会儿。"

他的眼里露出疑惑不解的神情。

我跳下车来，他帮着我重新把背包背在身上。我站在那里，看到这位仍然心存疑惑的司机发动了引擎，然后车子猛然启动，车后扬起的尘土把我笼罩其间。等到尘土散尽，我才继续迈动脚步，走纳觉沟剩下的最后一公里左右的行程。这一公里的路仍然像整条山沟一样急剧地向下俯冲。

我为什么如此确切地知道距离？因为那个标明一公里的里程碑就竖在靠着溪沟的路基之上。这一公里对我来说是相当重要的。这三千多步是一个重要的过程，让我逐渐靠近自己真正认同的家乡。这三千多步让我在这个许多美好事物都已失去基本面貌的世界上，一点一点地靠近还保有嘉绒昔日美丽的田野与村庄。

我的下半辈子的生命中，离开是长久的，归来只是短暂的。

公路边上的湍急溪流边上，有些小小的草地，一些年轻的核桃树。在嘉绒地区旅行，当你看到路边核桃树的出现时，说明一个村庄已经渐渐靠近。

接着，另一种熟悉的景致又出现在眼前了。

那是一座小水电站，水泥的沟渠，水泥的堤坝，青砖的厂房，水流翻过水坝时形成一道小小的人工瀑布。然后，电线从这里带着难以琢磨的电力，走进一个又一个嘉绒人的村庄。

与之相映成趣的是，水电站下游一点，就是一座传统的水磨坊。石砌的矮墙，平坦的泥顶上长满了厚厚的野草。水磨坊上边的木头闸门关着，顺着木头枧槽奔涌而来的溪水受到阻拦后，在那里飞迸出一大团扇形的水花。

当我走过了水电站与磨坊，转过一个山弯，从一面岩石峭壁的阴影下走出来，眼前猛然一亮，出现了那个叫作西索的嘉绒村庄和开阔的梭磨河谷地。

我的目光越过河岸这边西索村大片飘扬着的经幡、覆盖着木瓦或石板的屋顶，投向大河对岸。对面，是地理学上叫作河谷冲积台地的典型地貌。经历了千秋万世的河流，在不同的高度上都留下了一片片大小不一的冲积扇。当再一个地质年代开始后，河流又一次开始深深地下切，下切到一定的深度，又会稳定几百上千年，再一次在两岸淤积出一些平坦的台地，并且等着在下一次地质变化动荡的年代里开始又一次深深地切割。

地质学家们把河水切割开来的地球表面的每一个断层，看成一本大书中信息量丰富的一个篇章。当地的居民不懂得这样的道理，他们只是通过世世代代的劳作，把这些层层的台地开垦为肥沃的良田。现在，一个又一个的寨子就坐落在这些台地上，在大片的良田与森林的边缘。这样的台地次第而下，直到杨柳与白杨荫蔽的河岸边上。在这些宽阔的河谷里，河水会冲刷出一个宽阔的河滩，铺满含金的沙与光滑的砾石。洪水来时，河水才会漫过宽广的沙滩，冲击河岸。

我在飞跨梭磨河的花岗石拱桥上停下了脚步，向四方瞭望。

风从上游吹来，吹在我的背上。风不大，但却劲道十足，吹得我的衣衫发出旗帜般噼噼啪啪的声响。

河的下游是东南方向。一川河水在高原阳光的辉映下闪闪发光。

河的左岸，是斜依在山湾里的西索寨子。寨子背后，翠绿的山坡一直向上，几朵洁白的云彩泊在山梁上。在山梁那里，陡峭的山坡变得平缓了，灌木林变成了大片的高山草场，草场上放牧着寨子里的牛羊。所有的嘉绒寨子，在午后这段时间里，都是一天中最最安静的时刻。孩子们上学了，劳作的成年人这会儿是在一天中离寨子最远的地方。在寨子内部，厚重的木门上挂着一把把铜锁，钥匙就静静地带着金属的沁凉躲在某个墙洞里边。屋中火塘里的火熄了，火种悄悄地埋在灰烬中间。铜壶里的水，罐子里的奶，似乎都在沉思默想。

在屋子外边，果树的阴凉里躺着假寐的猎狗。

小小的菜园里，几株正在结籽的花椒树下，栽种着大蒜、葱、芫荽和辣椒，这些都是嘉绒农人随时使用的作料。我不用走进寨子，就能看见那些让人倍感亲切的景象。有些人家的菜园里，还盛开着金黄耀眼的大盘大盘的葵花。

这些年，很多人家的屋顶都栽上了一些漂亮的花卉。这个季节正在盛开的，自然是花期很长的灯盏花，更加美丽的却是从野外移栽回来的红色、黄色和象牙白色的百合花。

这一切对我来说，都是熟悉而又永远亲切万分的景象。寨子在纳觉溪流的对岸，于是，溪上低低的一座木桥的出现也是势在必然。只是现在，任何一个寨子前的木桥都比过去宽阔坚固了。因为，那时过桥的是人，与牛与马。现在，差不多是每户人家都有一辆拖拉机，每天都要开回到自己家门前。

当我看见这一切时，只是站在河风劲拂的桥上。

在大河右岸，脚下的公路与另一条公路汇聚到一起。而在那条公路里边，一层层的台地拾级而上，直到我目力不及的地方，直到有白云栖止的山顶，仍然有土地与村庄。

走下大桥，顺着大河流去的方向，再有八公里，是那座我非常熟悉的高原山城，整个嘉绒的心脏，灯火旺盛的马尔康。

十二背后

去十二背后。

去以前仅听说过一回的十二背后。

十二背后不是抽象的数学猜想，不是神秘的数字游戏，是一个实在的地名，位于贵州省遵义市绥阳县。

一片发育充分的喀斯特地貌中，道路起伏蜿蜒，视野里是雨后青山。连绵如屏的，孤拔而起的，灰色的石壁，层层叠叠，显出苍老的容颜。坡度平缓一点，就长满了青草，长满了灌木和更高大的乔木。针叶树，无论是松，是柏，是杉，都笔挺如炬；阔叶树绿冠开张，姿态万千。山间平坝，缘溪，临塘，都辟为层层水田，稻子将近成熟，饱满的穗子低垂，显出了浅黄。稻子的高处立着玉米，低处的芋撑开巨大叶片。天刚晴又雨，一线阳光照亮水面，一些雨落在山前。

如此山重水复，不由得要想起徐霞客，他黔省长途行脚时所做的笔记如在目前：

“度桥北，又溯流而西，抵水之北来东折处，遂从岐北向溯小溪行。始由溪东，已涉堰由溪西，已，复西北逾冈，五里，抵铜鼓山。”

徐霞客当年游黔，从广西进入，行迹在南，不在我从四川进入的黔北。我将抵达的地方，是十二背后，也不是铜鼓山。但山屏水萦，越岭过溪时的感觉却如此相似。那种山叠水环，那种疑无路时的曲径通幽与豁然开朗的感觉几乎一模一样。所以，《徐霞客游记》中那些文字才会从记忆中突然醒来：“其处山坞南辟，北界石峰耸立，皆有洞，或高或下，随峰而出。西界则遥山自北而南，蜿蜒如屏，连裂三洞，其门皆东向，而南偏者最高敞。”

这也是黔北群山最典型的特征。石灰岩断层不时出现，壁立在绿树与群峰中间。还有幽深洞穴，从崖上吐出悬泉，张挂一道飞瀑，把清凉的喧声与雾气散布山间。更有洞隐身于崖脚，从绿树中溢出条清冽水流，萦绕在山间小坝，又从某个落水洞潜回地下，亮光散尽，回声深长。

山、水、崖、洞、树、田，其间是人的居所，叫村，或叫寨。

“其前有数十家当其下，即铜鼓寨也。是洞名铜鼓洞。”我抵达的地方自然不是铜鼓。

黄昏时分，三山夹峙，两河蜿蜒，一河潜出山峡，一河溢于深洞。小河相汇处，倚山面水耸立一座寨子，石砌成基，构木为楼，二十多户人家。寨前河边，荷塘半枯，芦竹盛开。这个地方就叫双河。到达的时候，正是亮灯时分，层叠的木楼投影于寨前的人工水景中，好一个幽静的清凉世界。

真是来到了“背后”，喧腾急切的世界背后，高温灼烤的世界背后。

徐霞客游黔，是在三百多年前。他终日饱览青山绿水，似这样的日暮时分，却每每为食宿无着所苦：“五里，过一寨，排门入，居人颇盛。半里，复排一门出，又行田塍中。一里半，叩门入旧司，门以内茅舍俱闭，莫为启。久之，守一启户者，无茅无饭而卧……又半里，复得一村，入叩之，其人闭户遁去。又西得一堡，强入其中，茅茨陋甚，而卧处与猪畜同秽。”

如今，天上地下，航空线高速路纵横交织，酒店民宿星罗棋布，再无须“人迹板桥霜”临歧问道，再不必“鸡声茅店月”叩门借宿。

关于十二背后这个地名，有说是十二道岭背后，有说是十二条溪背后，还有说是十二个洞的背后、十二个坝的背后、十二道石崖的背后，无论是什么的背后，所有十二的背后，总说的是此地天远地荒。但今天，从遵义市出发，一个多小时车程已到了双河寨前。开发十二背后的女老板梅尔出来相迎。沿石阶而上，经过一株喷香的桂树，再经过一株也在开花的喷香的柑橘，已经在坡上寨中了。再经一株挂果的板栗树，右拐，进门洞，入一望台，石板铺地，某张石板上介壳类化石构成漂亮的纹理。靠墙悬一副古意十足的对联：“学稼尚怀经世志，隔墙爱听读书声。”今天的书家写不出如此诚恳的笔意，也没有这样深挚的耕读情怀。细看落款，才知是曾国藩所书，写于同治九年。

电子门禁嘀嘀作响，进屋，木板壁，大花窗，高屋顶。楼下可以饮茶书写。上曲折楼梯，楼上可以高卧，可以倚窗读书。

作为十二背后景区的一个部分，双河寨二十多幢依坡面水的错落寨楼，在保持外观原貌和原结构的基础上，通过精心装修，已然改造成了雅致民宿。

在更高的另一寨中，男主人置酒，欢迎一行远客。席间相谈甚欢。早上起来，宿醉的缘故，有些谈话已然忘记，却鲜明地记得男主人一句话。那是我问他们夫妇从江苏来此投资开发的缘故，男主人说："被美所伤害。"女主人写诗，男主人不写，却用了很诗歌的语言。这一"伤害"，使他们投资建设十二背后已有十年之久了。他们不是拿钱一砸了之，而是凭着对这片山水人民的热爱，所有营建开发都亲力亲为，都渗透自己的审美，都带着一份珍重的心意。把从别处收罗来的老家具、老建筑构件，一扇雕花的窗，一只嵌螺钿的柜，一块古匾，一张刺绣，都嵌入精心构建的民宿中，朴素之中含着雍容与文雅。

这样的地方，由不得不早起。沿清澈小河散步，空山鸟鸣，与青草味与绿树一样清新。河边湿地里，矮的是蓼花与凤仙花，高的是芦竹——这种喜水植物高擎着穗状花序，阳光透亮，照出了花序上密集细小的稃与芒。荷塘半枯，其间有蜻蜓与蝴蝶频繁起降。

漫步看景回来，距早餐还有一个多小时，在望台上泡一杯茶，其实是绥阳当地盛产的金银花。放一本书，是洪堡的传记《创造自然》，却没有读，在手机上读《徐霞客游记》。

三百多年前，徐霞客入黔，也有遇好客主人、颇称惬意的时刻："僧檀波，甚解人意，时时以茶蔬米粥供。下午，有象过，二大二小，停寺前久之。象奴下饮。濒去，象辄跪后二足，又跪前二足，伏而候升。既而驼骑亦过。余方草记甚酣，不暇同往。""五里，过白基观。观前奉真武，后奉西方圣人，中颇整洁。时尚未午，驼骑方放牧在后，余乃入后殿，就净几，以所携纸墨，记连日所游，盖以店肆杂沓，不若此净而幽也。"

读徐的记叙，入黔一路，得以如此放松心情、好整以暇的机会并不多，而且都是在遇僧于庙、遇道于观的时候。但现在，我等却是在经营性的店肆之中，心意从容。

我读这些文字时，金银花在热水中慢慢洇开。金银花是忍冬科植物。古籍中描述忍冬是"一蒂二花"，腋生花在斜升的枝上总是成对排列。现在，它们在水中一金一银，成对散开。古籍中说："花初开则色白，经一二日则色黄，故名金银花。"

晃动茶杯，三对花载沉载浮，长长的花距，距端上下相向的唇形花瓣、纤长的雄蕊，都在水中舒展，香气若有若无。也是古籍中写到过的："微香。"

浅浅啜饮，那微香就在唇齿间悄然弥散。

阳光温煦。

出游。

溯小河行。不到两里地，一道壁立的石灰岩下，贴地处赫然张开一个巨洞。洞口岩壁，很像蟒蛇奋力张开的上颚。立身洞口，在阴阳交割处短暂驻足，阳光已在身后，身前阴影中冷气扑面。岩壁层叠清晰，缝隙间正好让蕨类扎根，风化的表面让苔藓继续侵蚀。流水悄然出洞，一到阳光下便灼然生光。再移步，就进入了地下世界。人声在静谧的空间激起回响。

这是一个岩石世界。

岩石在地球上塑造出众多奇丽雄伟的风景。以碳酸钙为主要成分的石灰岩在自然界中造成品类最多的奇观。现在，我们就置身在石灰岩塑造的奇观中间：头顶、身侧、脚下，都是无声的岩石。

时间静止。

二十世纪最后二十年，我几乎去遍了广西、贵州、云南和湖南向游客开放的所有溶洞，随之而来的是深深的审美厌倦。大自然敞开地下的密室，让人在一个幽闭的、时间流逝十分缓慢的空间中观看地球的部分演化史，但我们的旅游开发者却似乎都生活在人类的幼稚时期，智识还停留在简单的象形阶段。一切岩溶形成的奇观都被简单指认为一些象形的物体。这根岩柱是龙王的定海神针，那片钟乳石幔是《西游记》中的花果山。此是香蕉，彼是菠萝；此是犀牛望月，彼是雄鹰展翅。林林总总，几无例外。还都用舞台布置般的灯光加强与渲染。因此，二十余年间，再也没有去过此类景点。想和人去探寻未开发的野洞，和洪荒直接对话，却没有探险家的身手。

直到今年冬天，在遵义偶遇梅尔女士，她以南美纪行的诗集相赠。

便先说她诗里写的马丘比丘。

因为我也去过那里——印加帝国的马丘比丘；从库斯科经过库鲁班巴河深峡才能抵达的马丘比丘；壁立岩峰上，印加人用累累巨石建成的马丘比丘；聂鲁达也攀登并书写过的马丘比丘：“月亮的马，石头的光。”“最后的几何学，石头的书。”

然后，谈到他们夫妇正在开发的十二背后。我现在置身其中的幽深洞穴就是其中一个部分。当时是朋友请酒，稍微过量的酒让我可以这样问梅老板：“你们真的没有用象形思维，把溶洞弄成一个神话角色陈列馆，或打造成一个丰收田园?”

她说保证没有。

眼前的景象证实了她的话。灯光很节制，只是照出隐约的路径，只是照出洞中大概的空间。石灰岩的洞穴还是本来的样子。如聂鲁达的诗：“这充盈着寂静的最高容器，如此众多生命之后一个石头的生命。”

就不说那些洞穴中的石头生成是多么怪异了，也不说地下的洞穴世界造成的感觉又是多么奇谲。那是比所有雕塑师都伟大的那个雕塑师的杰作。这个雕塑师就是地球自己。造成这些奇观，依凭的就是地球自己也难以控制的创造性，同时也是破坏性的力量。地球内部是一个高温熔炉，用数十亿年的时光，在这座熔炉里冶炼各种矿物元素。它喷出火山，让不同的矿物质凝固成坚硬的岩石外壳。它又用旋转的力、内部岩浆奔突的力，使这个外壳破碎成板块，使之互相碰撞、挤压，使大海耸立成高山，使高山崩陷为大海。地球数十年的运作似乎有一个最终意志，要在他的盛年期演化出一种智慧生物。这种智慧生物大概就是我们这些叫人的动物。人类出现以后，地球的变化没有以前那么暴烈了，大概地球是担心他用物理，用化学，用意志造出的人会被吓坏了。于是，他在自己宽广的表面，用了风，用了水，用了漫长的时间，将粗粝处慢慢打磨。地表的打磨，还交给了植物和动物。地球已经形成四十多亿年，人在地球上只出现了二百多万年。真正的高歌猛进，不到一万年时间。人以天计算生命的时间，以年计算文明的时间。那是在地面，阳光照耀之处。而在地下世界，地球计数以更大的时间单元，如“系”，如“纪”，一个单元最起码也是以百万年作为基本单位。昨夜卧读景区准备的资料，知道构成眼下这些地下洞穴的岩石形成于寒武纪至奥陶纪。寒武纪是地球生命大爆发的时期，所以，寒武纪岩层也是含有最早生物化石的岩层，距今天已经五亿七千万年。又过了差不多一亿年，即四亿八千万年前，奥陶纪到来的时候，生命经过缓慢进化，海洋里有了鱼这一类的脊椎动物。脊椎是了不起的结构，哺乳动物靠它支撑在陆地上横行，人靠它支撑才能直立行走与瞭望。与此同时，沉积物缓慢堆积，形成了眼下这些在水中生成的岩石，一层层包含了那些生物体的化石，一层层凝结了时间。

现在，我就置身在岩石中间，在另一个时间维度中，在数亿年前地球的伟力创造的景观中间。

数亿年前，这些岩石都是一个整体，一层层平铺在海底，然后，被板块的碰撞挤压、扭曲、断裂、抬升，拱出海面，成为高原。如果地球是有意志的，似乎他的目的，就是想让由进化赋予了智慧的人看见一部伟大的地球编年史。但这样的看见又是为了什么？让人感觉生命渺小与短暂，如蜉蝣一般？地球，或者更大的星系之神不管这些，为了制造这些奇观，他还做了更细致的工作。这个工作交给水来完成。他很有耐心，给了水几乎无限的时间，让水溶解岩石中的碳酸钙。水同样耐心十足，在暗无天日的地下，先在层层叠叠的岩层中制造许多缝隙，为的是让更多更大的水流进入，直到成为地下河，左右荡涤，往下深切。

一进双河洞，经过地下河漫长打磨的光滑岩面就触手可及。而数米深的脚下，河水无声流淌，继续着制造地下深洞的永无尽头的工作。我的手抚摸的这段光滑石壁，打磨完成至少有上亿年了。岩壁并不像看上去那样光滑，有砂粒微微凸起。是砂，在海底沉积为岩层前是砂，在暗河的水中化解时也是砂。又或者，是岩石分泌出的硝与盐。

聂鲁达问过：“石头里有石头，人在哪里?”

那时，人尚未出现。那时，距人类命名这些石头还有四亿八千万年。

那时，流水在蒙昧的黑暗里耐心打磨洞穴的下部。洞穴的上部，在无数次分崩离析后造成崔嵬峻嶒的奇观。水的工作是那样恣意，在洞中随时旁枝逸出，在主洞中造出支洞，在大洞中套出小洞。洞与洞，似断还连。水还像龙一样下潜，在洞底下又造一个洞，不够，再次下潜，再造一个洞。如此造成洞的楼宇，洞的迷宫。十二背后提供的资料说，双河洞开发十年，和地质专家合作，和外国洞穴探险家合作，也是不断探索这个地下迷宫的十年。目前，已经探明的洞口竟有数百个之多。而且，这些曲折幽深的洞穴的总长度已超过百余公里。亚洲第一，世界第二。难怪开发公司的男老板会说，我叫哥伦布·陈。自称哥伦布可能有些夸张，但这对夫妇开发商，确实在项目开发上尽量体会自然的本意，确实也从容得不疾不徐。确实是被自然之美所“伤害”——这个伤害叫诱惑。

梅尔诗《双河溶洞》写出了他们共同的痴迷：“我不能告诉你所有的秘密，我的秘密还在生长。”他们提供的地下勘探报告有具体洞口的数字、具体洞长的数字，我没有引用，因为“秘密还在生长”，勘探还在继续，这组数字还会不断刷新。

确实，一切都还在生长。水仍然在地下见缝插针，融通壮大，永不停歇，让洞穴更幽深，更曲折，更漫长。

缓慢，从容，水蚀石穿，不慌不忙。人的生命短暂，地球自己却有的是时间。

行走其间，我竟不住想，自然真的是有意志的吗？在人类未出现之前，地球让水如此日复一日创造的意义是什么？那时没有人，是想让谁看见？还是这一切只是力学运动和化学反应的简单结果。如果是让人看见，那开发出来的这个部分，在这一个洞中，我们也只是摸索着，惊叹着走了两公里左右的距离，其他更幽深诡谲的部分，还只有少数洞穴探险家曾经短暂地看见。

徐霞客游黔是一六三八年。一百多年后，一七九九年，一个叫洪堡的德国青年上路了，他用五年时间探索南美大陆，他相信：“任何地方的自然都以同一种声音向人类诉说。”他要用漫长的考察证明这个想法，去发现“自然的所有力量是如何相互交织起来的”。

和徐霞客不同，他一路记录眼见的一切东西：地面上的植物，在植物世界中生存的动物，动植物生存所依赖的气温、水，岩石，泥土，峡谷的深度，山峰的高度。他要从这些纷乱杂沓的现象中寻找规律性的东西。与他的汪洋恣肆相比，徐霞客的就显得简单多了。他只是行走，只是简单记录。除非雨和风影响了行程，他并不关心天气；除非是可以果腹充饥，否则他也不观察大地上的动物与植物。他不会像洪堡一样做抽象思考，从而总结归纳出一套科学思想：地质学、生物学、人类学和气象学。他也不会如洪堡一样想象：地质运动的元素是水与火，而非土地自己。

洪堡在旅途中对自己说："人类必须首先理解自然之规律，才能通过行动来将她的力量化为己用。"

洪堡还说："让心灵充满对永恒的体悟。"

今天在地下洞穴中行走着的是我们这群提倡生态写作的人，是提倡自然诗歌的一群人，和徐霞客的书写方式应该大不相同了。

虽然徐霞客的书写还是真实的，如眼前所见一样："洞西北盘亘，亦多垂柱裂隙……东南裂隙下，高迥亦如西门，而掩映弥深。"竹杖芒鞋的徐大师置身奇异地理中，为何只满足于这样的记叙？今天当然已有结论：缺乏科学思想，陷于具象而不能抽象。

这时，洞口前面现出了天光。

接着就看见一块方形岩石基座上，一大丛灌木被阳光照得透亮。绿色，被悬泉水打湿的绿色，被阳光透耀的绿色！

徐霞客见过类似景象，他写道："芃芃植物茂盛有光。"

以为是出洞了，其实没有，只是洞穴的一段塌陷了。制造洞穴的力量也毁掉了洞穴。我们进入到一个天坑底部。这是我第一次置身在一个天坑的底部。坐在长椅上抽一支烟。背后的断崖上，水淅沥而下，石壁上长着好几种蕨，某种凤仙，和一种开白花的苣苔。我克制住自己，没有近前去辨认。在地球用数亿年前塑造出来的这个特别的空间，我想体会什么叫地老天荒，而不想让自己沦陷于琐屑的植物分类学。同样原因，我也没有走到那丛芃芃生光的灌木跟前，确认是不是一丛花期已过的醉鱼草。

今天，我要感受整体。我手里的烟卷冒出丝丝缕缕的蓝烟。四五亿年前，这片大地上没有这样的烟。

我坐在那里，想起当年达尔文在“小猎犬号”上的旅程中，面对复杂纷繁陌生的自然感到的某种迷失。当年达尔文行走在新世界里，在给他父亲的信中说：这里众多的花卉“足以让任何一个园丁为之疯狂”。但他不知道该从何处入手：花哨的蝴蝶，爬上花柱的昆虫，还是一种从未见过的异域花朵？于是，他写道：“我只能重新开始读一读洪堡，他就像另一个太阳，照亮我眼前的一切事物。”

洪堡给达尔文提供了一种面对自然的典范：不是把自己封闭在地质学家或动物学家的视角中，而是既置身其中，又跳脱其外——从久远的地质年代穿越时空。达尔文将以洪堡为榜样进行写作：将科学与诗意的描述完美地结合在一起。

我也不自量力地对自己做如此想象。

我这么想象时，望着天坑四壁上的绿色植物，和天坑上方的天空。那是一方狭长的边缘柔和的空洞，一条天青色的空虚。梅尔说，那图形是台湾岛的轮廓。我拍下这狭长条的淡蓝天空，发到微信里，反应马上就来了。有女性朋友说，好色，在读《金瓶梅》吧。有男性朋友直接引《道德经》："谷神不死，是谓玄牝。"其实这个解释要比台湾地图来得要好。阴阳嘛，阴阳割昏晓嘛。阴阳是东方智慧中一种整体性把握。

然后起行，沿曲折的步梯到另一个洞，天坑出现前原本就连为一体的洞。

现在，两者相距几百米远。这段距离长满茂盛的植物。相当多种类的蕨与苣苔。还遇到一种特别的竹子，刺竹。顾名思义，竹身有刺。

使地穴塌陷为天坑的该是一场地震吧？是地层猛烈错动才使洞顶崩陷的吧？不然，不能解释天坑两端两个洞口间近百米的落差和那些整齐的断壁。我们乘电梯上了断崖，到达另一个洞口平台上。对面，一道瀑布贴着几乎垂直的崖壁飞坠而下。也是和这个洞口平齐的对面崖壁靠顶处，绿树掩映中，现出又一个洞口，无路可去，只能遥望。一行人根据自己的喜好，在洞中穿行时，已经应主人之邀命名了一些洞中之洞。我没有命名。我说我要想想。现在主人又说，要么你就命名这个洞吧。我说，那就叫天荒洞好了。身处在这样的世界里，确实只感觉造化的伟力，只感到地老天荒。

我把脚下一块石头踢下悬崖。

因为想起洪堡传记里的一句话："他们还将石块踢下悬崖，听其回声，以此推算悬崖的高度。"

洪堡是带着很多测量仪器的，但有些时候，也会采用这种简单的方法。

现在，我们再次进入洞穴，看水的创造。

也许是水在创造前一个洞穴时，觉得工程推进得过于粗放，只是急于造成地下复杂而巨大的空间，却没有在局部做精细的打磨，所以，巨洞造成后，水在这里继续从事精细的装修工作。还是水，天无三日晴的贵州的雨水。天水落下，俘获了空气中更多的二氧化碳，渗透进地表，溶解洞顶岩石中的碳酸钙，渗出洞底岩层，滴滴下坠，又是多少个万年的功夫，造成一个细腻光润的钟乳石世界。用钟乳石吊顶，用钟乳石挂壁，用钟乳石镶嵌深潭的边缘；在空间最阔大处，用钟乳石制造廊柱；造帐幔，造灯台，造龛，造慢动作的水滴计时器。不是人间倏忽而逝的分分秒秒，而是缓慢至极的地质时间。我数了一滴水，晃晃悠悠，从聚拢成形，到下坠开出一朵水花，发出一声滴答，一共用了三十多秒人类时间。这滴水在造一根上下衔接的柱子。这根柱子的造成，至少还要好几个一万年，也许比人类学会用火，到今天可以用火冶炼各种矿物、用火烹制各种食物的时间还要漫长。

我想伸手抚摸一下柱头，但终究没有。我怕这一伸手，抹去的那点乳浆，就是几十年的时间。

水蚀空石头，同时，水制造石头。

旧的石头，变成新的石头。

几个小时时间，在洞穴中，粗览了几亿年岩石的历史。

出洞了。

出了洞，就是光，是草、树、云、人，鸟飞、虫鸣、风吹。出了洞，又回到了生物时间，一天、一夜、一月、一年。

洞口就是一道水的飞帘。站在那里，任水沫扑面，不由得想起李白的诗："飞梯绿云中"，"珠箔悬银钩"。

还发现水雾中两种植物绿光闪烁，一种开黄花的凤仙，一种开白花的梅花草，都密集地簇生于岩壁上面。既然洞中行程已完，虽然警告过自己不要过分痴迷于植物分类，还是不由得俯身用手机细细拍摄，用了微距，用了广角。

又在手机上查出其种名。

梅花草因子房膨大为心形，故名鸡心梅花草。

凤仙花通身略略泛红的黄，却在长距和唇瓣之间箍着翡翠绿的萼片，故名绿萼凤仙。奇的是这凤仙的长距，在末端自卷成一个圆圈，故民间有俗称唤作金耳环。如果有当地女子穿了当地的短摆青衣，把这凤仙当耳环佩上，想是好看。

该离开了。坐汽车去遵义乘动车。

经过一个地方，名字与植物相关：旺草镇。这至少说明了此地人生活与植物的关联。当时就想，有没有更多的地名与植物相关？

在动车上用手机打开绥阳地图，居然发现那么多与植物相关的地名：茅垭镇、黄杨镇、枧坝镇、青杠塘镇、蒲场镇、茅盖顶、茅盍峰、岩岗藤、茶坪和箐湾。如果有一张更详尽的地图，相信这个名单还可以延长。好一个葳蕤繁茂的植物大世界！

用洪堡的话说，这就是人类用直接经验认知的"自然最宏大的面相”。

列车高速行进，很快就冲出了灰白岩石构成的峰与岭的包围，冲下了喀斯特地貌的贵州高地，由东南向西北进入了四川盆地。眼前，一座座低缓丘陵覆满了松与柏、楝与桤，间或露出的岩壁变成了赭红色。和黔北的那些石灰岩一样，这种红砂岩也是在遥远的地质年代，在水底沉积而成，只是更容易风化为泥土，如此才造成了物产更为丰饶的四川盆地。一八七二年，一个叫李希霍芬的德国地质学家从秦岭南下，深入四川盆地，就注意到这种满布整个四川盆地的红色砂岩和由其风化而成的沃土，在其著作《四川记》中将其命名为红色盆地。他注意到，这个盆地，靠这种砂岩风化的沃土，靠西部高原发育的河流，早在先秦时期就已经发展出成熟可靠的灌溉农业。

列车飞速行进，穿行在盆地中央的丘陵地带，一条条江流蜿蜒相伴，嘉陵江、渠江、涪江、沱江、岷江，赭红色的岩石不断露出一个个纹理鲜明的剖面。

动车停靠大足站。

大足，由唐至宋，在十数处易于雕凿的红砂岩上开造了众多石窟，众多佛菩萨造像。在这里，佛教造像终于完成了全然中国化的过程。佛教的时空观念更加宏观，与世界相始终，一个劫也就相当于一个地质上的时间单元。而人的存在只是一弹指，生命的绽放只在须臾刹那之间。

第二天清晨，乘飞机去川西高原。机翼下，高原夷平面上众多的海子在初升的太阳照耀下金光闪烁。最近一个冰期结束时，高原顶部的冰川化为流水，却把怀抱中巨大的花岗岩石一块块遗落荒原。

我下了飞机，踩着海拔四千多米的高山草甸，穿行在这些犹如远古兽的巨大冰漂砾间。这些石头比黔北的石灰岩，比四川盆地中的红砂岩坚硬多了。它们不是在水中沉积而成，而是火山喷发，将它们从地下带到了地面。花岗岩迎着阳光的一面，云母的薄片和石英的晶粒银光耀眼。那是大地一种隐秘的语言。

攀上一块巨石东望，浮云如絮，蓝天深远。

在这个地火造成的岩石世界，一切都凝固无言，汪洋之水造成的四川盆地渺不可见，更东边的十二背后的喀斯特世界渺不可见。但我知道，这一切都与我同在，在同一个地球，由宇宙的伟力推动，在幽深阔大到无边无际的宇宙中缓缓旋转。

在十二个月的背后，在黄道十二宫背后，在十二个宇宙洪荒的背后。

在众多的水成的火成的岩石背后。

辑六

发展与伦理

灯火旺盛的地方

“文革”结束后，那些老人陆陆续续住进了政府新盖的楼房，榆树旁边这一座，就是其中的一幢。

那座被毁的寺庙，代表了这个地区历史的寺庙，要在原地恢复已是不可能了。于是，便向后造在了可以俯瞰这个体育场和这座高原新城的向阳山坡上。

站在马尔康总有城郊农民的拖拉机和各个部门的小汽车来来往往的大街上，抬头就可以看见那个新建的寺庙，看见那个寺庙的金色的顶冠。

太阳开始下沉的时候，我顺着山路往山上爬去。

太阳下沉的时候，山的阴影便从河的对岸慢慢移过来，一点一点遮蔽了街道与楼房。最后，金黄的太阳光离开了所有的街道与楼群，照在山坡上了。我始终走在移动的阳光前面。

当我站在寺庙面前的时候，太阳已经落在身后很远的地方。

寺庙的大门紧闭着，经幡被风吹动着，显出一种寂寞的调子。我并不想进入这个寺院。一个新建的寺院，因为没有了历史的沉淀，不会给我们特别的触动。如果说，过去的马尔康寺是一种必然的存在的话，那么，眼前这座簇新的寺庙，就只是一种象征。我来到这里，是想对过去的时代有所怀想，但是，眼前的这样一个建筑却怎么也不能给我带来这种感觉。突然想起在文工团吹唢呐的若巴。他是我的忘年朋友，而且从同一个乡的山野里来到山脚下的新城里生活了很多年。如今我离开了，他却永远在这个山城里停留下来。

解放前，他是一个庙里的小喇嘛。等到二十年前脱离了乡村生活，来到这座小城的时候，常常看到他穿着演出服在舞台的聚光灯下独奏唢呐。乐队演奏时，他又吹起了银光闪闪的长笛。

记不得是怎么认识他的了，也记不得是否问过他，吹这么好一口唢呐，是不是与早年的寺庙生活有关。

清楚记得的是，这座寺庙建成后，也就是每天的这个时候，会看见他疲惫地笑着从山上下来。问干什么去了，最初的回答让我大吃一惊，说是庙里请他去塑大殿里的泥胎金妆的菩萨。问他什么时候学的雕塑，他说，少年时代在庙里当和尚的时候。

我也没有问过他是不是在寺庙里的时候学的唢呐。

他还嘱咐过，让我上山去看看他塑的佛像与绘制的壁画。于是，这会儿我倒真想进去看看这位乡兄的手艺。但是，那彩绘的大门上却挂着一把硕大的铜锁。风吹过来，挂在檐前的布帘的绲边便一路翻卷过去，并且发出噼噼啪啪的寂寞声响。

当然，更多的时候，他不是总在吹奏唢呐与长笛，也不是在庙里雕塑菩萨或绘制壁画，而是在这个小城各幢机关的建筑里进出，为文工团申请经费。因为他同时担负着这个已过了黄金时期的文工团的生计与基本的运转。于是，他的暴躁脾气就显现出来了。

有一次，在成都的阿坝宾馆，我看到他与文工团的另一位团长。说是去木里给一个寺院的菩萨造像去了。木里是四川另一个民族自治州的一个藏族自治县，非常靠近如今被人称为女儿国的川滇交界处的泸沽湖。我笑说他的手艺传到了很远的地方。

这位从前的少年喇嘛，今天的文工团团长说：呸，就为挣一点钱。自己得一点，交给团里一点。

于是，我便无话可说了。

我便想起眼下这个城里的好些这样的朋友，每个人都在默默工作，每个人都心怀着某种理想，但是，这个城市的去向却与这么些人的努力毫不相关，甚至可以说是完全相反。于是，我选择了离开，但是，并不是所有的人都可以随意地做出这种选择。

太阳慢慢地沉到山梁后面去了。我坐在一道黄土坎上，眼望着这个体积还在日益膨胀的山城，真还看出了些宏伟的意思。不要以为宏伟只与高大雄奇相关，在这样一个俯瞰的视界里，面积上的铺展也能造成同样的感觉。

我坐在那里，夜慢慢降临了。

于是，下面那宏伟铺展的建筑里，纵横的街道上，灯火便辉耀起来了。夜色省略去了城里那些不太美丽的细节，只剩下满城五彩的灯光明明灭灭。于是，这个山城就真正成了名副其实的灯火明亮的地方了。

而背后的寺庙却慢慢陷入了黑暗，只有顶上的琉璃瓦，在星光辉耀下，有一抹幽然的光芒在流淌。

在寺院下方的山坡上，有两个需要建在高处的建筑，一个是气象站。气象站的白色建筑，在朦胧的灯光中有一种特别的美感。这个地方预报着山下小城的天气。对于小城的大多数居民来说，天气不是有着自在的规律，由气象站预报出来，是气象站在决定明天下不下雨，吹不吹风。当气象站接连预报了几个晴天之后，人们会骂，他妈的，该下点雨了。当气象站预报了连续的两个阴天，我也骂过，这狗屁气象站也该出点太阳了。

高原上的人们很难忍受连续两个以上的阴天，他们总是喜欢艳阳高照的爽朗天气。这是天气培养出来的一种习惯。

气象站下面一个平台上，挺拔的白杨树中间，是一座顶上有着一盏红灯的高高的铁塔，铁塔下面是几个巨大的碟形天线，这是电视台的卫星地面站。山下的小城每一家每一户开着的电视机的信号都来自这个巨大的发射塔。据在电视台工作的朋友讲，在这山上搞转播的人可以看到一些不能转播的外国节目。他们对我发出过邀请，但我终于没有去过。今天，我想顺路进去看看，但那些朋友也都不在这个城里了。

于是，我走在了下山的路上。山下满城灯火，我脚下的山路却隐入了黑暗。好在，我是走惯山路的，也曾经是走惯山里的夜路的，所以，脚下还算是稳当，只不过速度稍稍慢了一点。这城里的满眼灯火，其实也与我相关。这当然不是说我曾在这灯火中读书、写作，也曾在灯火中与朋友闲谈，与家人围坐在冬天温暖的炉火前。

看到这满眼的灯火，我又想起了二十多年前，一个十多岁的后生，作为拖拉机手在一个水电站建筑工地上的两年生活。现在，就是这座拦断了梭磨河建起的水电站，成了这座城市的主要电力来源。那时，在从马尔康出发顺梭磨河往下十五公里的松岗，滴水成冰的冬天，数千人在朔风呼啸的河道里修筑拦河的水泥大坝。那些最寒冷的夜半，重载的拖拉机引擎被烧得滚烫，坐在敞篷驾驶座上的人，却像块冰那么凉。于是，我落下了一身严重的风湿病也就势在必然。经过多年的治疗，我已经不必每年春天再进医院了，但是没有医生能治好我右手那蹊跷的抖颤。

抖颤到什么程度呢，当我端起相机的时候，一切都在眼前晃动模糊了。于是，旅行的图片也是由我的朋友们提供，而不是我试图照下来，最终却模糊不清的那些图片

今天，当我看着山下的大片美丽灯火时，我第一次意识到，这当中闪烁着的，也有我青春时代的理想的光华。当时在那个电站工地上，有我们十个从当地农民工里选拔出来的拖拉机手。其中一个最为忠厚的英波洛村的阿太，和拖拉机一起从公路上摔下了十多米高的河岸。记得那时我已经离开了工地，考进了马尔康师范学校。

那是一个黄昏，全校学生站在冬天寒风刺骨的操场上，听患了面瘫的党委书记讲话。那时的学生，对于特别冗长的讲话总是怀着一种愤怒的心情。

天正在暗下来，校长的面影与声音都开始模糊不清了。这时，一位总显得有些玩世不恭的女同学对我说：“嘿，松岗电站工地的拖拉机手死了，原来是你们一起的吧？”

我不知道她为什么会关心这种事情，脱口便问道：“谁？”

她笑了，说：“我怎么会知道那个拖拉机手的名字？”原来，随同摔死的还有一位她的同学，没有考上学校而被招了工的知青。据说，有领导想要电站工地上有几个女拖拉机手，于是，原来与我一起吃了满肚子柴油烟，受了两个冬天河边风寒的伙计们，就有了各自的女徒弟。

后来，我听到准确的消息，那个把性命丢在了河滩上的人是阿太。偏偏是我们这十个人当中手艺最好，个性又最为沉稳的阿太。说实话，我把可能死于非命的所有人挨个排了一遍，也没有想到会是他。最要命的是，他摔死的地方的对岸就是他家那已经有些年头的石头寨子。从石头寨子的楼上，他的妻子与子女，每天都可以看到他肝脑涂地的那片砾石累累的河滩。

又过了些年，听说，我们其中的一个叫斯达尔甲的，在工地所在地的寨子里当了上门女婿；又过了些年，听说他死了，原因是酒。我想起来，原来在一起的时候，大家就不怎么喜欢他。原因很简单，他喝醉了酒，就把想当老大的想法全部暴露出来了。

听到阿太的死讯时，我落了泪。

而在马尔康车站旁的露天茶馆里，有人把后一个死讯告诉我时，我只是叹息了一声，然后低头喝茶，仰面看天。

马尔康的天，在大部分时间都非常蓝。只是这种情境之下，很饱满的蓝色却让我给看得非常空洞了。

这时，在下山的路上，看着这满城的灯火，我想起了这两个故人，想起了青春时代的劳动来了。

我想，如果用数字的方式来看，这满城的灯火里也有我的一份贡献，还有我的伙计们的贡献。于是，我停下脚步，朝着那些最明亮的灯光数过去：一盏、两盏、三盏……是的，这座城市不仅与那株树有关，还与我自己的记忆与劳作相关。

以后，每当有人说马尔康在藏语里的意思就是灯火旺盛的地方的时候，我都会感到，这所有的光芒中，有着我青春时代的汗水的光芒、梦想的光芒。

于是，我决定去看看松岗，看看那座电站。

永远的道班与过去的水运队

梭磨河流到热足这个地方，两岸花岗石骨架的大山，十分陡峭地向着河谷逼迫过来。

一株株的柏树，在岩石缝里深深扎下根子，居然苍翠得蔚然成林，像一个奇迹一般。

走出寨子，站在陡峭的高高河岸上，听到逼仄的河床中河水发出如雷的鸣响。很有劲道的河风升上来，让人有着可以凭借这股力道飞腾起来的感觉，但那仅仅是一种感觉。而我的双脚仍然顺着河岸上的公路行走。

有了公路以后，那个老人在我离开他家时对我说，我们这个叫作热足的寨子已经不叫热足了。送我出门的时候，他还指给我那个被更多人叫作热足的地方。那里，横卧在湍急河流上的花岗石拱桥的桥头上，趴着几座汉式的瓦顶白墙的房子。

老人说："那里才是他们现在的热足，好像我们这里什么都不是了一样。"

这略有不平的话有些含糊不清，但我听得懂他的意思。

其实，这也是时代大的变迁中一些小小的不为人知的变迁。那些建筑，是这个时代才有的地形标志，而且，因为坐落在公路边上，又处于那座重要的桥头，所以被看成热足这个地名的新的标志物。就在这寂静的山间，一个不为人知的弹丸之地，也有着一种重心的转移。在过去的时代，在孤独的行脚者奔走于驿道上的时代，人们说起热足时，肯定是指那些散落在零星庄稼地中的那群石头寨子；而现在，那些长途汽车司机和上面的乘客说起这个地名时，想起的却是路边上那几幢毫无生气的瓦顶房子。

现在，我离开了寨子，走出庄稼地边的曲折小路，顺着公路向那几幢灰头土脸的房子走去。

不久，就看到一面扑满了尘土的地名牌立在我面前。

我又一次想起了老人颇有怨气的话，不禁独自笑了。

那几幢房子里，有一幢毫无疑问是属于养护这条公路的道班。

还有几幢房子，却已经被废弃了。废弃的房子周围辟出了一些小小的菜地，瘦弱的绿色里，挂着一些青色的番茄。房子的墙上还写着很祈使的句子，我们把这种句子叫作标语。而在藏语里头，没有一个这样对应的词，如果一定要硬生生地译过去，就只有咒语这个词义与此大致相当。我就曾经在一个村子里听一个村长对一个年轻人说："你们这些会写汉字的年轻人，往墙上，往岩石上写一些咒语吧。乡里的干部来，看见了会高兴的。"

这些废弃的房子的墙上写的标语是：

“严禁打捞漂木！”

“保护国家财产，打击偷窃漂木行为！”

确确实实，有些漂木搁浅在岸上时，会失去踪迹，被人出卖给过往的长途汽车司机。更多的时候，是巨大的原木在河道里被撞得四分五裂，而沿岸很多地方因为森林的消失，寻找燃料已经越来越困难了。于是，自然而然地，河道里这些已经没有使用价值的原木碎片就成了人们搜求的东西。背回家里，烧锅做饭。包括水运队自己，也是燃烧这种来自河里的燃料。每到洪水季节，大渡河和岷江流域那些人口较多的镇子上，河岸两边就站满了男女老幼，打捞河里那些破碎的漂木。

虽然每一个地方的河岸上都用浓墨写满了这种标语，但很多镇子上，河里的木头碎片成了唯一的燃料。据说，一棵树在山上伐倒，赶进河里，漂流到四川盆地的打捞点时，剩下的部分可能只有四分之一。也有一种说法，用这种方式运送的木材，最后的利用率大概是三分之一的样子。看到这样估计出来的数字，我们有理由为嘉绒山水中那么多无谓消逝的森林恸声一哭！

关于郑重其事的文字游戏的例子有很多。

在热足这个小小的地方，就不止一个。比如道班这个词，大家都知道是养护公路的养路工人的定居点。但在二十世纪七十年代中，突然有一天，道班前的牌子完全换掉了，“道班”变成了“工班”。比如，现在我的眼前，热足道班的门口就立着一块牌子：热足工班。所以做出这种改动，是领导着众多道班的机构有一天突发奇想，认为人们容易把“道”与“盗”联系起来。于是，所有的牌子都换上了“某某工班”的字样。但是，人们已经改不过口来。

还有眼前这个水运队的称呼。一直以来，任何一条漂流着木头的河上的人们都不是这么叫的。这个名字听起来像是一个搞远程水上运输的船队的名字。在人们的口语中，一直把他们叫作流送队，他们的工人自己也是这么称呼。流送，对于他们是一个更形象也更贴切的名字，但是偏偏要在字面上固执地叫作水运队。

过于相信文字的魔力的时候，任何语言都可能成为巫师的咒语。

而今天，我站在热足桥头，绝对不是要在这里思考语言问题，我是要在此选择我的行进路线。我在这座花岗石拱桥上徘徊。桥下，是丰水期的河水在奔涌，在咆哮，浊黄的水体上腾起一道道白色的雪浪。就在离桥不远的下游几百米处，另一条水量更为丰沛的足木足河从左岸的两道岩壁中间奔涌而出，与梭磨河水汇合到一起。两水相激，在高高花岗石岩岸下涌起巨浪，巨大的涛声滚雷一般在山间回响。

公路在这里又一次分开了一条支线。

主线，顺着梭磨河一直往下，过金川，再到已经到过的丹巴。过了桥，顺着足木足河，一条支线伸向更深的山中。而且，又一路生出些分支，最后，都一一地消失在大山深处。我现在考虑的是去不去这条支线，如果去，我将又原路返回到现在这座桥上，再重新选择漫游的路线。

这件事情颇费周章。

最后，一辆中巴车开过来，停在我面前。司机叫了我一声老师。

我慢慢回忆，这张脸慢慢变成一个总是洗不干净的差不多是二十年前的学生的脸。我犹犹豫豫地问：“沙玛尔甲？”

他摇摇头，说：“我是他哥哥。你上车来吧。”

于是，我就上车了。

车子开动起来，公路边的石崖呀，寨子呀，大多都还是二十来年前的大致模样。那时，我在距此十五公里的足木足乡中学当过一年的语文教师。刚一上车，他就递给我一个巨大的苹果。我问他弟弟的情况。

他说：“弟弟给一个喇嘛当徒弟。”

“你弟弟出家了？”

他摇了摇头，说：“只是跟着喇嘛学画画。”

等我小小地睡了一觉，足木足乡就到了。我迷迷瞪瞪地跳下车，背上背包，站在那个曾经天天盼望信件的邮电所面前，突然有种不知身在何处的感觉。

那时，这个乡镇上很多房子都是新盖不久的，最新的房子就是这间邮电所和我们新建的中学校。过去，我认为这里是一个非常热闹的地方，但是现在的感觉却变化了，这里成了一个冷清而且寂寞的地方。而且，我发现，自己越来越不喜欢这种介乎于城市与乡村之间的地方。

我去曾经当过一年教师的学校里转了转。

当时是这个镇子上最高大漂亮建筑的教学楼门窗破败，油漆剥落。这所已经撤销建制的中学，只是一个非常短暂的存在，只是一个最终将被淡忘的记忆。一个占地宽广的校园，现在只是一个镇的中心小学校。这个时候正值暑假，校园里空无一人，操场边上都长出了不少的荒草。

我站在操场中间，恍然听到那时一群年轻教师和学生在欢笑。

这时，有人牵了牵我的衣袖。我回过身来，却发现一个十来岁的男孩站在身后，正把背在身上的毛织的口袋取下来。

他有些大模大样地说："嗨，老板，要不要松茸?"

他把口袋打开，用很多树叶与青草包裹着一朵朵的松茸。我的鼻子里立即就充满了一股奇异的清香。

松茸是这些山林里众多野生蘑菇中的一种，这些年因为发现了这种野生菌类有防癌作用，成了外贸出口的抢手货，价钱一下子蹿至了上百元人民币一公斤。

我对这个孩子用藏话说："我不是收购松茸的贩子。"

于是，这个面孔黑里透红，一双眼睛却分外清澈的孩子立即不好意思起来，他吐了吐舌头，飞快地跑掉了。

这种神情让我想起了以前那些调皮的学生。其中就有那个据他开车跑客运的哥哥讲，在跟喇嘛学习藏画的学生沙玛尔甲。

我走出校门的时候，又看到了一张熟悉的面孔，这是我当年的一个女学生。她怀里抱着一个婴儿，是她的儿子吧。当她看到当年比自己现在还年轻的老师，立即绯红了脸，吐出舌头，嘴里发出一声低低的吃惊的声音，跑开了。

回到这个地方，我确实有一种物是人非的感觉。

而且，我说不上来自己是不是喜欢这种感觉。

青藏笔记一

未曾提笔写下这些文字，心里就存有疑问：一条新修的铁路足以构成一个复杂的话题？更未曾想到的是，自己会参与到这个话题中来。

这么些年来的写作生涯中，对这样的公共话题，我不是努力接近，而是尽量远离。在我的经验中，当一个话题裹挟了越来越多的人、越来越多媒体的时候，就意味着，这个话题的体积会迅速增大，增大到我们可以在这个体积中开掘出众多的迷宫，使制造话题的人和参与话题的人一起迷失其中。而引起话题的那个事件，或者说，话题企图干预或影响的那个事件，依然按照早先的设定发展延伸，直到定局。最后的结果往往是，当同类事件再次搬演，依然坚定地自行其是，而未有结果的话题被所有人遗忘，悬置于空中，早已风干。

青藏铁路这个话题也是一样，当它尚是纸上蓝图的时候，一些讨论就已经开始。而铁路本身并不太理会这些讨论，而是按照预定的规划走下了图纸，在高旷的青藏荒原上延伸。它自己在坚定推进的同时，也把围绕它的话题推向了高潮。但它只需要坚定地完成自己，直到亮闪闪的铁轨终于铺到了拉萨，这个在各种语境中都非常符号化的城市。一百多年了，外部世界有那么多人都把进入拉萨当成一个巨大而光荣的梦想，人们从四面八方，用各种各样的方式去实现这个梦想，这个过程因为艰难与漫长，本身也成了奇迹。到了今天，人类也就只剩下了一种方式：把铁路修到拉萨，坐着火车到达拉萨。好了，现在最后的一击已然完成，只待一个早已选定的吉日，一声长长的汽笛，旧拉萨曾经代表的旧的时代对整个世界关闭着的最后一扇门就訇然一声倒下了。

那扇门早已腐朽，却存在了比预想更长的时间。

我想，正因为早就腐朽而失去了重量与质感，所以，这门倒下去甚至都发不出什么像样的声音了。但议论声却轰然而起：欢呼、怅惘、哀惋、愤怒，而且，像我们已经经历过的所有新旧交替时的讨论一样，话题中所涉及的所有方面，所有新生与停滞的力量，都像第一次被发现，第一次被提出，第一次被讨论，真好像，这是整个人类初潮一样的新鲜经验。

其实，只要去掉背景上“西藏”这样一个无论在政治还是在文化上都显得敏感的字眼，去掉讨论这个话题时一旦关涉西藏时就容易脱离现实语境的奇怪冲动，就会发现，讨论这个话题的所有方面：政治、科技、文化、生态……所有方方面面的现实考量与发展伦理都已经被不厌其烦地讨论过了。而其中有些问题本身已经不再成为问题。

更为重要的是，当我们把青藏线当成一个崭新的事物来对待的时候，甚至忽略了一个基本的事实：现在已基本完工，并将在一个预定的日子正式通车的这一段，其实只是青藏的一个部分——格尔木至拉萨段；这条铁路的另一部分——西宁至格尔木段，早在二十世纪七十年代就已经完成了。今天，铁路既然已经出现在世界上任何一个地方，它在青藏高原的出现也是一种必然。更何况，当人们从任何一个方向进入拉萨，都会发现这座城市已经是如此的现代化。这一次，当我们一行从西宁出发，一路穿越了宽阔的柴达木盆地，穿过了昆仑山和唐古拉山之间那片更加空阔的高地，便发现这座城市夜晚的灯火是如此光怪陆离，你就是驾乘着一只银色的飞碟降落在布达拉宫前的广场上，好像也是一件顺理成章的事情。这座城市本身的繁华相对于辐辏于四周的荒凉原野，已经显得有些突兀了，还有什么能为这份突兀增加一些戏剧性的因素呢？

真正要发现这条铁路的意义，还得着眼于铁路蜿蜒而过的荒原。

而且，正像前面已经说到的，青藏铁路的西宁至格尔木段早就现身于荒原，并在荒原中运行好多好多年了。一切曾经预期的变化和一切未曾预期的结果，早已经在铁路的起点与终点，在铁路漫长的沿线清晰地呈现。要想讨论青藏铁路新的一段那些预期中的变化与未曾预期的可能，只要略微考察一下早已通车的这一部分，这个巨大的话题所包含的部分就已经了然。

《南方周末》对我们此行的设计，我想正是包含了这样一种认识吧。我很高兴我们是从西宁而不是从格尔木踏上了这次青藏线的考察之旅。

我在出发的头一天下午才到达西宁。第一件事是和组织者接上头，正式加入这支临时的队伍，并对他们的意图有所了解。第二件事情，就是寻找书店，搜罗一些与青藏线相关的资料。但是很遗憾，没有找到。书店里热卖的书籍如果与本地相关，也大多是这些年来在读书界都很流行的外国人所写的有关外界如何“发现西藏”的图书，而且这些书里的都是一百年前的“发现”。而我所期待的，是本乡本土的“自我描述”。我特别期待的，是本土的族群如何感受这条铁路。但很遗憾，没有什么使人感兴趣的发现。于是想起在当地出版机构工作的朋友，希望从他那里获得一些资料。此行本没有打算叨扰。从酒店查到他所工作的机构的号码，打过去，铃音兀自一遍遍震响，就想起人去后一幢楼空空荡荡的样子。明天就是五一长假，这个时候还期望有人坐在办公室里，显然是一种不切实际的幻想。

照理说，一方乡土，一种文化，在这个除旧布新运动进行得如此剧烈的时候，无论是出于跟上时代前进步伐的迫切愿望，还是仅仅出于留恋旧时岁月的怅惘情怀；无论是因为发展的需求，还是出于更深刻的文化的自觉；总会在来自外部世界的一系列“发现”之后，出现出于本乡本土的“自我描述”。每到一地，我都渴望和这样的“自我描述”者在书本上倾心交谈。

在关于青藏铁路的谈论中，“人流”“物流”和“信息流”这样一些字眼很顺溜地出现在一些偏僻地区的官员的口中，仿佛铁路一通，这些“流”就来了；这些“流”一来，一切就水到渠成，就改地换天了（我在网上一个新华社记者的采访稿中看到，新铁路经过的某县官员大谈铁路通车后将如何把这“三流”引到此地，然后此地将因此获得怎样的机遇云云。但几天后，我们长途驱车到达这个县城，遇到的一件困难事情是找不到一个可以下脚的公共厕所，而且公共厕所周围一百平方米就根本无从下脚）。事情是不是如此呢？只要大致考察一下铁路已经运转了许多年头的那些地方就清楚了。官员美好想象中的那一切的“流”并未在铁路已经经过的那些城市自然呈现，最后化为一切“流”都要转化而成的“现金流”，流向国库和老百姓的腰包。在我的经验中，即便就藏区而言，今天经济文化各方面发展较好，社会也较为安定繁荣的地区，反而恰好都不在铁路线上，而且将来很长时间里可能也不会有铁路经过。

而那些知识阶层更为关心的环境保护的问题，文化多样性如何保持的问题，青藏线已经通车这么多年的这些地区也是一个很好的研究观察对象。就说说我在这次旅行中努力想在当地寻找一点“自我描述”文字的经过吧。离开西宁后，我们在青海湖畔的旅游酒店里住了一个晚上。酒店在小镇上，我没有期望有什么发现，但还是在小镇上遛了一圈，果然未有任何发现。想到明天到格尔木什么都会出现，心里就有些释然了。

在格尔木的两天时间里，我没有具体的采访任务，给自己定下的任务就是寻找书店。这一天是五月二日，我在这天的日记里写道：“上午逛书店，一间在购物中心里，一间是席殊连锁。没有看到一本有关本地文化与历史的书，甚至是一本地图或旅游指南。这在中国土地上和外国土地上的购书经历中，是唯一的经验，也是可怕的经验。”那间席殊书屋是出租车拉着我找新华书店时发现的，就开在新华书店旁边，但新华书店在这个假日里没有开门。于是就进了旁边那间也就三四平方米的席殊书屋，书屋摆的都是内地的流行书。下午再去新华书店，还是没开。第二天上午又去，还是没开。最后还是陈一鸣从当地一个记者那里弄到了一本本市新编的志书。看了一天和三个晚上，看到些什么呢？知道的，过去就大略知道，比如柴达木盆地中，过去一千多年来，藏人、蒙古人和哈萨克人，以及更遥远的土著居民此消彼长、相互纠结的漫长历史。但一转入关于这个市的当代描述，他们的身影如果不是消失，也是相当模糊不清了。好像历史已经做出了判决，他们的存在就是过去时代的传奇，在现代化建设过程中，这人群将像传说一样日渐远去。甚至在志书通常要包含的文化卷中，这些民族再次显身时，也是以民间文学的方式存在，而在当地的文学原创中，只有屯垦者高昂悲壮的声音。我看完这本书，想了很多，摘录下来的只有一首不完全的蒙古族的《打酥油歌》。

我想说的是，很多我们当成假设在讨论的问题，其实早已发生过了。那些期许未必达到，有些结果可能出乎我们的预料。一切，在青藏线的前一段已经有过预演，这些预演本身就是深切的启示。而在我看来，这些情况的出现，并不是一条铁路或者一种更现代化更强有力的事物运行的必然结果。真正的问题当然也不是需要那么多人空泛的讨论，而是这样一条能量巨大的铁路运行起来以后，所有已经置身其中的人——从决策者到实施者和所有将因为这条铁路运行起来以后必然关涉与冲击到的人群如何行动的问题。

如果说这条铁路的建成对建设者是一个胜利，而对这条铁路经过的高原，对这条铁路所冲击的古老文化，对当地政府与老百姓，这到底是一个天降的福音，还是一个巨大的考验，全赖于面临这样一个新机遇的人们有没有准备好去迎接挑战。新的机遇当然会提供发展的机会，新的机遇也带着强大的达尔文式进化力量中无情的优胜劣汰的机制，关涉到普通民众赖以生存的生产方式，关涉到政府的管理能力。在更长的时间尺度上，更对当地文化的自我发展与更新能力是一个巨大的考验。所以，我在欣喜于这片土地上的巨变的同时，也怀着深重的忧虑。

青藏笔记二

离开格尔木，从海拔四千一百多米的玉珠峰车站开始，我们一路都在用汽车追赶试运行的火车。摄影师是为了留下可以见诸媒体的精彩照片，就我自己而言，则是借此反复感受青藏高原上从未有过的机械与钢铁巨大力量的冲击。这样的冲击中有一种超现实的美感。

车到沱沱河，年轻的司机有了高原反应。我非常高兴顶替上去，驾驶着丰田吉普在高旷的青藏路上奔驰。一次次，载着自己和同行的记者们冲到火车前方，等待火车蜿蜒着驶近，感受火车从面前不远处轰隆着经过时脚下的地面传导到心中的轻轻震颤，再目送它从某个山口处消失。

然后，一踩油门，开始新一轮的追赶。这样直到海拔高度达到五千米以上的唐古拉山。

当我看到铁路在高原灿烂的阳光下强劲地延伸，火车在亮闪闪的两股铁轨上呼啸而至时，内心的感觉远非兴奋这样的字眼可以形容。二十世纪八十年代刚刚走上工作岗位时，去一个地方，在今天也就百来公里一段公路，最多两个小时就可以抵达。但在那个时候公路正在修筑，一行人只能牵着马，驮着行李与一些书籍，翻越两座雪山，徒步行走一共三天时间。一年以后，我坐着汽车离开了那个地方。再后来，我坐着火车、轮船、飞机去过了很多地方。记得在科罗拉多州的某个地方，在美国的高原上，有一天开着汽车在高速公路上驱驰，公路两边的金黄秋草中不断有马匹出现，草原尽头是裸露着岩石筋骨的落基山脉，这景色自然就触发了一个旅人的思乡病，让我想起了景色相仿的青藏高原。在那片高原上，编了号的公路不断与别的编了号的公路相遇。有一次，在公路与铁路交叉处，我们停下车来，看长长的铁路线上，长长的一列火车在草原和积雪的山脉之间蜿蜒而过。那时，我就想，要是也有这样一条铁路穿过青藏高原，会是一种什么样的景象。当即，我就要求朋友帮忙退掉机票，要坐这条线上的火车，穿过落基山脉，直到美国的西部海岸。

这是一种情感的代入法，这样，几乎就有了在青藏高原上乘坐火车的感觉。没有想到的是，才过了几年，就在青藏高原真切地看到火车奔跑了。

就在上路开始此次青藏之行前，我在正在写作的长篇小说中，正好写到一种新型的交通工具——马车在一个藏族村庄的出现：

此前村子里有马，也有马上英雄的传奇，但是没有车，没有马车。其实，那里只是个村子，方圆好几百里，上下两三千年，这个广大的地区都没有这个东西。

但是，有一天，突然就有马车出现了。

我怀着欣喜的心情，用天真的笔调在小说中描述这个新事物的出现。而且，也正是在文字展开的时候，的确真切地体味到这个东西和别的东西——比如一座小水电站一出现，生活就不再是原来的样子了："一双从来没有写下过一个字母的手合上了电闸，并把整个村庄的黑夜点亮时，大家都有一种如在梦境的感觉。可这真是有史以来从未有过的光亮。"

这种光亮出现了，世界的面貌与人的内心都因此发生了深刻的变化。是的，变化，生活在这个时代的人，是多么热爱这个字眼而又深受着它的驱迫啊！半个多世纪以来，"变化"这个词，对青藏高原上的世代居民来讲，最直观的表现，就是一个又一个新事物的出现。

在我的小说中，那个古老村庄每出现一个新事物，都带来了一些心灵上的冲击。当新事物带来变化的时候，却带来不同的结果，好的结果或坏的结果。结果的好坏，并不是事先的预设，而视乎人们做了怎样的准备。

不同的交通工具带来不同的速度，不同的速度带来完全不同的时间感与空间感。从唐古拉山下来，离开藏北重镇那曲，我们暂时离开了铁路线，去到纳木错。坐在湖边，听水波拍击湖岸，非常有重量的火车所带来的速度感与因此而起的兴奋感就消失了。望着湛蓝的湖水，湖对岸念青唐古拉山那些亘古如此的雪峰就踱到心中来了。晚上宿在帐篷中，听风声呼呼地从半空中掠过，恍然看见传说中的巨灵披着宽大的黑色大氅在星空下飞翔。于是，身心又重新沉浸在古老的西藏了。

醒来之后，似梦非梦的感觉消失了。穿上衣服，来到曙色一点点降临的湖边，白天那些喧哗的游人消失了，湖岸深处，那些深浅不一的岩洞有修行者的灯火在闪烁。身体处于这亘古的寂静之中，脑子里却轰轰然有火车隆隆地奔驰。几天来高度的兴奋过后，这时，身体的内部突然有一种撕裂感。这在我，是一种熟悉的感觉。从理性上讲，我们应该为每一件新事物的出现而欢呼，而深受鼓舞。与此同时，在身体的深处，血液中有种古老的东西会起作用，会拉响警报，提醒我们出现了某种危机。这种感觉的出现是因为一些具体事情吗？是的。就在短短的半天时间里，就在纳木错，看到的种种情形，有理由让我们感到处理不好，好的变化也可能带来灾难性的后果。关于这一切，大家都说得够多了。我真正想说的是，对本人这样的青藏高原的土著来说，选择的理性与本能的感性不需要理由也会在身体中冲突起来，让人体会到一种清晰的撕裂的隐痛。因为血液深处，会对即将消失的东西有一种深深的眷恋。整个青藏高原已经不可逆转地与现代文明遭逢到一起，而在身体内部，那些遗世独立的古老文化的基因总要顽强地显示自己的存在。

天一亮，当我们重新来到路上，心中那些模糊不清的情绪就消失了。直到某一天面对某一种情形，置身于某一种特别的情境中间，这种情绪或者又会重新涌上心头。果然，当我们离开纳木错，回到青藏线上，一路往南，看到铁路在渐深渐低的峡谷中穿过一个个正在播种的村庄，直到拉萨在望，心情又像汽车得到越来越多氧气的引擎，欢快而高亢了。

青藏笔记三

这些日子，人类学家列维-斯特劳斯的一句话老是在脑子里萦绕。这句话是这么说的："文化演进和集体进化是连带的。"

为什么老想起这句话？直接的原因就是短短两月间，先走了一趟青藏线，接着又游历了云南红河流域与哀牢山中好几个县，然后，又回川西北老家，从大渡河谷地到黄河边上的若尔盖草原。在这个过程中，看到各种媒体上关于文化的讨论铺天盖地，地方政府官员在畅谈当地拥有多么独特的文化资源。而且，名牌大学里的教授与博士们也出动了，他们出现在那些宁静僻远的地方。干什么去了？田野调查吗？不，知识经济的时代了，有偿帮助当地政府制定开发文化资源、投资文化产业的各种商业规划。

文化，地域的文化，民族的文化，茶的文化，酒的文化，产业的文化。吃不一样的东西，是食文化。靠四只橡胶轮胎走路还是四只马蹄走路，那也是一种在不同地理显示移动方式差异的文化。在所有的语境里，文化就是固化了的差异的同义词。

在这个有强迫征候的语境里，文化成了显学，成了官场政治学和旅游经济学。

我并不反对人们这样做，在我看来，这就是文化在当代社会的命运的一个部分。但我当然可以问：这就是文化的全部？好像没有人思考这样的问题。

在我个人的理解中，文化更多的时候是处于一种隐约的状态，文化的感觉是在若有若无之间。文化是一种内在的力量，那些外化的部分只是那些内部力量的一种自然的外溢。但现在这些文化的焦点，好像都过于集中于那些外化的部分上。那些孤独的牧人在寂寥的草原上歌唱的时候，那些村寨里的农人在火塘中火苗与酒的鼓动下开始舞蹈的时候，都是跟生活与情感相关的。那些吟唱与舞蹈，不过是深藏的情感像潜伏地底的矿脉在某个断层稍稍露一下头，又回到沉静幽暗的深处去了。多年来，我一直小心翼翼，不去碰触那些东西。虽然如此，我还是在诗句中这样描绘过它们："更多的时候，矿脉是盐/在岩石中坚硬/在水中柔软/是欢乐者的光芒，是忧伤者的梦幻。"

但现在，人们只是集中在那些矿脉露头的地方采集与开发。

在那些物质性的矿藏采掘者那里，早已频频传来一个个不幸的消息。虽然矿藏的种类不同，但消息都有同一个名字：资源枯竭。

文化呢？文化的资源呢？本来，这无形的东西是可以源源不绝的，可以发现，可以研究，当然也可以整理与观赏。但必须满足两个先决的条件：不破坏产生这种文化的自然与人文生态；在整理与观赏，特别是为了观赏而做整理（提炼?）之前，要对这个文化的原生状态有充分的研究与尊重，并且不因整理之故而使原生状态受到损害。但情况往往不如我们期望的那样，市场经济体制激励的往往是不计后果的实施者，而且总是有能力让清醒的人们边缘化，让理性的看法沦为空谈。

现在，我也在这里空谈文化。其实，我早已失去了谈论文化的信心。所以写下这些文字，也是因为走了一趟青藏线，不能免费旅游，才多此一举的。

那么，就从这里导入正题吧。让这个话题与青藏铁路相关，也就是已经谈论很多的青藏铁路开通以后，对西藏文化（藏族文化）的影响问题。我想，讨论西藏问题并不需要另外一套逻辑与语法，即使没有这条铁路，西藏文化也早就面临了机遇与风险。

机遇是什么呢？机遇是发展。

风险则有两点。

一个是被固化。固化的形象就是色彩强烈的宗教建筑，是艳丽繁复的节日盛装，是蓝天白云下的歌唱，是草地上豪放欢畅的圈舞、苦修者隐居的岩洞和四处经幡的飞扬。西藏自身在好几百年的时间里，一直顽固地想以这种固化的形态存在于雪域高原。在旧时代的高僧们的吟咏中，参差高耸的雪峰常常被形容为栅栏。雪山在阻止了外界进入的同时，也阻断了自己的眼界。在阅读十九世纪的西藏史时，我们已经看到了那么多拒绝进入的故事。我想，这仅仅是对外国人，没有想到，甚至在西藏地方政府有效控制地区之外的藏族人进入拉萨，也会面临相当的困难。那个出生于青海的奇僧更敦群培，步行沿着与今天的青藏线大致相同的路线进入拉萨，去著名的寺院研修佛学，就遇到了这样的状况。他写道：“这里（那曲）是西藏的边境，我们在此待了将近一个月，等待西藏政府批准我们继续赶路。”但这种固守早已成为历史了，现在固化的呼声反而来自外部，这是个一旦展开就无法收拢的复杂话题，打住吧。

风险之二，来自发展。这篇短文冗长的开场白说的就是这个问题。文化从来就不是一个固定的形态，发展是一种必然，开发也是一种必然。如果这个问题在西藏有一点特殊性，就是这个文化对发展与变化的内在驱动不如其他地区来得主动与强烈。当一种文化的变化主因不是产生于内在的愿望，而更多依赖于（受制于）大势的驱迫，这个文化本身就面临了非常大的风险。

文章开始的时候，我只是把列维–斯特劳斯关于文化的话引用了半句，现在应该是将其补充完整的时候了。他说：“文化演进和集体进化是连带的。”他还说，“回到过去是不可能的。”

在绝大多数的讨论中，在正在施行的各种“文化工程”中，文化是固化的，而非“演进”的。同时，文化也被从母体中抽离出来，失去了与“集体进化”的“连带”性。所以，我们四处保护文化的时候，民族文化的神经与血脉却日渐麻木与萎缩。那么，在“后发”也成为一种优势的今天，很多文化保护与开发中已经发生过的窘况，西藏因为其后发，那些遗憾或者可以幸免！

文化当然是政治，文化当然也是经济，但文化在最终的意义上还是文化自己。

从乡村到城市

从卓克基沿梭磨河而下，短短的九公里路程中，河流两岸，是一个又一个美丽的嘉绒村庄。查米村那些石头寨子，仍然在那斜斜的山坡上紧紧地聚集在一起，笼罩着核桃树那巨大的阴凉。村子前宽阔的柏油马路上，汽车轰轰隆隆地来来往往，但咫尺之间的村子依然寂静如常，浓荫深重，四处弥漫着水果淡淡的香气。

再往下走，在河的对岸，河谷的台地更加低矮宽广。在广阔的田野中间，嘉绒人的民居成了田野美丽的点缀。墙上绘着巨大的日月同辉图案，绘着宗教意味浓重的金刚与称为“雍忠”的卍字法轮的石头寨子，超拔在熟黄的麦地与青碧的玉米地之间。果园，麦地，向着石头寨子汇聚，小的寨子向着大的寨子汇聚，边缘的寨子向着中央的寨子汇聚，于是有了这个叫作阿底的村子。

然后是查北村，然后是被人漠视到叫不出名字，但自己却安然存在的村子。

在这些村子，过去的时代只是大片的荒野，而在这个世纪的后半叶，嘉绒土地上的土司们的身影从政治舞台上转过身去，历史深重的丝绒帘幕悬垂下来。当他们的身影再次出现，作为统战对象出现在当代的政治舞台上时，过去的一切，在他们自己也已是一种依稀的梦境了。历史谢了一幕，另一重幕布拉开，强光照耀之处，是另一种新鲜的布景。

就在这个下午我依次走过的几个村子中间，从二十世纪五十年代到九十年代，一座座新的建筑开始出现，兵营、学校、加油站……叫作林业局的其实是伐木工人的大本营，叫作防疫站的机构在这片土地上消灭了天花与麻风。现在，有着各种不同名目的建筑还在大片涌现。这些建筑正在改变这片土地的景观。但至少在眼前这个时候，在离城不远的乡村里，嘉绒人传统的建筑还维持着嘉绒土地景观的基本情调。

我希望这种基调能够维持久远，但我也深深地知道，我在这里一笔一画堆砌文字，正跟建筑工匠们堆砌一砖一石是一样的意思。但是，我的文字最终也就是一本书的形状，不会对这片土地上的景观有丝毫的改变。我知道这是一个设计的时代。在藏族人新成长起来的知识分子中，我希望在相关部门工作的我的同胞，把常常挂在嘴边的民族文化变成一种实际的东西。我一直希望在这片土地上出现一种新型的建筑，使我们建立起来的新城市不要仅仅只从外观上看去便显得与这片土地格格不入，毫不相关。

很多新的城镇，在从四川盆地到青藏高原这些渐次升高的谷地中出现时，总是显得粗暴而强横，在自然界面前不能保持一种谦逊的姿态，不能或者根本就没有考虑过要与周围的自然和人文环境保持一种协调的姿态。

但在进入这些城镇之前的村庄，却保持着一种永远与这片山水相一致的肃穆与沉静。我常常想，为什么到了梭磨河谷中，嘉绒的村庄就特别美丽了呢？我这样问自己，是因为梭磨河是我故乡的河流？我害怕是因了一种特别的情结，因而做出一种并不客观的判断。现在我相信，这的的确确是一个客观的判断。

马尔康，作为一个城镇，在中国土地上，大多数情况下是一个不为人知的地方。但就是这样一个地方，也像是进入中国任何一个城镇时一样，有一个城乡接合的边缘地带。在这样一个边缘地带，都有许多身份不太明确的流民的临时居所，也有一些不太重要的机构，像是处于意识边缘的一些记忆碎片。流民的临时居所与这些似乎被遗弃但却会永远存在的机构，构成了一种特别的景观。在这种景观里，建筑总是草率而破旧，并且缺乏规划。这样的地方，墙角有荒草丛生，阴沟里堆满了垃圾，夏天就成了蚊蝇的天。这样的地带也是城市的沉沦之地，城镇里被唾弃的人，不出三天立马就会出现在这样的地方。这样的地方，在中国的城镇与乡村之间，形成一种令人绝望的第三种命运景观。

一个城市如果广大，这个地带也会相应广大；一个城市小，这个地带也会相应缩小。但总是能够保持一种适度的均衡。

在进入马尔康这个只有半个世纪历史的城镇时，情形也是一样。

马路两边出现了低矮的灰头土脸的建筑。高大一些的是废弃的厂房，一些生产过时产品的厂房，还有一些狭小零乱的作坊。更大一片本来就像个镇子的建筑群落，曾经是散布在所有山沟里的伐木场的指挥中枢，现在，也像是大渡河流域内被伐尽了山林的土地一样显得破败而荒凉。在这里，许多无所事事的人，坐在挤在河岸边棚屋小店面前，面对着一条行到这里路面便显得坑坑洼洼的公路。一到晴天，这样的公路虽然铺了沥青，依然是尘土飞扬。

这种情形有时像一个预言。这个预言说，没有根基的繁华将很快破败，并在某种莫名的自我憎恶中被世人遗忘。

我希望在地球上没有这样的地方，我更希望在故乡的土地上不存在这样的地方。因为每多一个这样的地方，就有一大群人，一大群不能左右自己命运的人。想起这里，就是心中一个永远的创伤。

马尔康也像任何一个中国城镇一样，一过了这样一个令人难堪的地带，一个由一批又一批人永不止息、刻心经营的明亮整洁甚至有点堂皇的中心就要出现了。

这中心当然漂亮。

这种漂亮当然不是跟纽约，跟巴黎，跟上海相比，而是自己以为并且让我们也认同的一种相比的整洁、相对的气派和相对的堂皇。比如露天体育场，比如百货大楼，比如新华书店，比如政府的建筑所形成的一个行政中心。而我所说马尔康的漂亮更多的还是指穿城而过的河流。中国有许多城市都有河流或别的水面，但总是一些被污染的水体。要是那些水体没有被污染的话，这样的河流是不值得夸耀的。但是，当中国所有有名的河流与水面都受到严重污染的时候，我们就有理由为这条穿城而过的湍急的河流的清澈感到自豪了。

清澈的河水总是在河道里翻涌着雪白的浪花。

有了这条河，就有了这个顺河而建的狭长山城架在河上的三道不同样式的桥梁。有了桥，整个镇子就有了自然的分区与人工的连接。因为中国人在城市的构造上最不懂得体现的就是分区，不懂分区，当然也就不懂得连接。中国人的连接就是所有东西都紧贴在一起。

在四川另一个藏族自治州首府，前些年的一次水灾造成了巨大的损失。据说，这种损失本来是可以避免的，但是当地有人忽发奇想，在内地已经被认识到巨大危害的向湖泊要地、向大海要地、向河流要地的做法，在这里再一次可悲地重复了一次。

人们耗费巨资在穿城而过的湍急的河上盖起了水泥盖子，水泥盖子上面建起了市场。在设计者的想象中，河水会永远按照他们的意思在盖子下面流淌。但是，自然界遵从的是一种非官方、非人智的规律，于是，一个洪水暴涨的晚上，洪水和洪水下泄时带来的树木与石头，把径流有限的河道给堵起来了。洪水便涌到地面，在原来规划为街道和居民区的城里肆意泛滥。我在电视里看到过灾后的景象。

其实，就算不发生这样的洪水，他们也不该把河面封闭起来。

因为，他们不该拒绝河流提供的公共空间，以及流水带给这个城镇的特别美感。

因为，这些处于中国社会边缘的城镇所以显得美丽，并不是因为建造它们的人有了特别的规划与设计，而是因为周围的自然赋予的特别美感。

我的家乡马尔康的情形也是一样。城里并没有特别的建筑让我们引以为豪。

穿城而过的梭磨河上四季不同调子与音高的水流声，是所有居民共同倾听的自然的乐音。每一个倚在河岸栏杆上凝神的人，都会听到河水的声音是如此切合地应和着时时变化的心境。与河相对的是山，山就耸峙在河的两边。

那两边是乡野与森林的景色。

特别是在河的左岸，大片的树林从高高的山顶直泻而下，并在四季中时时变化，成为我们生活中在镇子里抬头就可以看见的一个巨大画幅。冬天，萧瑟的树林里，残雪被太阳照得闪亮发光。落叶们躺在地上，躺在积雪下面。风走上山冈，又走下山冈。春天来临时，先是野桃花在四野开放，然后，柳树发芽，然后是白杨，是桦树，依次地从河边绿向山顶。五月，最低处的杜鹃开放。然后，就是浓荫覆地的夏天了。

夏天因为美好，所以总是短暂。

最是秋天的山坡让人记忆久远。那漫坡的白桦的黄叶，在一年四季最为澄明的阳光照射下，在我心中留下了这世间最为亮丽与透明的心情与遐想。

现在，我回来，正是翠绿照眼的夏天。一切都还是原来的样子。如果有一点的变化，那就是街上的人流显得陌生了，因为很多很多的朋友，也像我一样选择了离开。如果你在一个地方没有了亲人与朋友，即便这个地方就是你的家乡，也会在心理上成为一个陌生的地方。

不只是马尔康，在嘉绒藏区，在所有这些近半个世纪仓促建立起来的城镇中，早年间人们心中那种飞扬的激情正在日渐淡化。于是，发展的缓慢与觉醒的缓慢压迫着那些社会机体中活跃的成分；于是，他们选择了离开。我也是其中的一员。

人群在我眼里变得陌生了，但整个人流中散发出来的那种略显迟缓的调子却是熟悉的。这是一种容易让青年人失去进取心的调子，是一个健康的社会应该摒弃的调子。但是，强烈的日光落在街边的刺槐上，落在有些灰头土脸的柏树上，那团团的阴凉，不知为什么却给我一种昏昏欲睡的情调。

我热爱的这个镇子还在等待，但没有人知道，要在一个什么样的机遇下，所有的人才会面对自己的前途和这个地区的前途而真正兴奋起来。

辑七
时间尺度上

声音

刃口一样轻薄的寒意!

当我从军马场招待所床上醒来，看见若尔盖草原的金色阳光投射到墙上时，立即感到了这轻薄的寒意。

阳光是那么温暖金黄，新鲜清冽的寒意仍然阵阵袭来。这寒意来自草原深处那些即将封冻的沼泽，来自清凉漫漶的黄河，但这只是整个十月的寒意。眼下的这种轻寒更多来自落在草族们身上的白霜。

从黄河两岸平旷的滩涂与沼泽，到禅坐无言的浑圆丘冈，都满披着走遍四方的草。都是在风中，一直滚动翻沸到天边的草。

十月，草结出饱满的籽实。

十月，草们在阳光照耀下，通体显现出耀眼的金黄。

十月，早晨的寒霜落在金黄的草梢之上。那么美妙剔透的结晶体，一颗一颗，仿佛是这些草族统一结出的另一种奇妙的果实。一个两百年前的喇嘛在修行笔记中用诗行摹写过这些霜花，说它们是某种情境的结晶，是苦涩的思想泛出的盐霜，是比梦境更为短暂，比命运更为凄清的短命宝石。在镇子附近的辖曼湖边喝奶茶的正午，一个年轻的喇嘛这样告诉我，并送我一本那个喇嘛笔记的复本。其时，身后的湖上，大群的鸥鸟正聒噪着起飞，扇动着翅膀越过寺院的金顶，越过被秋风染得一片金黄的丘冈，飞往温暖低湿的南方。那么多蹼拼命划动，那么多翅膀奋力扑击，四溅的水花中，鸥鸟们的叫声简直沸反盈天。所有这些都是白天在草原上闲荡时留下的记忆。

现在是早上，我刚刚从军马场简陋的招待所床上醒来。床很硬，我把被子当成褥子，睡在随身的睡袋里。睡袋是一个黑暗而温暖的世界，一个有很多的自身气味的独特世界。

我的脑袋还缩在睡袋深处，就听到某种细密的声响。我知道，这是太阳升起来了。阳光撞在窗玻璃上，发出叮叮的声响。头伸出睡袋一看，果然，一方金色的阳光已经明晃晃地照在了对面的墙上，原本白色的粉墙上许多斑驳的印痕。天花板上糊着十多年前的报纸，报纸都泛了黄，而且开始曲曲折折地龟裂了。墙角蹲着一只锈迹斑斑的烧泥炭的小火炉。洗脸架上的小镜子从中央向四边放射裂纹，无意之间模仿出一种花的图案。然后是四张床。四张床上只睡了我一个人。对面那张床上的被褥卷起来，床板上铺了报纸，报纸上有两本书和一沓稿纸。兴之所至，我会在纸上写点什么东西。这些天来，我对这个房间里的一切都已经非常熟悉，而且非常融入了。不用眼睛，只用脑门里某个地方就能清楚看到所有的一切。所以，这会儿我也不清楚自己是用眼睛还是用脑门里的某个地方看见的。

我还看见了窗户上凝结着漂亮的霜花。于是，那令人振奋的轻快锋利的寒意又悄然袭来。

关于这寒意来临的方式，我突然想到了桑德堡的诗。他写雾来到的方式是猫的方式。但我还是想不出这看不见的寒意随着阳光一起涌入是一种什么样的方式。但我喜欢这种新鲜的寒意，便躺在床上大口地呼吸。同时恍然看到，宽广原野上的草和石头之上结满了晶莹霜花，牧场木头栅栏上的霜花如盐，牦牛眼睫毛上的霜花如雾。马走过草地时，细碎的霜与深秋的草发出嚓嚓的声响。

从东边雪峰上射过来的阳光很明亮，但要好一阵子才会渐渐温暖，融化寒霜。太阳没有出来之前，寒意是凝止不动的，是流淌的阳光让寒意相随着流动起来。

每天，草原小镇的节奏差不多都一模一样。

所以我知道，接下来，一些三天来我已经熟悉的声音该出现了。在我的窗户下面，是一大片干枯的牛蒡和牛耳大黄。再过去是一个小小的水滹，水滹旁边就是这个叫作小镇的马路兼街道了。这是一个建在三岔路口的镇子。往西，黄河所来的方向是青海；黄河流去的方向——北方，是甘肃。东边的公路，穿过草原，再一头扎下雪山构成的大地阶梯，进入四川盆地。小镇在行政建制上属于四川。小镇是一个三省通衢之地，却没有一点繁华喧嚣之感。来来往往的卡车总是拖着一条长长的尘尾，从小镇上疾驰而过，结果，那么多尘土降落在镇子上。加上路边一两家生意冷清的加气补胎的修车店，本来可以稍稍美丽一些的小镇便平添了一种凋败的味道。这是草原上许多历史不长的小镇中的一个，好像当初将它们仓促建立起来的目的，就是要让它被世界彻底遗忘，就是要在它身上试验培植一种人工速成的凋败感。

当然，现在我躺在床上，看不到小镇破败蒙尘的房子簇拥在宽广草原中央那有些瑟缩的样子，看不到那些矮蹲在寂寞日子深处的房子，就像一群皮毛脏污、索索发抖的羊。

现在，我看不到这些。我是在一所房子的内部。更重要的是，我躺在自己携带的睡袋里。尼龙绸光滑的质感像女人的肌肤。被子里絮满的柔软羽绒，也是一个女人皮肤干燥清爽时的味道。当然，更重要的是其中混合了自己暖和浊重的味道，使我能像在一个最熟悉最习以为常的地方那样平静如水。

我在期待一些声音，期待窗外马路上一些熟悉的声音。

声音响起来了，仍然像我几天前第一次听到那样舒缓得有些拖沓：嗒，嗒，嗒，嗒。一路从镇子的东头响过来。这是一匹老马的蹄声。老马年轻的时候，应该是一种亮闪闪的青灰色，有一种金属般的质感。但我昨天在王二姐小酒馆看见这匹马时，却发现跟它酒醉的主人一样，已经很老很老了。马的主人朝我扬扬手中的啤酒瓶，露出满口参差的黄牙。马拖着缰绳，垂着脑袋在太阳下假寐，漾动在皮毛上那一层流光溢彩的生命活力已经完全消失了，剩下来的只是一种暗淡而绝望的灰色。现在，这马迈着一成不变的步子，驮着它的主人从窗外的马路上走过。灰马曾经可能是一匹剽悍的战马，而它背上的骑手曾经是一位战斗英雄，战争结束后，因为离不开战马而到军马场当了饲养员。十多年前，骑兵建制从中国日益现代化的军队中撤销，专门培养良种军马的军马场也随之结束了历史使命。于是，这匹灰马的前程与骑手的前程都在那一天终止完结。

年轻，却很不振作的镇长说，当这一对老东西哪天早晨不再出现在镇子上，这个镇子被忘却的历史才会真正结束。他说这话的时候有点诅咒的味道，好像这个镇子没能显出勃勃生机，就是因为这一对老东西的错。另外一些人就平和多了。他们都相信，这对代表着小镇昔日辉煌与光荣的老家伙，会选择同一个时间，在人们视野之外某个清洁安详的地方告别这个世界。我坐在小饭馆里，喝着有些发酸的奶茶打发时间时，突然注意到马的双眼很大，像这个季节的水淖一样，反映着晴朗天空里的云影天光。

马从窗外走过去了。

片刻的静默，中间穿插了一辆载重卡车疾驰而过时的轰鸣、尘土与震动。汽车声音往青海方向消失后，从天花板上震落下来的尘埃还在阳光的照耀下盘旋飞舞。

然后，我听见了那双走路时总是擦着地面的旧皮靴的声音。

那是一个拖着脚步走路的中年妇女。对这个镇子来说，她是一个不知姓名的过路人，没有人知道她要到哪里去，也没有人知道她要去寻找什么，或者什么也不寻找。但到达这个镇子后，她便停留下来了，每天定时出现，沿街乞讨。一天早上，人们惊奇地发现，她身后乖乖地跟着一只羊。但没有人问她这只羊的来历。后来，她身后的羊再增加时，人们连惊奇都没有了。我看见她时，她的身后已经有了五只羊。这不，在拖沓的脚步声中，间或传来羊咩咩的叫声。在所有动物的叫声中，只有羊的叫声能把悲戚与无助的感觉发挥到极致。

羊叫的声音：咩。咩咩。

老太太永远沉默无言，只有旧皮靴从土路上拖过时的嚓嚓声穿插在羊子悲哀的叫声之间。

五只羊与老太太走过去之后，窗外又安静下来。

太阳又升高了一些。这时，从窗外映射进来的是两方光芒，落在灰皮剥落的墙上，落在糊着一层层过期报纸的天花板上，而这些重叠的时间又斑驳龟裂。一方光芒金黄，而且渐带暖意，那是透过玻璃直接射进屋子的阳光。一方银色光芒，是窗外那个水淖的镜面上折射进来的阳光。水吸掉了阳光的金色与暖意，把光变成一种不带温度的纯净的银色，在眼前晃动不止。

然后，小学校的钟声响起来。草原很空旷，镇子上也没有什么高大建筑，声音无所阻滞，没有重叠回荡时的杂乱共鸣，只是很纯净地一波一波荡向远方。我听不到这声音的边界，听不出这些声音消失在什么样的地方，是沼泽地里那些大大小小的草墩之间，还是视线尽头的小山丘上永远深绿的伏地柏中间。那些小山丘上，所有的花都已开过，现在，只有结出饱满籽实的草在风中摇晃。钟声一拨拨有去无回地漫过我，然后，四周又突然变得很静，静到我能听到自己脑海中一种蜂巢深处那种嗡嗡的声响。其实，那是金属钟内部在敲击停顿之后继续振荡。钟声是水淖反映到屋子里那种银子的颜色。

之后才是唯一能使整个镇子显出生机与活力的声音。

很多门开启，关闭。很多杂沓的脚步声啪啪嗒嗒地响过窗前。后面，是母亲们祖母们叮嘱什么的声音。这一瞬间，本身就很明亮的阳光更加明亮到了有些刺眼的程度。这种情景，让人回想到自己并没有太多幸福的童年。心里很深的地方，有些悲伤，有些渐渐升起的温暖。于是，我躺在床上再一次闭上了双眼。视线偏偏越过了四堵墙壁的局限，从很高的地方看到这个早上的草原。太阳渐渐离开东边地平线上逶迤的雪峰，把所有草上，所有石头上都凝结着的霜花照亮。所有霜花都在融化之前，映射出一种短暂而又迷离的光芒。

我继续躺在床上，闭着眼睛一动不动，害怕自己抓不住那短暂迷离光芒中揪心的美感。一切重又安静下来。孩子们坐在课堂上打开书本，努力要通过文字的缝隙，窥望另外一个世界。而在广阔的草原上，从东向西，深秋的霜花渐渐融化。霜花融化后，草棵上昨天还残存的一点绿色，也化成了这个季节的主调：明亮的金黄。耀眼的金黄。

霜花融化时候的草原是安静的。于是，我才听到了自己的心跳：咚咚，咚咚。仿佛来自大地深处的声音。其实不是来自我的身体，而是十里之外的一座庞大寺院。寺院的金顶闪闪发光。很多红衣喇嘛坐在耸立着数十根巨大方柱的庙堂里。庙堂总是阴暗幽深，诵经声被局限在庙堂厚重的四壁间，被压迫在色彩浓重的藻井下，浑浊不堪。但是，鼓声，却一下，一下，很沉稳地传到很远的地方。

鼓声响起时，镇子上的人便越来越多，声音也杂乱起来。摩托引擎声，男女调笑声，便携式收录机播放的音乐声，家畜们在镇子上穿行时偶尔的唤叫声，鱼贩的声音，菜贩的声音……在这些纷乱的生活声音之中，很多的野狗不知从什么地方钻出来，间或尖利清脆而又无所事事地吠叫几声。这时，草原上的霜已经完全化开了，那轻薄锋利的寒意也已消失。穿过镇子的马路，因为人的行走、车的飞驰和家畜们的奔突而变得尘土飞扬。草原深处，那些因为寒意凝止屏息的水淖又开始在轻风中微微动荡，映射着天上的云影天光。蜿蜒曲折的黄河，波光粼粼，从西而来，在小镇旁边形成一个差不多九十度美丽的大转弯，又流向了北方。

我此行是参加一个宗教调查小组。在去传来鼓声的那个寺庙的路上，因为小病在这个镇子滞留下来。三天来，我便通过这些声音熟悉了像草原上所有小镇一样的这个小镇。最后的声音是，一辆吉普嘎吱一声刹在窗外的马路上。然后，几个人影映在窗上。我穿衣起床，同伴们接我来了。

现在离那个草原小镇的早晨有七八年了吧。后来，我又去过很多这样的小镇，也很多次经过那个小镇。奇怪的是，那个小镇永远都是那个样子：永远是仓促的刚刚拼凑完成的样子，也永远是明天就会消失的样子。每次路过那个镇子，那些声音便响起来。同时，我还听到了另外一种声音。年轻的镇长请我到他家去吃过一顿藏式大餐。小镇上的房子总有两面的墙没有窗。外面是阳光明亮的正午，屋子里却幽暗下来。镇长和我吃饭的时候，他的妻子就坐在那清凉的暗影里。镇长说，刀。一把片肉的刀便从暗影里递出来。镇长说，盐。一个盐罐又从暗影里递出来。

有一个词是不用吩咐的，那就是酒。当面前的杯子快空的时候，那个女人的手便从暗影里伸出来，把我跟她丈夫面前的杯子斟满。所以，我对镇长妻子的认识就是一只手，和戴着一只沉重的象牙镯子的手腕。当然，还有一种有些压抑的呼吸声。由此我知道，镇长的妻子害着哮喘。我把这情景写成过一首诗，为了与哮喘声相配，我把背景设置成了冬天。

野人

当目光顺着地图上表示河流的蓝色曲线蜿蜒向北，向大渡河的中上游地区，就已感到大山的阴影中轻风习习。就这样，已经有了上路的感觉，在路上行走的感觉。

就这样，就已经看到自己穿行于群山的巨大阴影与明丽的阳光中间，经过许多地方，路不断伸展。我看到人们的服饰、肤色、口音以及精神状态在不知不觉间产生的种种变化。于是，一种投身于人生，投身于广阔大地，投身于艺术的豪迈感情油然而生，这无疑是一种庄重的东西。

这次旅行，以及这个故事，以一次笔会的结束处开始。在泸定车站，文友们返回成都，我将在这里乘上另外一辆长途汽车，开始我十分习惯的孤独旅行。这是六月，车站上飞扬着尘土与嘈杂的人声，充满了烂熟的杏子的味道，汽车轮胎上橡胶的味道。

现在，我看到了自己和文友们分手时那一脸漠然的神情，听到播音员以虚假的温柔声音预报车辆班次。这时，一个戴副粗劣墨镜的小伙子靠近了我。他颤抖的手牵了牵我的袖口，低声说："你要金子吗？"

我说不要镜子。我以为他是四处贩卖各种低档眼镜的浙江人。

他加重语气说："金子！"

"多少？"

"有十几斤沙金。"

而据我所知，走私者往往是到这些地方来收购金子，绝对不在这样的地方进行贩卖。我耸耸肩头走开了。这时，去成都的班车也启动了，在引擎的轰鸣声和废气中他又跟上我，要我找个僻静地方看看货色。

他十分执拗地说："走嘛，去看一看嘛。"他的眼神贪婪而又疯狂。

但他还是失望地离开了我。他像某些精神病患者一样，神情木然，而口中念叨着可能和他根本无缘的东西，那种使我们中国人已变得丧失理智与自尊的东西的名字：金子。

现在，我上路了。天空非常美丽，而旅客们却遭受着尘土与酷烈阳光的折磨。我还能清晰地看见丹巴县城的模样和自己到达丹巴县城时的模样：建筑物和我的面孔都沾满了灰尘，都受到酷烈阳光的炙烤而显得了无生气。我看见自己穿过下午四点钟的狭窄的街道，打着哈欠的冷落店铺，散发着热气的房子的阴凉、孤零零的树子的阴凉。一条幽深阴暗的巷道吸引了我，我听见了自己的脚步声在寂静的巷道中回响。从第一个门口探出一个中年汉子的脑袋，脑袋上的神情痴呆麻木，眼神更是空空洞洞，一无所有。我从这扇没有任何文字说明的门前走了过去，我在巷道里来回两趟，也没有见到几个字指点我在哪里可以登记住宿。从巷道那一头穿出，我看见空地里只剩下我站在阳光底下，注视那一排排油漆已经褪尽了颜色的窗户。一个身体单薄的孩子出现在我面前，问我是不是要登记住宿。他伸出蓝色血脉显现得十分清晰的手，牵我进了楼，到了那个刚才有人探出脑袋的房间门前。

“阿爸，生意来了。”

这个娃娃以一种十分老成的口气叫道。

门咿呀一声开了，刚才那个男人的脑袋又伸了出来，他对我说：“我想你是来住店的，可你没有说话，我也就算了。”

“真热啊，这天气。”

“刚才我空着，你不登记。这阵我要上街打酱油去了，等等吧。我等你们这些客人大半天了，一个也没等到。现在你就等我十几分钟吧。”

我望着他慢吞吞地穿过阴暗凉爽的巷道，进入了微微波动的绚烂阳光中间。他的身影一从我眼光中消失，我的鼻孔中立即扑满了未经阳光照射的木板和蛛网的味道。这仿佛是某种生活方式的味道。

那孩子又怯生生地牵了牵我的衣角。

“我阿妈，她死了。还有爷爷、姐姐。”他悄悄说。

我伸出手抚摩他头发稀薄的脑袋，他缩着颈子躲开了。

“你爷爷是什么样子？像你阿爸一样？”

他轻轻地摇摇头：“不一样的。”

孩子低下了小小的脑袋，蹬掉一只鞋子，用脚趾去勾划地上的砖缝。从走道那头射来的光线，照亮了他薄薄而略显透明的耳轮和耳轮上的银色毫毛。

“我的名字叫旦科，叔叔。我爷爷打死过野人。”

他父亲回来了，耷着眼皮走进了房间，门砰一声关上。我们隔着门板听见酱油瓶子落上桌面的声响，给门落闩的声响。

孩子踮起脚附耳对我说：“阿爸从来不叫人进我们的屋子。”

旦科的父亲打开了面向巷道的窗户，一丝不苟地办完登记手续。出来时，手拎着一大串哗哗作响的钥匙，又给自己的房门上了锁。可能他为在唯一的客人面前如此戒备而不太好意思吧。

“县上通知，注意防火。”他讪讪地说。

他开了房门，并向我一一交点屋子里的东西：床、桌子、条凳、水瓶、瓷盆、黑白电视、电视套子……最后，他揭开枕巾说：“看清楚了，下面是两个枕芯。”

我向站在父亲身后的旦科眨眨眼，说：“还有这么多的灰尘。”

这句揶揄的话并没有在那张泛着油汗的脸上引起任何表情变化，他转身走了，留下我独自面对这布满石棉灰尘的房间——县城四周赤裸的岩石中，石棉与云母的储量十分丰富。许多读者一定对这种下等旅馆有所体验，它的房间无论空了多久，都会留下前一个宿客的气味与痕迹，而这种气味只会令人在这个陌生的地方倍感孤独。

那个孩子呆呆地望着我掸掉床铺上的灰尘，脸上神情寂静而又忧郁。我叫他坐下来分享饮料和饼干。

“你怎么不上学?”

他包着满口饼干，摇摇头。

“这里不会没有学校吧?”我说。

旦科终于咽下了饼干，说这里有幼儿园、小学、中学，可他爸爸不叫他上学。

“你上过学吗?”他问。

我点点头。

“你叫什么名字？我的名字都告诉你了。”

“阿来。”

“我有个表哥也叫阿来。”

“那我就是你表哥了。”

他突然笑了起来，笑声干燥而又清脆，“不，我们家族的姓是不一样的，我们姓寺朵。”

“我们姓若巴。”

“我表哥死了，我们的村子也完了。你知道，先是树子被砍光了，泥石流下来，把村子和许多人埋了。我表哥、妈妈、姐姐……”

我不知道如何去安慰这个内心埋葬着如此创痛的孩子。我打开窗帘，一束强光立即照亮了屋子，也照亮了从窗帘上抖落下来的云母碎片。这些可爱的闪着银光的碎片，像一些断续的静默的语汇在空气中飘浮，慢慢越过挂在斜坡上的一片参差屋顶。

旦科的眼珠在强光下呈绵羊眼珠那样的灰色。他在我撩起窗帘时，举起手，遮住阳光，现在，他纤细的手又缓缓地放了下来。

“你想什么，叔叔？”

“哦……给你一样东西。要吗？”我问他。

“不。以前阿妈就不叫我们白要东西。以前村口上常有野人放的野果，我们不要。那个野人只准我爷爷要。别的人要了，他们晚上就进村来发脾气。”他突然话题一转，“你会放电视吗？”

不知为什么我摇了摇头。

“那我来给你放。”他一下变得高兴起来。他爬到凳子上，接通天线，打开开关，并调出了清晰的图像。在他认真地拨弄电视时，我从包里取出一叠九寨沟的照片放在他面前。

“你照的？”

“对。”

“你就是从那里来的？”

“对。”

他的指头划向溪流上古老的磨坊：“你们村子里的？”

我没有告诉他那不是我们村子的磨坊。

他拿起那叠照片，又怏怏地放下了。

“阿爸说不能要别人的礼物，要了礼物，人家就要进我们的房子来了。人家要笑话我们家穷。”

我保证不进他们的屋子，旦科才收下了那些照片，然后，十分礼貌地和我告别。门刚锁上，外面又传来一只温柔的小狗抓挠门板的声响。我又把门打开，旦科怯生生地探进他的小脑袋，说：“我忘记告诉你厕所在哪个地方了。”

我扬扬手说：“明天见。”

“明天……明天我可能就要病了。”小旦科脸上那老成忧戚的神情深深打动了我，“阿爸说我一犯病，就谁也认不出来了。”

这种聪明、礼貌、敏感，带着纤弱美感的孩子，往往总是有某种不幸。

“我喜欢你，你就像我弟弟。”

“我有个哥哥。你在路上见到他了吗？”见我没有回答，他轻轻说：“我走了。”我目送他穿过光线渐渐暗淡的巷道。太阳已经落山了，黄昏里响起了强劲的风声，从遥远的河谷北面渐渐向南。我熟悉这种风声。凡是林木滥遭砍伐的大峡谷，一旦摆脱掉酷烈的阳光，地上、河面的冷气起来，大风就生成了。风暴携带尘土、沙粒无情地向人类居住地——无论是乡村还是城镇抛洒，离开时，又带走人类生活产生的种种垃圾，去污染原本清净美丽的空旷荒野。

我躺在床上，电视里正在播放系列节目《河殇》，播音员忧戚而饱满的男性声音十分契合我的心境，像一只宽厚的手安抚我入眠。

醒来已是半夜了，电视节目早已结束，屏幕上一片闪烁不定的雪花。

我知道自己是做梦了。因为有好一阵子，我盯着荧光屏上那些闪闪烁烁的光斑，张开干渴的嘴，期待雪花降落下来。这时，风已经停了，寂静里能听到城根下大渡河澎湃涌流的声音。

突然，一声恐惧的尖叫划破了黑暗。然后，一切又归于沉寂。寂静中，可以听到隐约的幽咽饮泣的声音，这声音在没有什么客人的旅馆中轻轻回荡。

早晨，旦科的父亲给我送来热水。他眼皮浮肿，脸色晦暗，一副睡眠不足的样子。

“昨天晚上？”我一边注意他的脸色，小心探问。

他叹了口气。

“旦科犯病了，昨天晚上。”

“什么病？”

“医生说他被吓得不正常了，说他的神……经，神经不正常。他肯定对你说了那件事，那次把他吓出了毛病。”

“我想看看他。”

他静默一阵，说：“好吧。他说你喜欢他，好多人都喜欢他，可知道他有病就不行了。我们的房子太脏了，不好意思。”

屋子里几乎没有任何陈设。地板、火炉、床架上都沾满黑色油腻。屋子里气闷而又暖和。这一切我曾经是十分熟悉的。在我儿时生活的那个森林地带，冬天的木头房子的回廊上干燥清爽，充满淡淡阳光。而在夏季，森林里湿气包裹着房子，回廊的栏杆上晾晒着猎物的皮子，血腥味招引来成群的苍蝇。那时的房子里就充满了这种浊重的气息——那是难得洗澡的人体，以及各种经久不散的食物的气息。就是在这样晦暗的环境中，我就聆听过老人们关于野人的传说。而那时，我和眼下这个孩子一样敏感、娇弱，那些传说在眼前激起种种幻象。现在，那个孩子就躺在我面前，在乱糟糟一堆衣物上枕着那只小脑袋。我看着他浅薄柔软的头发、额头上清晰的蓝色血脉，看着他慢慢睁开眼睛。有一阵子，他的眼神十分空洞，过了又一阵，他才看见了我，苍白的脸上浮起浅淡的笑容。

“我梦见哥哥了。”

“你哥哥?”

“我还没有告诉过你，他从中学里逃跑了，他没有告诉阿爸，告诉我了。他说要去挣钱回来，给我治病。我一病就像做梦一样，净做吓人的梦。”小旦科挣扎着坐起身来，瘦小的脸上显出神秘的表情，“我哥哥是做生意去了。挣到钱给阿爸修一座房子。要是挣不到，哥哥就回来带我逃跑，去有森林的地方，用爷爷的办法去逮个野人。叔叔，把野人交给国家要奖励好多钱呢，一万元!”

我把泡软的饼干递到他手上，但他连瞧都不瞧一眼。他一直在注意我的脸色。我是成人，所以我能使脸像一只面具一样只带一种表情。而小旦科却为自己的描述兴奋起来了，脸上泛起一片红潮。“以前我爷爷……”小旦科急切地叙述有关野人的传说，这些都和我早年在家乡听到过的一模一样。传说中野人总是表达出亲近人类模仿人类的欲望。他们来到地头村口，注意人的劳作、娱乐，进行可笑的模仿。而被模仿者却为猎获对方的愿望所驱使。贪婪的人通过自己的狡诈知道，野人是不可以直接进攻的。传说中普遍提到，野人腋下有一块光滑圆润的石头，可以非常准确地击中想要击中的地方；况且，野人行走如飞，力大无穷。猎杀野人的方法是：在野人出没的地方燃起篝火，招引野人。野人来了，猎手先是怪模怪样地模仿野人戒备的神情，野人又反过来模仿，产生一种滑稽生动的气氛。猎手歌唱月亮，野人也同声唱；猎手欢笑，野人也模仿那胜利的笑声；猎手喝酒，野人也起舞，并喝下毒药一样的酒浆。传说野人第一次也是最后一次喝下这种东西时，脸上难以抑制地出现被烈火烧灼的表情，但接近人类的欲望驱使他继续畅饮。他昏昏沉沉地席地而坐，看猎手持刀起舞，刀身映着冰凉的月光。猎手终于长啸一声，把刀插向胸口。猎手倒下了，而野人不知其中有诈，使他的舌头、喉咙难受的酒却使他的脑袋胀大，身子轻盈起来。和人在一起，他感到十分愉快。身体硕壮的野人开始起舞，河水在月光下像一条轻盈的缎带。他拾起锋利的长刀，第一次拿刀就准确地把刀尖对准了猎手希望他对准的方向。刀插入的速度非常快，因为他有非常强劲的手臂。

传说中还说，这个猎手临终时必然发出野人口中吐出的那种叫喊。这是人类宽恕自己罪孽的一种独特方式。

传说讲完了，小旦科显得很倦怠。阳光穿过窗根照了进来，这地方那可怕的热气又开始蒸腾了。

旦科说：“阿爸说，人不好。”

“不是都不好。”

旦科笑了，露出一口稚气十足的雪白整齐的牙齿，“我们要变成坏人。哥哥说坏人没人喜欢，可穷人照样没人喜欢。”

他父亲回来中止了我们的谈话。

我忍不住亲了亲他的小额头说：“再见。”

旦科最后嘱咐我："见到哥哥，叫他回来。"

他父亲说："我晓得你什么话都对这个叔叔讲了，有些话你是不肯对我说的。"

语调中有一股无可奈何的凄凉。

孩子把一张照片掏出来，他争辩说："你看，叔叔老家的磨坊跟我们村子里的那座一模一样。"

浊重的大渡河水由北而南汹涌流过，县城依山傍河而建。这些山地建筑的历史都不太长，它的布局、色调，以及建筑的质量都充分展示出急功近利、草率仓促的痕迹。我是第一次到达这个地方，但同时又对它十分谙熟。因为它和我在这片群山中抵达的许多城镇一模一样。它和我们思想的杂乱无章也是十分吻合的。

仅仅半个小时多一点，我已三趟来回，走遍了狭窄曲折的街道。第一次我到车站，被告知公路塌方，三天以后再来打听车票的事情。第二次我去寻找鞋店。第三次走过时，有几个行人的面孔已经变得熟识了。最后我打算到书店买本书，来打发这几天漫长的日子，但书店已经关了。这时是上午十一点半。

"书店怎么在上班时间关门，这个地方！"因为灰尘、强烈的阳光、前途受阻，我心中有火气升腾。

终于，我在一家茶馆里坐了下来。

一切都和我想象的一模一样，无论是茶馆的布置、它的清洁程度、那种备受烈日照射地区特有的萎靡情调。只有冲茶的井水十分洁净，茶叶一匹匹以原先在植株上的形态舒展开来。

我没有租茶馆的武侠小说，我看我自己带的书《世界野人之谜》，一个叫迈拉·沙克利的英国人写的。第四章一开始的材料就来自《星期日邮报》文章《中国士兵吃掉一个野人》，而那家报纸的材料又来自我国的考古学杂志《化石》。这引起我的推想，就在现在这个茶馆坐落的地方，百年之前肯定满被森林，野人肯定在这些林间出没，寻找食物和洁净的饮水。现在，茶馆里很安静，那偶尔一两声深长的哈欠，可能也是过去野人打过的深长哈欠。这时，我感到对面有一个人坐下来了，感到他的目光渐渐集中到了我的书本上面。我抬起头来，看到他的目光定定地落到了那张野人脚印的照片上。这个人给我以似曾相识的感觉。这个人又和这一地区的大部分人一样，皮肤粗糙黝黑，眼球浑浊，而鼻梁一概挺括。

“野人！”他惊喜地说，“是你的书吗？”他抬起头来说。

“对。”

“啊，是你？”

“是我，可你是谁？”

“你不认得我了？”他脸上带着神秘的神情，倾过身子，口中的热气直扑到我脸上。我避开一点。他说：“金子！”

我记起来了，他是我在泸定车站遇见的那个自称有十几斤金子的人。加上他对野人的特别兴趣，我有点儿知道他是谁了。

我试探着问：“你是旦科的哥哥？”

“你怎么知道？”他明显吃了一惊。

“我还知道你没有什么金子，只有待会儿会放出来的屁。”不知为什么，我一下子对这个年轻人显得严厉起来了，“还有你想捕捉野人的空想。野人是捉不住的！”我以替野人感到骄傲的口吻说。

“能捉到。用一种竹筒，我爷爷会用的方法。”

他得意地笑了，眼中又燃起了幻想的疯狂火苗，“我要回家看我弟弟去了。”

我望着他从其中很快消失的那片阳光，感到沥青路面变软，鼓起焦泡，然后缓缓流淌。我走出茶馆，一只手突然拍拍我的肩膀：“伙计！”

是一个穿制服的胖子。他笑着说：“你拿了一个高级照相机啊。”那懒洋洋的笑容后面大有深意。

“珠江牌，不是什么高级照相机。”

“我们到那边阴凉地坐坐吧。”

我们走向临河的空荡荡的停车场，唯一的一辆卡车停放在那里的时间看来已经很久。

我背倚着卡车轮胎坐下来，面向滔滔的大渡河水。两个制服同志撇开我，展开了别出心裁的对话。

“昨天上面来电话说，一个黄金贩子从泸定到这里来了。他在车站搞倒卖，有人听见报告了。”

“好找，到这里来的人不多，再说路又不通了。”

胖子一直望着河面。

瘦子则毫不客气地逼视着我，他说：“我想我们已经发现他了。”

两人的右手都捂在那种制服的宽敞的裤兜里，但他们的手不会热得难受，因为他们抚弄着的肯定是某种冰凉的具有威胁性的金属制品。而我的鼻腔中却充满了汽车那受到炙烤后散发出的橡胶，以及油漆的味道。

我以我的采访证证实了身份后，说："到处声称有十几斤金子的人，只是想象自己有那么富有。"

"你是说其实那人没有金子？"胖子摇摇头，脸上露出不以为然的笑容。

"嗨，你们知道野人的传说吗？"

"知道一点儿。"

"不久前，听说竹巴村还有野人，那个村子里连娃娃都见过。"

"竹巴村？"

"这个村子现在已经没有了。"

"泥石流把那个村子毁了，还有那个女野人。"

我又向他们询问用竹筒捕捉野人是怎么回事，他们耐心地进行了讲解。原来这种方法也和野人竭力模仿人类行为有关。捕捉野人的人，事先准备两副竹筒。和野人接近后，猎手把一副竹筒套在自己手上，野人也捡起另一副竹筒套上手腕。他不可能知道这副竹筒中暗藏精巧机关，戴上就不能褪下了，只能任人杀死而无力还击了。

"以前杀野人，多是取他腋下那块宝石。"

"吃肉吗？"

"不，人怎么能吃人肉！"

他们还肯定地告诉我，沿河边公路行进十多公里，那里的庙子里就供有一颗野人石。他们告辞了，去搜寻那个实际上没有黄金的走私犯。

我再次去车站询问，说若是三天以后不行，就再等到三天以后。这帮助我下定了徒步旅行的决心。

枯坐在旅馆里，望着打点好的东西，想着次日在路上的情形，脑子里还不时涌起野人的事情。

这时，虚掩的门被推开了，旦科领着他哥哥走了进来。我想开个玩笑，改变他们脸上过于严肃的表情，但又突然失去了兴致。

“明天，我要走了。”

他们没有说话。

“我想知道野人和竹巴村里发生的事情。”

他们给我讲了已死的女野人和他们已经毁灭的村子的事情。那个野人是女的，他们又一次强调了这一点。她常常哭泣，对男人们十分友善，对娃娃也是。竹巴村是个只有七户人家的小村子，村民们对这个孤独的女野人都倾注了极大的同情。后来传说女野人与他们爷爷有染。而女野人特别愿意亲近他们爷爷倒是事实。

“爷爷有好长的胡子。”

后来村子周围的树林被上千人几年就砍伐光了。砍伐时女野人走了，砍伐的人走后，女野人又回来了。野人常为饥饿和再难得接近爷爷而哭泣。野人肆无忌惮的哭声经常像一团乌云笼罩在村子上面，给在因为干旱而造成的贫困中挣扎的村民带来了不祥的感觉。于是，村里人开始仇恨野人了，他们谋划杀掉野人。爷爷不得不领受了这个任务，他是村里德高望重的老人，也是最为出色的猎手。

爷爷做了精心准备，可野人却像有预感似的失踪了整整两个月，直到那场从未见过的暴雨下来。大雨下了整整一夜，天刚亮，人们就听见了野人嗥叫的声音，那声音十分恐惧不安。她打破了以往只在村头徘徊的惯例，嗥叫着，高扬着双手在村中奔跑，她轻易地就把那只尾随她吠叫不止的狗掼死在地上了。人们这次是非要爷爷杀死这个野人不可了。她刚刚离开，久盼的雨水就下来了，可这个灾星恰恰在此时回来，想激怒上天收回雨水。

“阿妈跪在了阿爸面前，她的阿爸——我们的爷爷面前，说杀死了这个女野人，肯定村里的女人都会爱他。”

爷爷带着竹筒出现在野人面前。这时，哗哗的雨水声中已传来山体滑动的声音。那声音隆隆作响，和预示着更多雨水的隆隆雷声一模一样。人们都从自家窗户里张望爷爷怎样杀死野人。爷爷一次又一次起舞，最后惹得野人掼碎了竹筒。她突然高叫一声，把爷爷夹在腋下，冲出村子。两兄弟紧随其后。在村外的高地上，野人把爷爷放了下来，脸上露出了傻乎乎的笑容。雨水顺着她细绺的毛发淋漓而下。女野人张开双臂，想替爷爷遮住雨水。这时，爷爷锋利的长刀却扎进了野人的胸膛。野人口中发出一声似乎是极其痛苦的叫喊。喊声余音未尽，野人那双本来想庇护爷爷的长臂缓缓卡住了爷爷的身子。爷爷被高高举起，然后掼向地上的树桩。然后，野人也慢慢倒了下去。

这时，泥石流已经淹没了整个村子。

旦科说："磨坊也不在了，跟你老家一样的磨坊。"

"这种磨坊到处都有。"

他哥哥告诉他说。

第二天早上，我徒步离开了那个地方，顺路去寻访那个据说供有野人石头的寺庙。寺庙周围种着许多高大的核桃树。一个僧人站在庙顶上吹海螺。螺声低沉幽深，叫人想到海洋。他说庙子里没有那样的东西。"石头？"他说，"我们这里没有拜物教和类似的东西。"

三天后，我在大渡河岸上的另一个县城把这次经历写了下来。

界限

我是在夜里到达这个地方的。

黑暗中，凭气味我知道自己是到了一个草原小镇。这种气味是马匹和街道上黄土的气味。白天，马匹们在阳光下穿过满是浮尘的街道，或者停留，或者不停留，如今，已在某片草原上沐浴清风与星光，却把壮健与自由的气息留在了这个地方。

在即将关门的回民饭馆吃那一盘牛肉时，小镇正渐渐睡去。远处草原上传来牧羊狗的吠叫。感觉不到有风，却听见很高远的地方有风在呼啸。不禁叫人恍然觉得已在时间边缘和世界尽头。

就在这么美好的自然中，总是这样粗糙的饮食，这样简陋而肮脏的房子，好在小饭店的后门打开，我就听到了潺潺的水声，夜的清凉之气立即席卷而至。走出这小门，背后的灯光把身影拉长，投射到一道小桥上面。桥那头又是一道门，那就是我睡觉的地方了。店主人说："小心，过了桥就是我们甘肃了。"

这条小溪在这时充当了我们人类无数界限中的一种。

在此地流连的几天里，我都不断被人提醒：这溪流是一条界河，北岸是甘肃，南面是四川。提醒者多是胸前别着钢笔的人物。老百姓却告诉我：过去，溪水滋润的是同一个部落的牧场，现在却为牛羊过界或者一幢房子修错了地方而不断发生冲突。冲突不断增加着邻居间的仇恨，从民间到官方。当然，我只是个无足轻重的人物，这些事是不容我置喙的。当地一个民政干部向我出示几张流血的照片时，就受到他的领导训斥。而我实在无须这个长官如此防范。

我只是一个徒有吟游诗人的心灵，而没有吟游诗人歌喉与琴弦的人。我只是一个沉默的旅人。只是因为一种盲目的渴求与孤寂的驱使，十分偶然地来到这个地方。我关心的只是，辛勤采撷到的言辞，是永恒的宝石，还是转瞬即逝的露珠。

在没有桌子的房间里，我点燃随身携带的蜡烛。电灯也就在这时渐渐熄灭。这过程就像一声长长的叹息。按时停电是这类小镇的习惯。新的一天开始时，周围的世界陷入了梦境。我在烛光下打开地图，找到自己此时在世界上的准确位置，一颗心就得到了些许抚慰。

在这夜深人静的时候，心随着大地的呼吸缓缓跳动。我伸出手指，在图上顺着一条蓝色细线左右蜿蜒。在我栖身的地方，溪流还没有名字，只是当它和若尔盖草原上众多同样的溪流汇聚起来后，才有了一个名字，叫白龙江。白龙江汇入嘉陵江，嘉陵江汇入长江，长江汇入大海。宁静的夜晚，大海中盐在生长，珊瑚在生长。这样很好，叫人对自己的生命有了确实的把握。

我想，梦中的自己一定有甜美的笑容。

早晨起来，只见满天大雾。湿漉漉的雾气缓缓流淌，带走了小镇上不好的气息，带来了旷野上泥土和水草的气息。雾还遮住了许多我所不愿看到的东西。抬头向四周环顾，发现这里已是若尔盖草原的边缘了。几座山在东南方相依相扶，绵延而起。眼睛看见它们时，双脚已不由自主向它们移动了。第一个山头只是一个浑圆的小丘。可就这小小的一次登高，竟也让我看见一次草原的日出：一个红球从地平线上缓缓升起，到了确信眺望它的人已经十分渴望它的光明与温暖时，才猛一下放射出了耀眼的光芒。众多的鸣禽都在这一刻开始了欢快的啼叫。云雀欢叫着笔直地向上飞升，把无比清亮的声音从天上和太阳的金光一起抛洒下来。就是这样，草原的早晨变成了光和声辉煌的交响。就在这华美的晨曲中，马匹、牛群从白雾中走了出来，每一叶绿草，每一片花瓣上都有露水在闪闪发光。可惜这个世界并不仅仅只有马匹、牛羊和它们赖以生存的水草。

这世界上还有人。

面前这倚在山湾里的小镇，就充分显示了人类闯入这个世界时的仓促与盲目。现在就让我来勾勒一下这叫作纳摩的小镇的面貌吧。

雾气还未完全散开时，最先是溪流两岸山坡上的两座寺庙跌入了眼帘，一样的琉璃宝塔，一样的铜鹿，在金色的屋顶上守护着法轮，法轮运转了地、水、火、风等等所有的东西；南北对峙的两座藏传佛教寺庙规模也大体相当，从外观上就可以看出有显宗学院、密宗学院和时轮金刚学院。在这片不算贫穷但也算不得富庶的草原上，咫尺之间修起两座同宗同派的寺庙，该要百姓们多少供养！但从视觉上讲，这些建筑绝不会破坏自然的美感。当雾气进一步散开，辉煌大殿下面那些木瓦盖顶的低矮僧舍，就有些破败的味道了。好在这些不规则的僧舍之间，有高大的云杉和柏树遮蔽掩映，才减轻了这种感觉。问一个出来练习唢呐的小喇嘛，为什么这么小的地方要建两个如此庞大的寺院，小和尚深怪我的无知，说："四川一个，甘肃一个嘛!"

寺院下面是一村庄，或者说是这个小镇的村庄部分。村子就是一片低矮的土屋，那样灰颓，没有光彩。好在家家门前都有一个院子，用整齐的树篱围成；好在院子都辟成了菜地，灰颓中有了一畦畦翠绿。这是一个回民聚居的村子，所有土屋都拱卫在清真寺的周围。清真寺高耸的塔尖擎举着一轮新月，使这群土屋凝聚起来了。这也自有一种精神上的力量。

再往下，就是这个镇子新建的部分了——在这草原上显得最为唐突的部分，显示了人类所可能有的仓促与草率。一方面，所有建筑怕冷似的挤在一起，显示出一种团结紧张的思想；另一方面，所有房子的门窗都朝向各自的方向，好像唯其如此，才能显示自己的存在一样。所有这些饭馆、商店、仓库，一个乡政府所能具有的一切，就这样蛮横地破坏了草原的美感。这无意中流露出一种心态：这些房子的主人，谁也不想在这里久待，但迫于生计又不得不待在这里。这样，它就不可避免地沾染上了所有这种偏远小镇的味道——它们自身却是作为现代文明的代表而倍感骄傲的，叫人觉得要是和周围的环境协调起来，就失却了存在的理由。

我想自己是一个理想主义者，情趣也比较古典。我想这些房子不要如此狭长死板，色彩不要这么暗淡，不妨栽种点树木花草，它们的表情就会自然松弛，而不那么倨傲紧张了。但是它们不，它们就那样挤在一起，中间狭窄的通道也无人去平整。这样也就只好终日面对雨天的泥泞与晴天的尘土。

问一个医生，为什么不把小镇弄得干净一点，他翻翻眼皮说："我们甘肃关四川人屁事。"

原来，我已经在不知不觉间跨到溪流的北岸去了。你不能把这条溪流仅仅只看作是一条小溪，而要看作一条界河。界河不仅仅存在于国家之间，就是在这样一个看上去遥远宁静的地方，也同样规范着人们的言行，也在人们思想中制造可怕的东西。有了这种东西，人们表示敌意或轻蔑，就有了一个可靠的依托。

这个地方，历史上有过的是民族间的冲突。而现在，民族关系日益融洽，种族限制也日益模糊。比如过去，冲突常在两座藏传佛教寺庙和清真寺之间发生。近百年来，一旦明确了那小溪是一条界线，冲突也就转移到了两座佛寺之间，争夺供养之地和教民。而当我到达的时候，小小的一个回民村子则为遥远的波斯湾战争而激动，他们当然倾向于穆斯林兄弟打胜仗。《金枝》一书的作者弗雷泽在澳大利亚曾看到这样的情形：当一个部落感到生活空间的狭小，感到了界限的束缚时，他们就派遣使者去要求更改边界。这种要求在大多数情形下都会被拒绝。于是，前者便派人去说，他们要来夺取所要的东西。后者便回答说：那样他们就要向邻近的近亲部落请求主持正义和进行援助。于是双方准备战争。会见时像平常一样说上多少愤激的言辞，最后同意次日每方以相等的人数来打个水落石出。但到了次日，却只进行一场个人决斗便解决了争端。

我喜欢这样的方式：直接，明快，自尊，而又富于人情味。现在这种界限却暗暗腐蚀着人们的心灵。而这里作为界限的又是一条多么美丽的溪流啊！好似一条大江之源。水流哺育着文明、生命和天地万物，我却在不止一个地方看到河流不再滋润心灵与双眼。当人们注视界限的时候，都会服从集体的冲动。我去参观甘肃那边的寺院，那儿的喇嘛因为我虽和他是同族，籍贯却在四川，而向我关闭了他智慧的窗扉。四川这边寺院允许我随意参观，也多半是因为那边寺院拒绝。寺院住持去过印度。我向他打听佛教早期寺院的情形，比如对汉藏佛教均有过巨大影响的那兰陀寺。这个善辩的喇嘛警惕地看了我一眼，之后就深深地沉默了。我知道，这是又一种界限作祟的缘故了。本来，仅对宗教而言，这种界限是不存在的。实际上这界限它存在，像一条阴影中的冰河散发着寒气。后来喇嘛答非所问，说："印度嘛，印度不好，印度的蚊子比苍蝇还大。"

剩下的时间，我顺着溪流往上游走去，草地的尽头出现了岩石。

事先就有人告诉我，可以在这些岩石上看到佛教史上有大功德者留下的圣迹，一些说明这个地方如何吉祥的胜景，但我都没看。我只是顺着溪流一直走向上游。沿着小溪的小路渐渐模糊，溪水也隐入了这片草原上唯一的一片森林。小路终于消失了。起初，森林中还有一些为建筑小镇而斫伐的痕迹；后来，就只有树木、苔藓和水了。每一株大树的根子、每一道岩石的缝隙都是水的来源。我只是想，人们又是如何替源头之水区划一条明确的界限的呢？

我不想再回到山下的小镇。于是，翻过一个不算太高的山峰，眼前豁然开朗，又一片更加宽广的大草原展现在眼前。

玉树记

一

从西宁飞往玉树。起得早，刚在座位上打了个盹，飞机着陆时猛一颠簸，我醒来，就听广播里说，玉树到了。

一出机舱门，就是晃得让人睁不开眼的阳光。几朵洁白得无以复加的云停在天边，形状奇异。云后的天空比最渊阔的海还幽深蔚蓝，几列浑圆青碧的山脉逶迤着走向辽远，这就是高旷辽远的青藏。走遍青藏世界，都是我最感亲切与熟稔的乡野。辽阔青藏，一年之中，即便一百次的往返，我都永远会感到新鲜。无论踏上高原的哪一处，无论曾多少次涉足，还是从未到过，心中都会涌起一股暖流。如果放任自己，可能会有泪水湿润眼眶。我并不比任何人更多情，只缘这片大地于我就有这种神奇的力量。

一只鹰在天际线上盘旋。

也许并没有这只鹰，但我就是会看见。我抬头，那只鹰真的悬浮在天边，随着气流上升或者下降，双翅阔大，姿态舒缓。

大多数时候，我在内地别一族群的人们中生活与写作。在他们中间，我是一个深肤色的人。从这种肤色，人们轻易地就能把我的出生地、我的族别指认出来。

现在，在机场出口，更多比我肤色还深的当地同胞手捧哈达迎了上来。我这个人，总是受不住过于直接而强烈的情感冲击，于是迅速闪身，躲到一边。最终还是被推到迎客的酒碗面前，姑娘高亢的敬酒歌陡直而起。面前的三只小银碗中，青稞酒晶莹剔透，微微动荡，酒液下的银子折射光线，如那歌声与情意，纯净、明亮。我深吸一口气，让自己平静，同时感到，身体内部，某处，电闸合上了，情感的电流缠绕，翻卷，急速流淌，我端起酒碗的手止不住轻轻颤抖。

就这样，我来到了玉树。

我来到了这个在藏语的意义里叫“遗址”的地方。

玉树，和玉树州府所在地结古镇，因为一场惨烈的地震，让世界听闻了她的名字。我也是第一次到达。我在一篇叫作《远望玉树》的小文里写过：“记得某个夜晚，有好大的月亮。可能在几十公里开外吧，我们乘夜赶路，从一个山口——在青藏，这通常就意味着公路所到的最高处——遥遥看见远处的谷地中一个巨大的发光体，穹隆形的光往天空弥散。依我的经验，知道那是一座城，有很多的灯光。我被告知，那就是玉树州府结古镇了，但我终究没有到达那个地方。在青藏高原上，一座城镇，就意味着一张软和干净的床、热水澡、可口的热饭菜，但对于一个写作者，好多时候，这样的城镇恰恰是要时常规避的。因为这样的地方常常会有与正在进行的工作无关的应酬，要进入另外的与正在进行的工作相抵牾的话语系统。对我来讲，这样的旅行，是深入到民间，领受民间的教益，接受口传文学丰富的滋养。但那时就想，终有一天，结束了手里的工作，我会到达她，进入她。”

是的，我不止一次从远处望见过这个镇子的灯光。

从附近的称多，从囊谦。

现在，在这个阳光强烈的早晨，我终于到达了。从机场到结古镇的路上，一个深肤色高鼻梁的康巴汉子坐在了我身边，我的手被有力地握住：老师有什么事情就告诉我们，要见什么朋友也请告诉我们。

这是个我不认识的人，但分明又十分熟悉。我们这个民族中的绝大多数人，仅凭身上那一点点相同的气息，就能彼此相认相亲。我说谢谢，但我不是老师。我开玩笑说，托时代进步之福，靠卖文为生，我还能养活自己，我不用兼职做家教，所以，请不要叫我老师。其实，我想说的是，当我面对自己坚韧的族群、自己的同胞，我从来都只感到自己是一个学生。雄浑广阔的青藏高原，就是给我一千年时间来学习，也并不能将其精神内核洞穿。

我只说了一个名字，一个民间说唱艺人的名字。那是一个给过我帮助与教益的人。我说，我要去看望他。

二

路上，车里，主人在介绍一些玉树的基本信息，提到结古镇在藏语中的意思是“货物集散地”。在一千多年的时光中，这个古镇处于从甘（肃）青（海）入藏的繁忙驿道上。这条古道有一个如今成为流行词的名字：茶马古道。也有一个渐渐被忘记的名字：麝香之路。这也是一条文化流淌与交汇之路。所以，这个古镇，曾经集散的岂止是物质形态上的商品！经过这个镇子进入的，还有多少求法之人；经过这个镇子走出的，还有多少渴望扩张自己视野与世界的人！

前面有着稀疏白杨树夹峙着河岸的山谷中，一团尘雾升起来，我知道，结古镇就要到了。真的，那些尘雾就是从正在重建的结古镇，从整个变成了一个大工地的结古镇升起来的。

我们就进入了那团尘烟。高原的空气那么透明，身在尘烟之中而尘烟竟消失不见。工地总是这样，浮土深印车辙，各种机械轰鸣着来来往往。节节升高中的已显示出大致轮廓的半成的建筑上，人影错动，旗帜飘扬。未来的学校，未来的医院，未来的行政区，未来的商厦，未来的住宅，我们穿行其间。没有地震废墟，只有渐渐成形的建筑在生长。这里是青海，我想起了成就于青海也终了于青海的诗人昌耀的诗句：

> 钢管。看到一个男子攀缘而上
> 将一根钢管衔接在榫头。看见一个女子

沿着钢管攀缘而上，将一根钢管
衔接到另一根榫头。
他们坚定地将大地的触角一节一节引向高空。
高处是晴岚。是白炽的云朵。是飘摇的天。

那是诗人写于二十世纪那令人鼓舞的八十年代的诗。现在，却似乎正好描摹眼前的情景。就是这样，被强烈地震夷为平地的结古镇正在生长，飘摇的天让人微微晕眩。

那个挖掘机手，轻轻一按手里的操纵杆，巨大的挖斗就深掘地面。那个开混凝土罐车的司机，不耐路上车流的拥堵，按响了声量巨大的喇叭。喇叭声把路口那个疏导拥堵车流的年轻交警的呼喊声淹没了。

这样的情形令我感动。

工地的间隙里是板房中的小店、饭馆。四川汉族人的饭馆，青海藏族人的饭馆，撒拉人的清真饭馆，肉店、蔬菜店、电器店、旅馆。生活还在继续，热气腾腾。不像我去过的别的灾区，浩劫之后有一种哭诉的情调。驰名整个藏族聚居区的嘉那玛尼石经城在地震中倾圮了，但虔诚的信众们并不以为那些刻在石头上的六字箴言，那些祈祷文，那些整部整部经卷的功德与法力会因此而稍有减损。人们依然手持金珠，绕着石经城转圈、祈祷，为自己，为他人，也为整个世界。

我也因这样的情形而感动。

当然也听到好多生命毁伤、家破人亡的故事。但人们只是平静地述说，就像在述说遥远的故事，就像这些故事不是亲历，而只是听闻，是转述，活脱脱就是流行在青藏高原上那些口传故事的风格。讲这些故事的，有失去了不止一位亲人的人，有失去了自己刚建成不久、颇具规模的酒店的人，有震中受重伤，身上的一些关节被替换成合金构件，回到工作岗位就服务于众人的人，还有一位一定要在震后的玉树办起一份文学杂志的朋友。我没看见有人流下过半滴眼泪。反而，我看到很多的平静与微笑。我喜欢这种平静中的达观。

高原上难得的温暖季节依然如期而至，草地碧绿，百花盛开。我四处走动，看到人们依然按照习惯，在靠近漫溢流水的草地上搭起帐篷，外出野餐。当我在附近的小山上把镜头对准一丛丛点地梅细密的小花时，从河谷中的野餐地，有悠远的歌声传来。歌声从谷地中升上来，达到与我平齐的高度，稍做盘桓，又继续上升，上升，升到了比我后侧的岩石峰顶更高的天上。我趴在馨香的草丛中，用镜头对准细碎的花朵，取景框中，影像始终模糊不清。扶摇而上的歌，调子与词句我都非常熟悉，但那一刻，我却因为心头涌起的热流而泪光闪烁。

一位年轻的活佛，定要请我到他家里做客。他让我坐在比他高的座位上，亲手为我沏茶。然后，打开电脑，让我听他新写的歌。他说，他要写出一种歌，采用流行的方式，但不是一般的情爱表达，而是有宗教感的，要有对于生命和宗教本质的感悟与思考。也许，他的歌与他的追求间尚有距离，但我想，催生他想法的这些因缘，同样也将是我从这块土地上领受的深厚教益。能有机会在这样一块土地上，沉潜于自己的族群和文化之中，做一个学生，并不断收获新知识新感受，是上天对我的厚爱。

三

就在那天上午，穿过喧腾的工地，穿过那些劳作的人群，穿过被阳光照得闪闪发光的尘土，一幢三层楼房出现在眼前。汶川地震后，我去过许多被瞬间的灾变损毁的地方，因此熟悉建筑物上那些狰狞的裂纹，知道是怎样的力量使这座建筑在一楼和三楼保持住基本轮廓的情况下，之间的二层几乎消失不见。我们被告知，这将是整个结古镇唯一保留的地震遗迹。我还进一步知道，震前，这座建筑是一家以伟大的史诗主人公格萨尔命名的宾馆。格萨尔史诗是属于全体藏族人的伟大的精神遗产。格萨尔更是康巴人的英雄，他出生在康巴，建功立业也多在康巴大地。在康巴人的心中，英雄受到加倍的崇仰。所以，我推测，这座以格萨尔命名的建筑作为纪念物得以保留，不仅仅是因为这座建筑所留下的地震毁坏力的骇人印迹。

几年前，我曾在这座城镇四周的草原上搜集英雄的故事。就在那时，我就听人们不止一次提起这个镇子上的格萨尔广场。不止一次，有人向我描述那个广场中央塑造的威武的格萨尔塑像。我也在想象中不止一次来到那尊塑像面前。我甚至把这个广场与塑像写进了我的也叫《格萨尔王》的长篇小说。我寻访英雄故事的时候，没有到达结古镇，但我小说中，那个追寻英雄足迹的说唱人晋美到达过这个广场。

在这里，说唱人晋美与要跟他学习民间音乐的年轻歌手分手。

他们又到达另一个号称是曾经的岭国的自治州了。

他们从山坡上下来，贴地的风从背后推动着，使他们长途跋涉后依然脚步轻快。地上的风向北吹，天上的薄云却轻盈地向东飘动。这个城市的广场很宽阔，两个人坐在广场上英雄塑像基座前的喷泉边，看人来车往。年轻人说：老师，我们该分手了。年轻人还要给他一些钱，晋美拒绝了。他的内心像广场一样空旷。身后，喷泉哗一声升起来，又哗一声落回去。他说：调子是为了配合故事的，为什么你只要调子，不要故事？

年轻人弹着琴歌唱，他唱的是爱情。他看见年轻人眼中有了忧郁的色彩。开始他只是试着低声吟唱，后来，琴声激越起来，是他教给他的调子，又不是他教给他的调子。这使他内心比广场更加空旷。

晋美起身了，歌手一旦开始歌唱，就无法停止。歌手用眼光目送着他，那眼光跟歌唱的爱情是一致的，无可奈何，但又深情眷恋。当整个广场和人群都在晋美背后的时候，他流泪了。

在相当大的程度上，我也是一个说唱人。我不自视高贵。这个世界从来就是权力与物质财富至上，在当今时代，这一切更是变本加厉。但我坚持相信，无论是一个国，还是一个族，并不是权力与财富的延续与继承，而是文化——那些真正作为人在生活的人，由他们所创造与传承的文化。我以为自己的肉身中，一定也寄居着说唱人的灵魂。我不自认高贵，但我认为可以因此从权力与财富那里夺回一点骄傲。

现在，我来到了这个广场。我早已从地震刚刚发生时那些关于玉树的密集的电视新闻中，知道了所谓喷泉是出自我的想象。但那座英雄雕塑一如我的想象。这个形象在那些古老唐卡中我曾多次遇见。但在这里，这个形象变得如此立体。坚实的基座上，那黝黑的金属铸成的人与马，与兵器与盔甲如此浑然一体，威武庄严。那么猛烈的地震，没有对这座塑像有丝毫的动摇与损伤。我当然要为此献上一条哈达，和我内心一些沉默的祝祷。我当然很高兴和当地的同胞一起在塑像前合影留念。格萨尔的英姿高高地矗立在我们身后，背后是深远的蓝空和洁白的流云。做过一个梦，在拜读一位喇嘛诗人的诗句，惊奇他突然摆脱了那些陈腐的修辞，把流云比作精神的遗韵与情感的馨香。

四

我来到这里，不只是因为结古镇这个古老城镇正成为一个新生的样板，更因为我一直在因虔敬的固守而踟蹰难前的文化中，寻找格萨尔史诗中那种舍我其谁的奋发精神与心忧黎首的情感馨香。

因为这种奋发，松赞干布的大臣去到了大唐。

因此，一个美丽女子走上了从大唐长安到吐蕃都城逻些的漫漫长途。因为这位唐朝公主的经过，结古这个今天还焕发着生机的名字从深沉的史海中得以浮现。一千多年！我们在板房中任手抓羊肉慢慢冷却，任杯中啤酒泡沫渐渐消散，嘴里感叹着：一千多年！即便这一千多年来，我们可能不断转生，但失忆的我们，只能记得此生这几十年的我们并不真正知道一千多年是怎样悄然流逝，同时又贯通古今。聚集的财富消失了，权力的宝座倾圮了，流传至今的，只是深潜的情感与悠久的文化。

又一天的太阳照亮了大地。

负责接待我们的主人把我们带到了浩浩荡荡的通天河边。他们好意，不让我们只去看一个又一个重建项目。他们相信，物质的重建会很快完成，但文化方面的重建会更加漫长与艰难。所以，他们还邀我们看看风景与文化遗存。我们来到通天河边的肋巴沟口。大河水深沉地鼓涌着向东南而去。河岸上，那些草地与绿树被太阳照得闪闪发光。主人带我看一面摩崖石刻。一面向河的石壁上，浅浅的线条勾勒出一尊说法的佛，佛头上有一轮月晕般的浑圆光圈。佛像的风格与镌刻方式透露出久远年代的气息。更加显出年代特征的是，说法的佛侧下方那个戴着吐蕃时代高筒帽的男子，和与阎立本画中一样留着唐代女人发髻的面孔浑如满月的女子，她的手中，还持着一枝开放的莲花。

文成公主从唐蕃古道入藏时，曾在玉树的结古一带做较长的休整。传说这壁说法图就是她留下的。那么，那个顶着唐式发髻者，是她为自己所做的造像吗？佛法从印度兴起，绕过青藏高原，东渐汉地，所谓“佛法西来”。这时，佛法又从东土向西而去，并在西去途中，在此留下了清晰的印迹。

瞻礼之时，当地的朋友争相为我解说，使我深感温暖。

然后，我们溯汇入通天河的飞珠溅玉的肋巴沟溪流而上。沿途，满溢着碧绿草木的馨香。一千多年前，文成公主踏上了这条道路，而这条道路显然比一千多年更古老。一千多年后，这条路还像新开掘出来一样，前些天的雨水在泥路上留下清晰的冲刷的痕迹，裸露的石头干干净净，路边开满了野花：鲜卑花、唐松草、锡金报春……一个偏僻辽远的所在，那些草木的命名中，也强烈暗示着遥远地理间的相互关联。然后，又是一处摩崖造像，那是另一位入藏和亲的唐朝公主留下的遗迹。瞻礼如仪后，我们继续往前。

地势渐渐升高，溪谷也越来越开阔。随着海拔升高，植被也迅速变化，一丛丛的硬枝灌木出现在高山草甸上：开粉色花的高山小叶杜鹃，开黄色花的金露梅。这些开花的灌丛，从眼前一直铺展到天际线上。更宽广的草甸上，是紫色的紫菀的天下，是白色圆穗蓼的天下。我热爱青藏高原上的旅行：自然中包藏着文化，文化在自然中不经意地呈现。我问陪同的主人，有没有带上些干粮。回答是没有。我遗憾不能来一顿草地野餐。盘腿坐在草地上、日光下，背后是雄浑的走向辽远的山脉，面前是叮咚有声的溪流。就这样，不过一个小时，我们就来到了海拔四千多米的山口。背后的峡谷向东南而去，而面前另一道峡谷向着西北方敞开。

顺着蜿蜒的公路下到峡口，是香火旺盛的文成公主庙。

我这个人，不太喜欢进种种庙宇。作为一个身上天生就有宗教感的人，却总对处于我们与宗教的终极关怀间，我们与神祇的昭示间的神职人员保持着某种警惕，也并不以为那些庙堂中享受香火的偶像真能代表那些缥缈深沉的神。但在此地，风振响着满山的经幡，还有好些人在庙后的小山顶上撒风马。我脱鞋揭帽，进到庙里，但没有匍匐在崖龛中的佛像跟前，只在心中瞻礼如仪。然后，伸出双手，两个年轻喇嘛把取自龛后的清洌泉水倾倒在我掌上。我小饮一口，一线清凉直贯胸脑。我以为，自己的身，越过了语，直会了意。

然后，我们去到巴塘乡的重建工地。

五

怀着感动与敬意，从巴塘乡重建工地出来，已是六点多钟。夕阳西下，高原的大地在这样的光线下更显得邈远深广，那些耸峙在宽广草原尽头的岩石峰峦都在闪闪发光。

忍受着强烈高原反应一起采访的朋友该回去休息了。我对主人提出了新的要求：去看看草原上的鲜花。

三四年了吧，我一直在追寻高原花草的芳踪，高原植物学成为我一门业余功课。是四年前某一天，川藏线上，站在一座雪山垭口，对着身边那些摇摆在风中的种种花朵，我突然发现自己对这些严酷自然环境中的美丽生灵一无所知，和绝大多数人一样，我甚至叫不上它们的名字。我突然因此感到惭愧，说自己如何热爱这块土地，却对这块土地上的许多事物一无所知。这个时代，爱，成了一个任何人都可以轻易脱口而出的词语，同时，却对倾吐热爱的对象茫然无知。

爱一个国，不了解其地理。

爱一个族，不了解其历史。

爱一块土地，却不了解大地集中所有精华奉献出的生命之花。

因此，一个伟大庄重的词终于泛滥成一个不包含任何承诺，也不用兑现的情感空洞。

我意识到了这种热爱因为缺乏对于对象的认知而变成了一种情感空洞。我决定不再容忍自己身上的这种荒唐的情感。

从此，当我在青藏高原这片我视为自己的精神高地上漫游时，吸引我的不再只是其历史，其文化，以及由历史与文化所塑造的今天的族群的情感与精神秘密，我也要关注这土地上生长的每一种植物。从此，不只是一个一个的人，而是每一种生命都成为我领受这片土地深刻教益的学习对象。

所以，我现在要去拜会那些在这个短暂的美好季节里竞相盛放的花朵。我很高兴，新结识的当地朋友乐意陪伴我。我们调转车头，向草原深处驶去。我很高兴能把这一种种自己认识的草木指示给这些比我年轻的朋友。

在这个高度上，已经没有了树木生长。于是，总是用藤蔓缠绕与攀爬的铁线莲失去了上到高处的依凭，在公路两边的砾石中四处铺展，同时奋力高擎起铃铛般的黄色花朵。

而一层层叶片堆叠而上，奇迹般长成一座座浅黄色宝塔的名叫苞叶筋骨草。一枚枚精巧的唇形花就悄然开放在层叠而上的苞叶下面。

当我们停下车来，草原上细密的白色小花从面前铺展开去，直到视线尽头山峰浓重的阴影中间。那是白花刺参。带刺的叶片间竖立起一根带棱的长茎，顶端举着数朵一簇的象牙白的唇形花。我趴在草地上，从镜头中注视这些花朵如何反射黄昏将临时那最变幻迷离的光线。我用微距镜头表现它们的细部特征，再换上一只广角镜头，表现这些美丽生灵的广布与纵深。

直到夕阳西下，最后一片光线紫红的阳光消失时，仿佛听见六弦琴一声响亮的拨弦后余音悠远。

晚上，在没有桌子的板房中，趴在床边，在电脑上整理这些照片，竟忘记约了那位为我演唱过《格萨尔王传》的民间艺人来谈话。他也不来打搅我，竟在院子中等到凌晨三点！

在玉树，那么多美好的印象应接不暇。最令人难忘的，还是这些真诚朴质的老朋友与新朋友带给内心的温暖。正是如此醇厚的温暖，让这回短暂的走访显得更加短暂。

怀揣着那么多的感动，真的要离开了。

玉树，在此之前，我曾经拜访过它西北部的平旷荒野，也曾经游历过它偏南方向横断山区最北端的高山与深谷。现在，我又来到了它的心脏结古镇。来的时候，迎接我们的有酒，有歌。送别的时候，也是一样。可以说这是一场送别的盛宴吗？食物其实非常简单：现煮的牛肉和羊肉，油炸馓子，酸奶，青稞酒。但的确是一席盛宴。地点经过精心安排：开满了紫菀与毛茛的草滩上，一座美丽的白布帐篷，四壁挂着当地的摄影爱好者们精美的作品，还有那么美妙的歌声与敬酒。这些是灾民也是重建者的人，用他们的豁达与乐观，让我们领受到一种文化的伟大力量。

这是最难分手的时候，我却再次要求几个朋友提前出发。我要再去看看机场路沿途那些前些天不及细看的花草。

我记得那一丛丛紫色的鼠尾草。

我的家乡距此将近两千公里。那几位当地的朋友也和我一样，曾在童年时把这些漂亮的管状花从花萼中拔出来，从尾部细细啜吸花朵中蕴藏的花蜜。现在，这些花一丛丛开放得那么茂盛，在强劲的高原风中不停摇晃。我拍下了它们美丽的身姿，在流云如浪花翻浮的高原的蓝空下面。我加大相机的景深，把丛丛蓝色花背后的河谷中通向深远的路，和一段高耸的曾经的陡峭河岸纳入背景。

几分钟后，我就将从这条路上去往机场。

我不想说再见。我对这些新朋友说，我还要再来，一个人来。我说出一个又一个的地名，都是玉树这片雄阔高原上我从未到过的地方，还有一些是去过了但还想再去的地方。

我们正日渐廓清文化的来路，却还不清楚文化去向未来的路径与方向。我相信，这个答案只能从民间新生活中那些自然的萌芽中得到启发。能够找到吗？我不肯定。我唯一知道的是，我们不能因此放弃了寻找。

古老的开犁礼

四月二十一号。

走二十多公里的回头路，沿梭磨河峡谷上行，到我老家的梭磨乡。

这二十多公里，正是梭磨河峡谷最漂亮的地段之一。深切的河道，陡峭多姿的山壁。更为难得的是，即便是悬崖上，也密生着松、杉、楸、桦和杜鹃。那些树从悬崖上斜欹向河上的虚空里，有种种奇异的姿态。如果山坡稍缓一点，就站满了红桦、白桦、栎树和高山杨。林下，是摇荡不停的箭竹海。这个季节，松杉一味深绿着，栎树林也深绿着。高山杨和白桦蔓生开一片片色调不同的新绿，而红桦林还挺拔着树身沉默着。我一早就出发了，一个人去看这峡谷风光。太阳从山脊后升起来，这一片林子和那一片林子之间，这一面山崖和那一面山崖之间，就有阳光倾泻下来，峡谷中的色彩因此有了更多变化，峡谷中的空间因此有了更多的深浅远近。在这一片片光瀑中行走，河上清新气息四处弥漫。

一个朋友曾在我家乡任过县长，他告诉过我，当初有开发商而不是游客发现了这段峡谷。开发商看上的是水电资源，而不是壮美风景，想要在峡中建水电站。最后，那一届县政府决定要保护这段峡谷风光，而拒绝了开发。我得说，他们功德无量。我愿意在故乡有一条自然的河流，未被人工建筑一次次拦腰截断。美，自然之美，是今天我们生活中越来越稀缺而珍贵的资源。

我不希望，再过十年二十年，我拿出今天拍下的照片时，需要告诉人们，这样的美已经不复存在了。

我这样想，说明我仍然心存危殆之感。

早上九点钟，我赶到举行开犁仪式的木尔溪村。这个村，就在乡政府对岸的台地上。桥头上几株老山荆子树，等到庄稼出苗的时节，会开出满树洁白繁花。现在，这些树主干黝黑，盘虬的老枝苍劲有力。树后是几家寨子，寨子前是要举行开犁仪式的庄稼地。地的尽头是山坡，坡上是茂密的树林。树林后的蓝空中白云舒卷。

早几天，县里和我联系时就说，二十一号一定要到，我们是看了日子的。

我问，找喇嘛打卦了？

说，气象局看的天气！我们要一个晴天！

果然是天朗气清。

走到地头，村子里的人已经聚集起来，摄像机的镜头对着两个老人。两个老人弯腰都很吃力了，一个用柳枝在地上画出线条，一个人沿着线条撒下麦面。于是，隐约的线条显现为鲜明的图案。第一个图案出现了，是一个法轮。第二个图案又是一个圆圈，像是法轮，又不是法轮。法轮中的辐线是直的，这个圆中的辐线是波状的。所有人都在问，这是什么？老者之一直起身来，对我说：格央。我把这个词翻译成汉语：太阳。他们又画一个圆，里面却没有那么多的辐条，只是缝中一条弯曲的横线。老者又直起腰来，对我说：泽那。我又把这个嘉绒语词翻成汉语：月亮。

两个老者，又在并列的日月图案间画了一个供瓶。那自然是献给日月的供养。

然后，一个老者把一枝枝针叶青翠的杉树枝堆在那个法轮图案之上。另一个老者拉着我的手说话。说，你是马塘村谁谁的儿子吧？我说是。他说，你爸爸我们年轻时在一起的啊！今天是个高兴的日子啊！我说，是啊，春天来了！他说，啊呀，春天说来就来了。电视记者来采访他，老者紧抓着我，说你就当我的翻译吧。老者用古老颂词里那些雅致的修辞比喻春天，用虔敬的语言感谢日月和大地。记者嫌这样的话太迂回曲折，启发他要说更直白的话。老者对我说，我腰疼，背着手走开了。

然后，象征性地往地里抛撒青稞种子。

然后，两架犁到了地里。每一架犁由两头并驾的牛牵引。两头牛前，还有两个牵牛的人。少年时，我就做过那牵牛人。忽紧忽松地把两头牛的穿鼻绳攥在手上，就是为了让这两头牛并了肩笔直行走。现在，牵牛人却是两个健壮的姑娘。掌犁的是村里的壮年男人，嘴里的耕地歌唱起来，牛前行，牵动了犁，犁上锋利的铁铧揳进土地，黑黑的泥土从犁头两边翻卷开来，苏醒的泥土的气息也在空气中弥漫开来。也许是地头上太多摄像机和照相机的缘故吧，聚集在地头的村民也没有记忆中那样自然的庄重，脸上的表情也像是看客。两架犁依然在深翻土地，往东犁过来，对着地头的村寨；掉头往西，对着山峦。来来去去，不久就翻耕出好大一块黑土地了。我放了相机，从后面那一架接过犁，想试试还能不能像三十多年前一样稳扶犁把。地有些坚硬，但铁铧的尖还是破开了泥土，往下深入了。只是我忘了那又像吆喝又像歌唱的耕地歌了。不是忘了，是顾了下犁，就忘了歌唱了。让了位置给我的犁手就在我身后唱起来，前面的两头牛和牵牛的姑娘就往前走了。黑土就在我脚前翻卷起来。新鲜的黑土的味道，那些黑土中被铧头斩断的植物根茎的味道，立时就充满了我的鼻腔。两三趟下来，那些味道就已经充满我的身体了。那是三十多年前，一个十三岁少年最熟悉的春天气息。

可我已经不是那个少年了，两三趟下来，背上就浸出了汗水，手心也被犁把磨得生疼。我把犁头还给了犁手。本来，我还想温习一下已经生疏的耕地歌的。

这么想着的时候，象征性的开犁也结束了。

已是中午时分了，村人分男女两排坐在地头，午饭，象征性的午饭，感谢大地和日月之神的午饭。这时，每一个席地而坐的人表情都变得庄重了。每人面前摆上了一块面饼，饼上一块肉，然后，每人面前又上了一碗加了肉的酸菜汤。人们浅尝辄止。喇嘛开始祝祷。堆在法轮图案上的杉树枝被点燃了，青烟腾地而起，芬芳的烟雾带着人们感恩的心情直达上天！这些乡亲，除了感恩的心情，并不会对上天有更多的祈求。此时，我离开，我知道接下来是欢歌，是舞蹈。

我已经看到家乡的乡亲们如何迎接春天的君临了。是啊，故乡美丽的春天到了。

我开车向下游而去，去看另一片乡野。

沿河而下，梭磨河不断纳入一条又一条溪流，越发壮大。平静处越发深沉，激越处越发汹涌。越往下游，海拔越低，春意就越深浓。是的，梭磨河峡谷里的春天是从低到高渐次来到的啊！

沿河下行五六十公里后，我已经在春天深处了。一路上，一丛丛橙黄瑞香盛开，一片片蓝色的鸢尾花盛开。那些蓝色的仿佛在风中要成群起飞的鸟群一样的鸢尾，开在一座座村寨四周，开满了进入村庄道路的两边。那些河边的台地宽阔肥沃，加上气候温暖，很久远的时代就有人类居住。这一带的河谷里，发现过一万多年前的人类化石，也发掘出过五千年前的整座村庄。那时，距吐蕃帝国向东扩张，征服这些农耕河谷，最终把这些广阔幽深之地纳入藏文化圈还有整整四千年！

一座巨大的水电站，已经在梭磨河汇入大渡河的河口处的花岗岩峡谷中开始筹建。要不了多少年，深峡上将有钢筋水泥大坝截断河流，巍然耸立。那时，水位提高，河水倒灌，河流经过好多万年的深切，在山间造出的那些肥沃台地将被淹没。那些存在了上千年的古老村庄也将沉入水下，村民将要迁徙。

傍晚时分了，我坐在一段高高的河岸上，看峡谷中即将消失的村庄、田地与果园。一朵云飘过来，一团阴凉便笼罩了一片地面。地面上是一片树林，一个村寨，一片新出苗的庄稼，或者一个果园。核桃树的果园，苹果树的果园……然后，云飘走了，阴凉中的一切又被阳光照亮。这是一种古老的文明，不断闪现出她某一个美丽的局部，让我去想象她的整体，让我试图把握她的来路与去路。我是这个农耕文明哺育的一个生命，我为她那自然纯正的美而深感自豪。同时，在这个任何美都变得脆弱的时代，我已经看到时代的潮水上涨，上涨，但这些美丽的存在，都是一副听天由命的模样，没有惊叫，没有愤怒，甚至没有哀叹。

我想起，在上午的开犁仪式上，那个老者对我说：我知道，这样的方式要消失了。他们说，不过，我们老了，不用再看了，但你是会看到的呀！

峡谷里起风了。下午的太阳降低了热力，河面上的凉气就升起来，这就是风了。我的四周，一丛丛野蔷薇和沙生槐沙沙作响。更远的地方，是那些树干虬曲的杨树和柳树叶片翻飞，旋动着如水的绿光。再背后是沉静的大山，斜阳的光幕下，森林更显得幽深遥远。

我要离开了。

再次回首，我得说，这是多么美丽的春到人间的动人景象。

但是，时代在以我们并不清楚的方式加快它的步伐，总有一个声音在催促，快，快！却又不告诉我们哪里是终点，是一个什么样的终点。这个时代，水泥在生长，在高歌猛进，自然在退缩，自然之美在退缩。退缩时不但不敢抗议，不敢诘问，而且是带着深深的愧疚之感。

再次回望这即将消逝的田园风光，我想，这一辈子我都将以且喜且忧的、将信将疑的、越来越复杂的心情来探望故乡的春天。

一滴水经过丽江

我是一片雪，轻盈地落在了玉龙雪山顶上。

有一天，我醒来，发现自己变成了坚硬的冰，和更多的冰挤在一起，缓缓向下流动。在许多年的沉睡里，我变成了玉龙雪山冰川的一部分。我望见了山下绿色的盆地——丽江坝，望见了森林、田野和村庄。张望的时候，我被阳光融化成了一滴水。我想起来，自己的前生，在从高空的雾气化为一片雪，又凝成一粒冰之前，也是一滴水。

是的，我又化成了一滴水，和瀑布里另外的水大声喧哗着扑向山下。在高山上，我们沉默了那么久，终于可以敞开喉咙大声喧哗。一路上，经过了许多高大挺拔的树，名叫松与杉。还有更多的树开满鲜花，叫作杜鹃，叫作山茶。经过马帮来往的驿道，经过纳西族村庄里的人们，他们都在说：丽江坝，丽江坝。那真是一个山间美丽的大盆地。从玉龙雪山脚下，一直向南，铺展开去。视线尽头，几座小山前，人们正在建筑一座城。村庄里的木匠与石匠，正往那里出发。后来我知道，视野尽头的那些山叫作象山、狮子山，更远一点，叫作笔架山。后来，我知道，那时是明代，纳西族的首领木氏家族率领百姓筑起了名扬世界的四方街。四方街筑成后，一个名叫徐霞客的远游人来了，把玉龙雪山写进了书里，把丽江古城写进了书里，让它们的名字四处流传。

我已经奔流到了丽江坝放牧着牛羊的草甸上，我也要去四方街。

但是，眼前一黑，我就和很多水一起，跌落到地底下去了。丽江人把高山溪流跌落到地下的地方叫作落水洞。落水洞下面，是很深的黑暗、曲折的水道、安静的深潭。在充满寂静和岩石的味道的地下，我又睡去了。

再次醒来，时间又过去了好几百年。

我是被亮光惊醒的。我和很多水从象山脚下的黑龙潭冒出来，咕咚一声翻上水面，看见很多不同模样的人，黑头发的人、黄头发的人，黑眼睛的人、蓝眼睛的人。我看见了潭边的亭台楼阁，看见了花与树。我还顺着人们远眺的目光看见了玉龙雪山，晶莹夺目，矗立在蓝天下面。潭水映照雪山，真让人目眩神迷啊。人们在桥上，在堤上，说着不同的语言。在不同的语言里，都有那个词频频出现：丽江，丽江。这时的丽江已经是一座很大的城了，城里也不是只有最初筑城的纳西人了。如今全中国、全世界的人都要来丽江，看纳西古城的四方街，看玉龙雪山。

我记起了跌进落水洞前的心愿：也要流过四方街。

顺着玉河，我来到了四方街前。

进城之前，一道闸口出现在前面。过去，把水拦在闸前，是为了在四方街上的市集散去的黄昏开闸放水，古城的石头街道上，水流漫溢，洗净了街道。今天，一架大水车来把我们扬到高处，游览古城的人要把这水车和清凉的水做一个美丽的背景摄影留念。我乘水车转轮缓缓升高，看到了古城，看到了狮子山上苍劲的老柏树，看到了依山而起的重重房屋，看见了顺水而去的蜿蜒老街。古城的建筑就这样依止于自然，美丽了自然。

从水车上哗然一声跌落下来，回到了玉河。在这里，我有些犹豫，因为河流将要一分为三，流过古城。作为一滴水，不可能同时从三条河中穿越同一座古城。因此，所有的水，都在稍做徘徊时，被急匆匆的后来者推着前行。来不及做出选择，我就跌进了三条河中的一条，叫作中河的那一条。

我穿过了一道又一道小桥。

我经过叮叮当当敲打着银器的小店；经过挂着水一样碧绿的翡翠的玉器店；经过一座院子，白须垂胸的老者们在演奏古代的音乐；经过售卖纳西族东巴象形文字的字画店。我想停下来看看，东巴文的“水”字是怎样的写法。但我停不下来，没有看见。我确实想停下来，想被掺入砚池中，被醮到笔尖，被写成东巴象形文的“水”挂在店中，那样，来自全世界的人就都看见我了。在又一座桥边，一个浇花人把手中的大壶没进了渠中。我立即投身进去，让这个浇花的妇人把我带进了纳西人三坊一照壁的院子。院子里，兰花在盛开。浇花时，我落在了一朵香气隐约的兰花上。我看到了，楼下正屋，主人一家在闲话；楼上回廊，寄居的游客端着相机在眺望远山。楼上的客人和楼下的主人大声交谈。客人问主人当地的掌故，主人问客人远方的情形。太阳出来了，我怕被迅速蒸发，借一阵微风跳下花朵，正好跳回浇花壶中。

黄昏时，主人再去打水浇花时，我又回到了穿城而过的水流之中。这时，古城五彩的灯光把渠水辉映得五彩斑斓。游客聚集的茶楼酒吧中，传来人们的欢笑与歌唱。这些人在自己所来的远处地方，即便是寂静时分，内心也很喧哗。在这里，尽情欢歌处，夜凉如水，他们的心像一滴水一样晶莹。

好像是因为那些鼓点的催动，水流得越来越快。很快，我就和更多的水一起出了古城，来到了城外的果园和田地里。一些露珠从树叶上落下，加入了我们。在宽广的丽江坝中流淌，穿越大地时，头顶上是满天星光。一些薄云掠过月亮时，就像丽江古城中一个银匠正在擦拭一只硕大的银盘。

黎明时分，作为一滴水，我来到了喧腾奔流的金沙江边，跃入江流，奔向大海。我知道，作为一滴水，我终于以水的方式走过了丽江。

想象一座理想的城市

草草用冷水洗漱一番，我来到街上。

我不是第一次到金川县城。对一个长期生活在马尔康的人来说，金川在初春季节里有一个重要的节目。

阳春三月，金川河谷两岸梨园与村庄中，千树万树洁白的梨花开得如雪，如云，如雾。而在上游的海拔高出好几百米的马尔康，春风料峭，吹来的却会是如粉如沙的漫天飞雪。于是，大家驱车一百公里远，到金川做一次远足，来看大渡河谷中满山满谷的梨花。

高原的春天来得很慢，而大家总是在急切地盼望。久久等待的人们每年都来这里提前感受春天。

到了夏天，所有的山谷都一片翠绿，群山更深处的金川便被遗忘，直到来年春天久盼不来的时候，人们又会想起满山满谷的梨花。雪白的梨花中间还有绯红轻盈的桃花。

在这个县城里，我有一些熟人，但我没有打算去找他们。

此地酒风很盛，我的时间很紧，不想在这有限的时间里醉倒在某一家院子的梨树阴凉里。几年不来，县城几乎还是原来的样子。从后山下来的泥石流依然威胁着县城的安危。

山里的这些县城都不是很大。

但相对于所统辖的地区与人口的生产能力，相对于这些城镇所起的流通上的作用，这所有的城镇都显得太大了一些。但是，这些城镇在另外一些印刷精美，在会议上随处奉送的文字里，却是作为一种成就来进行宣扬的。

我过去是一个完完全全的理想主义者，现在至少也是半个理想主义者。所以，不止一次，在这种城镇总是显得不够清洁和缺少秩序的街道上行走的时候，总在想象一座理想的城市。

我在一篇写一个从乡下试图走进城里的姑娘的故事里，表达过对这种城市的理想。

小说叫作《芙美，或者通向城市的道路》。

故事里这个试图走进城市的姑娘失败了。因为，这个城市不是她想象中的那个样子。这位叫作芙美的乡村姑娘上过中学，特别善于奔跑，而命运给了她机会用这双善跑的长腿进入城市。其实，她的家就在离城不远的乡村。很多个夜晚，她坐在夜露深重的小山冈上，望着远处灯火迷离的城市，陷入对另外一种生活的幻想。于是，她迈开长腿跑进了城里，并在好多个田径场上取得了荣光。这篇小说里的主角，其实写的是我一个中学时代的同学。

后来，城市并不如她的想象，也就是说，不是我们那一代许许多多乡村青年的想象。我们为了寻找理想，去了更多的城市，更远的地方。而芙美却回到了乡村，回到乡村之后，她就不再往城市的方向瞭望了。

在那篇小说中，我曾经说：城市是广大乡村的梦想，洁净、文明、繁荣、幸福，每一个字眼都在那些灯火里闪烁诱人的光芒。我还在小说中幻想，乡村也是城市夜晚的梦想，那里灿烂的星空下，是一些古老而又意味深长的，我们最最渴望的安详。

但是这一切仅仅是一种不切实际的理想。

无论是城市还是乡村，都那么焦躁不安，都不再是我们的希望之乡。于是，我们就在无休止的寻找之中流浪。

除了一些逶迤成行的文字，我真不知道这无休止的寻找会有什么样的结果。同时，我即使十分清楚地知道寻找的尽头就是虚无，我也会不断寻找。

我依然会在想象中为整个嘉绒描绘城市的模样：沿街而立的房子带着干燥而宽大的木头回廊，一点点的酒，一点点的鲜花，一点点的歌唱。走过任何一家人的门口，都不想看到漠然甚至有些敌意的表情。但在这街上行走的时候，你只能不断地收获这种表情。

慢慢地，我的脸上也现出了这样的表情。

我在想象一座理想的城市，但同时，我才发觉在这城里其实无处可去。茶馆里在打麻将，而近些年出现的卡拉OK里暧昧的夜生活还不到开始的时候。于是，我的双脚自然地把我带到了书店。

书架上展示的都是一些陈旧的出版物，而且，分类与陈列都有些杂乱无章。但我知道，如果不缺少耐心的话，总会有一些意外的收获。果然，我在这里搜罗到一些有关地方史的资料。这样，我就不用担心一个漫长夜晚了。